【东方文化集成】

《东方文化集成》为季羡林教授所倡导，由北京大学东方学研究院《东方文化集成》编委会组织撰写出版。

这是一项迎接二十一世纪东方文化复兴和再创辉煌的世界性文化工程。

叙事学视域中的《平家物语》研究

邵艳平 著

东方文化集成

日本文化编

叙事学视域中的《平家物语》研究

邵艳平‖著

线装书局

国家出版基金项目
NATIONAL PUBLICATION FOUNDATION

图书在版编目（CIP）数据

叙事学视域中的《平家物语》研究 / 邵艳平著 . -- 北京 :
线装书局 , 2020.9
（东方文化集成 . 日本文化编）
ISBN 978-7-5120-3856-1

Ⅰ . ①叙… Ⅱ . ①邵… Ⅲ . ①长篇历史小说—小说研
究—日本—现代 Ⅳ . ① I313.074

中国版本图书馆 CIP 数据核字 (2019) 第 252673 号

东方文化集成

日本文化编

叙事学视域中的《平家物语》研究

邵艳平 著

出 品 人：王利明
项目主持：李　媛
责任编辑：李　媛
出版发行：线装书局
地　址：北京市丰台区方庄日月天地大厦 B 座 17 层（100078）
电　话：010-58077126（发行部）010-58076938（总编室）
网　址：www.zgxzsj.com
经　　销：新华书店
印　　制：河北清静堂印刷有限公司
开　　本：850mm × 1168mm　1/32
印　　张：10.5
字　　数：235 千字
版　　次：2020 年 9 月第 1 版第 1 次印刷

线装书局官方微信

定　　价：42.00 元

《东方文化集成》编辑委员会

编委会声明

为铭记季羡林等多位已故前辈对《东方文化集成》的历史贡献，为表达对他们的怀念，编委会特决定，在编委和顾问名单中保留他们的名字，不做变动。

《东方文化集成》总序

季 羡 林

我们正处在一个新的“世纪末”中。所谓“世纪”和“世纪末”，本来是人为地创造出来的。非若大自然中的春、夏、秋、冬，秩序井然，不可更易，而且每岁皆然，决不失信。“世纪”则不同，没有耶稣，何来“世纪”？没有“世纪”，何来“世纪末”？道理极明白易懂。然而一旦创造了出来，它就产生了影响，就有了威力。上一个“世纪末”，19世纪的“世纪末”，在西方文学艺术等意识形态领域中就出现过许多怪异现象，甚至有了“世纪末病”这样的名词，这是众所周知的事实，无待辩论与争论。

当前这一个“世纪末”怎样呢？

我看也不例外。世界上许多国家和地区都出现了政治方面天翻地覆的变化，不能不令人感到吃惊。就是在意识形态领域内，也不平静。文化或文明的辩论或争论就很突出。平常时候，人们非不关心文化问题，只是时机似乎没到，争论不算激烈。而今一到世纪之末，人们非常敏感起来，似乎是憬然醒悟，于是东西各国的文人学士讨论文化的兴趣突然浓烈起来，写的文章和开的会议突然多了起来。许多不同的意见，如悬河泄水，滔滔不绝，五光十色，纷然杂陈。这样就形成了所谓“文化热”。

在这一股难以抗御的“文化热”中，我以孤陋寡闻的“野狐”之身，虽无意随喜，却实已被卷入其中。我是一个有话不说辄如骨鲠在喉的人，在许多会议上，在许多文章中，大放厥词，多次谈到我对文化，特别是东方文化与西方文化的联系，以及东方文化在未来的新世纪中所起的作用和所占的地位等等的看法，颇引起了一些不同的反响。

为说明问题计，现无妨把我个人对文化和与文化有关的一些问题的看法简要加以阐述。我认为，在过去若干千年的人类历史上，民族和国家，不论大小久暂，几乎都在广义的文化方面做出了自己的贡献。这些贡献大小不同，性质不同，内容不同，影响不同，深浅不同，长短不同：但其为贡献则一也。人类的文化宝库是众多的民族或国家共同建造成的。使用一个文绉绉的术语，就是“文化多元主义”。主张世界上只有一个民族创造了文化，是法西斯分子的话，为我们所不能取。

文化有一个很突出的特点，就是，文化一旦产生，立即向外扩散，也就是我们常说的“文化交流”。文化决不独占山头，进行割据，从而称王称霸，自以为“老子天下第一”，世袭珍藏，把自己孤立起来。文化是“天下为公”的。不管肤色，不择远近，传播扩散。人类到了今天，之所以能随时进步，对大自然，对社会，对自己内心认识得越来越深入细致，为自己谋的福利越来越大，重要原因之一就是文化交流。

文化虽然千差万殊，各有各的特点，但却又能形成体系。特点相同、相似或相近的文化，组成了一个体系。据我个人的分法，纷纭复杂的文化，根据其共同之点，共可分为四个体系：中国文化体系，印度文化体系，阿拉伯伊斯兰文化体系，自古希腊、罗马一直到今天欧美的文化体系。再扩而大之，全人类文化又可以分为两大文化体系：前三者共同组成东方文化体系，后一者为西方文化体系。人类并没有创造出第三个大文化体系。

东西两大文化体系有其共同点，也有不同之处。既然同为文化，当然有其共同点，兹不具论。其不同之处则亦颇显著。其最基本的差异的根源，我认为就在于思维方式之不同。东方主综合，西方主分析，倘若仔细推究，这种差异在在有所表现，不论是在人文社会科学中，还是在理工学科中。我这个观点曾招致不少的争论。赞成者有之，否定者有之，想同我商榷者有之，持保留意见者亦有之。我总觉得，许多人（包括我自己在内）对东西方文化了解研究得都还不够深透，有的人连我的想法了解得也还不够全面，不够实事求是，却唯争论是尚，所以我一概置之不答。

有人也许认为，我和我们这种对文化和东西文化差异的看法，是当代或近代的产物。我自己过去就有过这种看法。实则不然。法国伊朗学者阿里·玛扎海里所著《丝绸之路》这一部巨著中有许多关于中国古代发明创造的论述，大多数为我们所不知。我在这里不详细介绍。我只引几段古代波斯人和阿拉伯人论述中国文化和希腊文化的话：

由扎希兹转载的一种萨珊王朝（226—Ca. 640 年）的说法是："希腊人除了理论之外从未创造过任何东西。他们未传授过任何艺术。中国人则相反。他们确实传授了所有的工艺，但他们确实没有任何科学理论。"（329 页）

羡林按：最后一句话不符合事实，中国也是有理论的。这就等于黑格尔说：中国没有哲学。完全是隔膜的外行话。

书中还说：在萨珊王朝之后，费尔多西、赛利比和比鲁尼等人都把丝绸织物、钢、砂浆、泥浆的发现一股脑儿地归于耶摩和耶摩赛德。但我们对于丝织物和钢刀的中国起源论坚信不疑。对于诸如泥浆——水泥等其余问题，它们有 99%的可能性也是起源于中国。我们这样一来就可以理解安息——萨珊——阿拉伯——土库曼语中一句话的重大意义："希腊人只有一只眼睛，唯有中国人才有两只眼睛。"约萨法·巴尔巴罗于 1471 年和 1474 年在波斯就曾听到过这样的说法。他同时还听说过这样一句学问深奥的表达形式："希腊人仅懂得理论，唯有中国人才拥有技术。"（376 页）

关于一只眼睛和两只眼睛的说法，我还要补充一点：其他人同样也介绍了另外一种说法，它无疑是起源于摩尼教：

"除了以他们的两只眼睛观察一切的中国人和仅以一只眼睛观察的希腊人之外，其他的所有民族都是瞎子。"（329 页）

我之所以这样不厌其烦地引这许多话，绝不是因为外国人夸中国人有两只眼睛而沾沾自喜，睥睨一切。令我感兴趣的是，在这样漫长的时间以前，在波斯和阿拉伯地区就有了这样的说法。我们今天不能不佩服他们观察的细致与深刻，一下子就说到点子上。除了说中国没有理论我不能同意之外，别的意见我是完全同意的。在当时的世界上，确实只是中国和希腊有显著、突出、辉煌的文化。现在中国那一小撮言必称希腊的学者们或什么“者们”，可以憬然醒悟了。

但是这也还不是令我最感兴趣的问题。我最浓烈的兴奋点在于，正如我在上面所说的那样，畅谈东西文化之分，极富于近现代的摩登色彩。波斯和阿拉伯传说都证明：东西文化之分的说法，古已有之，于今为烈而已。其次，令我感到欣慰的是，文化的东西二分法，我并非始作俑者，古代的“老外”已先我言之矣。令我更感到欣慰的是我讲的东西方思维方式是东西文化的基础。波斯和阿拉伯古代的说法，我认为完全证实了我的看法。分析出理论，综合出技术，难道不是这样子吗？

时至今日，古希腊连那一只眼睛也早已闭上，欧洲国家继承并发扬了古希腊辉煌的文化，使欧洲文化光照寰宇。工业革命以后，技术也跟了上来，普天之下，莫非欧风。欧美人昏昏然陶醉于自己的胜利之中，以“天之骄子”自命，好像有了两三只眼睛。但他们完全忘记了历史，忽视了当前的危机。而中国呢，则在长时期内，由于内因和外因的缘故，似乎把两只眼睛都已闭上。古代灿烂文化不绝如缕。初则骄横自大，如清初诸帝那样，继则震于西方的船坚炮利，同样昏昏然拜倒在西方的什么裙下，一直到了今天，微有苏醒之意，正在奋发图强中。

从上面谈到的历史事实中，我得出了一个结论：上下五千年，纵横十万里，东西文化的变迁是“三十年河东，三十年河西”。这本来是两句老生常谈，是老百姓的话，并不是我的发明创造。我提出来说明东西文化的关系，国内外都有赞成者，国内外也有反对者，甚至激烈反对者。我窃以为这两句话只说明了一个事实。中国古代哲学讲变易，佛家讲无常，连辩证法也讲事物时时都在变化中。大自然、人类社会和人类内心，无不证明这两句话的正确。我不过捡来利用而已。《三国演义》开宗明义就说：“话说天下大势，分久必合，合久必分。”说的不也就是这个浅显的道理吗？

可是东西方都有人昧于这个浅显的道理。特别是在西方，颇有人在有意识或无意识中，觉得自己的辉煌文化会万岁千秋地辉煌下去的。中国追随者也大有人在。他们根本没有意识到，文化也像世间的万事万物一样，不会永驻的，也是有一个诞生、发展、成长、衰竭、消逝的过程的。

但是，中国有一句俗话：是非自在人心。人是能够辨是非，明事理的。以自己的文化自傲的西方人也不例外。在第一次世界大战以前，西方这种人简直如凤毛麟角。一战爆发，惊醒了某一些有识之士。事实上在一战爆发前，就有人有了预感。德国学者奥斯瓦尔德·斯宾格尔（Oswald Spengler）在1911年就预感到世界大战迫在眉睫。后来大战果然爆发。从1917年起，斯宾格尔就开始写《西方的没落》。书一出版，立即洛阳纸贵。他的基本想法是：文化都可以分为四个阶段：一，青春；二，生长；三，成熟；四，衰败。尽管他的推论方法，收集资料，还难免有主观唯心的色彩。但是，他毕竟有这一份勇气，有这一份睿智，敢预言当时如日中天的，他认为在世界历史上八个文化中唯一还有活力的文化也会“没落”。我们不能不对他表示敬意。美中不足的是，他还没有认识到东方文化和西方文化的存在和交流关系。(参阅齐世荣等译《西方的没落》上下册，商务印书馆，1995年)

在西方，继斯宾格尔而起的是英国历史学家汤因比（Arnold J. Toynbee，1889—1975年)。他自称是受到了前者的影响。二人同样反对“欧洲中心主义”，是他们有先见卓识之处。汤因比继承了斯宾格尔的意见，认为文化——他称之为“文明”——都有生长一直到灭亡的过程。他把人类历史上的文明分为21种，有时又分为26种。这些意见都表述在他的巨著《历史研究》中（1934—1961年)，共12卷。他比斯宾格尔高明之处，是引入东方文化的讨论。到了70年代，他同日本社会活动家池田大作对话时，更进一步加以发挥，寄希望于东方文化。(参阅《展望二十一世纪》，国际文化出版公司，1985年)

我并不认为，斯宾格尔和汤因比——继他们之后欧美一些国家还有一批哲学家和历史学家、社会学家，赞成他们的意见，我在这里不具引——等的看法都百分之百正确。但在举世昏昏，特别是欧美人昏昏的情况下，唯独他们闪耀出一点灵光，是十分难能可贵的。他们的看法从大体上来看，我认为是正确的。如果借用上面提到的古代波斯和阿拉伯人的说法，我就想说：希腊人及其后代的那一只眼睛，后来逐渐变成了两只眼睛；可物极必反，现在快要闭上了。中国人的两只眼睛，闭上了一阵，现在又要睁开了。

闭上眼睛的欧美人士，绝大多数一点也不了解东方，而且压根儿也没有了解的愿望。我最近多次听人说到，西方至今还有人认为中国人还缠小脚，拖辫子，抽大烟，养小老婆。甚至连文人学士还有不知道鲁迅为何许人者。在这样地球越变越小，信息爆炸的时代，西方之“文明人”竟还如此昏聩，真不能不令人大为惊异。反观我们中国，情况恰恰相反。欧美的一切，我们几乎都加以崇拜。汉堡包、肯德基、比萨饼，甚至莫须有的加州牛肉面，只要加一个洋字，立即产生大魅力，群众趋之若鹜。连起名字，有的都带有点洋味。个人名字与店铺名字，莫不皆然。至于化妆品，外国进口的本来就多。中国自造的也多冠以洋名，以广招徕。爱国之士，无不痛心疾首，谴责这种崇洋媚外的风气和行为。然而，从一分为二的观点上来看，也有其有利的一面。孙子说：“知己知彼，百战不殆。”专就东西而论，现在的情况是，我们对西方几乎是了若指掌，而西方对东方则如上面所说的那样，是一团漆黑。将来一旦有事，哪一方面占有利条件和地位，昭如日月矣。

对西方的文化，鲁迅先生曾主张“拿来主义”。这个主义至今也没有过时。过去我们拿来，今天我们仍然拿来，只要拿得不过头，不把西方文化的糟粕和垃圾一并拿来，就是好事，就会对我们国家的建设有利。但是，根据我上面讲的情况，我觉得，今天，在拿来主义的同时，我们应该提倡“送去主义”，而且应该定为重点。为了全体人类的福利，为了全体人类的未来，我们有义务要送去的，但我们决不会把糟粕和垃圾送给西方。不管他们接受，还是不接受，我们总是要送的。《诗经·大雅》说：“投我以桃，报之以李。”西方文化给人类带来了一些好处。我们中国人，我们东方人，是懂得感恩图报的民族。我们决不会白吃白拿。

那么，报些什么东西呢？送去些什么东西呢？送去的一定是我们东方文化中的精华。送去要有针对性，针对的就是我在上面提到的那一个西方文化产生的“危机”。光说“危机”，过于抽象。具体地说，应该说是“弊端”。近几百年以来，西方文化产生的弊端颇多，举其大者，如环境污染、大气污染、臭氧层破坏、生态平衡破坏、物种灭绝、人口爆炸、新疾病丛生、淡水资源匮乏，等等。此等弊端，如不纠正，则人类前途岌岌可危。弊端产生的根源，与西方文化的分析的思维方式有紧密联系。西方对为人类提供生存所需的大自然分析不息，穷追不息，提出了“征服自然”的口号。“天何言哉!”然而“天”——大自然却是能惩罚的，惩罚的结果就产生了上述诸种弊端。

拯救之方，我认为是有的，这就是“改弦更张”、“改恶向善”，而这一点只有东方文化能做到。东方文化的基本思维方式是综合，表现在哲学上就是“天人合一”，张载的《西铭》是一篇表现“天人合一”思想最精辟的文章：“乾称父，坤称母，予兹藐焉，乃混然中处。故天地之塞吾其体，天地之帅吾其性。民吾同胞，物吾与也。”（下略）印度哲学中的“梵我一如”，也表达了同样的思想。总之，东方文化主张人与大自然是朋友，不是敌人，不能讲什么“征服”。只有在了解大自然，热爱大自然的条件下，才能伸手向大自然索取人类衣、食、住、行所需要的一切。也只有这样，人类的前途才有保障。

我们要送给西方的就是这种我们文化中的精华。这就是我们“送去主义”的重要内容。

我们的“李”送了出去，接受不接受呢？实际上，我们还没有正式地送，大规模地送。连我们东方人自己，其中当然包括中国人，还不知道，还不承认自己的这种宝贝，我们盲目追随西方，也同样向自然界开过战，我们也同样有那一些弊端，立即要求西方接受，不也太过分了吗？不过，倘若稍稍留意，人们就会发现，现在世界各国，不管出于什么动机，也不管是根据什么哲学，注意到上述弊端而又力求改变的人越来越多了。今年《日本经济新闻》刊载了高木韧生的文章，说 21 世纪科研重点将是“人类生存战略”。

这的确是见道之言。我体会，这里所说的“科研”包括文理两个方面。作者把科研提高到“人类生存”这个高度来看，不能不谓之有先见之明，应该受到我们大家的最高的赞扬。至于惊呼人口爆炸的文章，慨叹新疾病产生的议论，让人警惕环境污染、臭氧层破坏、生态平衡的破坏、淡水资源的匮乏等等的号召，几乎天天可见。人类变得聪明起来了，人类前途不是漆黑一片了。我想，世界各国每一个有心人，无不为之欢欣鼓舞。我这一个望九之年的耄耋老人，也为之手舞足蹈了。

我在上面刺刺不休说了那么多话，画龙点睛，不出一点：我曾在一次国际学术讨论会上说过一篇短话，题目叫做“只有东方文化能够拯救人类”。我在上面说的千言万语，其核心就是这一句短短的话。至于已经来到我们门前的21世纪究竟是什么样子？西方文化究竟如何演变？东方文化究竟能起什么具体的不是空洞的作用？人类的前途究竟何去何从？所有这一切问题，都有待于历史发展的进程来加以证明。从前我读过一个近视眼猜匾的笑话。现在新的一个世纪还没有来临，匾还没有挂出来，上面有什么字，我们还不能知道。不管自诩眼睛多么好，看得多么远，在这一块尚未挂出来的匾前，我们都是近视眼。

在这样的情况下，我认为，我们最重要的任务就是学习，就是了解。我们责怪西方不了解东方文化，不了解东方，不了解中国，难道我们自己就了解吗？如果是一个诚实的人，他就应该坦率地承认，我们中国人自己也并不全了解中国，并不全了解东方，并不全了解东方文化。实在说，这是一出无声的悲剧。

了解的唯一途径就是学习，而学习首先必须有资料。对我们知识分子来说，学习资料首先是文字，也就是书籍。环顾当今世界，在“欧洲中心论”还有市场的情况下，在西方某一些人还昏昏然没有睁开眼睛的时候，有关东方的书籍，极少极少。有之，亦多有偏见，不能客观。西方如此，东方也不例外。即使我们有学习的愿望，也是欲学无书。当然，东方各国的情况不尽相同，各国刊出书籍的多寡也不尽相同。但总之是很少的。有的小一点的国家，简直形同空白。有个别东方国家几乎毫无人知，它们的存在在一团迷雾中，若明若暗，似有似无。这也是一出无声的悲剧。

就是为了这个缘故，我们这一批人不自量力——或者更明确地说是认真“量”过了自己的“力”，倡议编纂这一套巨大空前的《东方文化集成》。虽然，我们目前的队伍，由于历史造成的原因，还不是太大；我们的基础还不是太雄厚；但是，我们相信主观能动性。我们想“挽狂澜于既倒”，我们决非徒托空言。世界人民、东方人民、中国人民的需要，是我们的动力。东方人民和西方人民的相互了解，是我们的愿望。东方人民和西方人民越来越变得聪明，是我们的追求。我们老、中、青三结合，而对著作的要求则是高水平的。我们希望，能通过这个活动，既提高了中国对东方文化的研究水平，又能培养出一批学有专长的人才，收得一举两得之效。

我们既反对“欧洲中心主义”，我们反对民族歧视。但我们也并不张扬“东方中心主义”。如果说到或者想到，在21世纪东方文化将首领风骚的话，那也是出于我们对历史发展的观察与预见，并不出于什么“主义”。本着这种精神，我们对东方几十个国家一视同仁。国家不论大小，人口不论多寡，历史不论久暂，地位不论轻重，我们都平等对待，决不抬高与贬低，拜倒与歧视。每一个东方国家都在我们丛书中占有地位。但国家毕竟不同，资料毕竟多寡悬殊，我们也无法强求统一。有的国家占的篇幅多一点，有的少一点，这是实事求是，与歧视毫无关联。我们虔诚希望，在即将来临的21世纪中，中国的两只眼睛都能睁开，而且睁得大大的，明亮而睿智。西方的一只眼睛能变成两只，也同样睁开，而且睁得大大的，明亮而且睿智。世界上各个民族也都有了两只眼睛，都要睁得大大的，明亮而且睿智。我们共同学习，努力互相了解。我们坚决相信，只要能做到这一步，人类会越来越能相互了解，世界和平越来越成为可能，人类的日子会越来越好过，不管还需要多么长的时间，人类有朝一日总会共同进入太平盛世，共同进入大同之域。

1996年3月20日

目录

绪论

第一节　问题的提出与研究意义

1. 问题的提出

《平家物语》是日本中世纪名作，讲述了公元12世纪末期，日本贵族、武士、僧侣等各方势力争夺霸权的历史，特别是平氏武士家族由盛转衰的悲剧命运。全书时间跨度近百年，空间几乎覆盖整个日本列岛，波及了上至天皇、贵族，下到百姓、歌女等众多阶层的人物。《平家物语》的最大特色，在于其成书过程。伴随着琵琶法师[①]的弹唱，平家故事流传于整个日本，与此同时，内容也不断丰富和充实，由最初的3卷本逐步扩展到6卷本、12卷本，后又出现了48卷本等多种版本。

从体裁来看，《平家物语》属于军记物语。军记物语，日语称“軍記物語、いくさ物語、戦記文学”，是“以确切的历史记录为依据，吸收民间传说的武士和战争故事，经过敷衍加工创作而成的。虽然也是取材于历史，以史实为依据，但允许作者在一定程度的自由创作……形成了一种新的叙事文学”。[②]军记物语的代表作有《保元物语》、《平治物语》、《平家物语》、《承久记》、《太平记》等。《保元物语》描写了1156年发生的保元之

① 弹着琵琶，说书讲史的盲人僧侣。

② 李树果.《平家物语》和《三国演义》——战记物语和演义小说的比较[J]. 日语学习与研究，1990（1）:25-30.

乱,《平治物语》描写了1159年的平治之乱,《平家物语》描写了1180—1185年的源平争霸,《承久记》描写了1221年的承久之变。其中,《平家物语》被公认为文学成就较高,较能代表这一体裁特色。

《平家物语》不仅是军记物语的代表作,就整个日本文学史而言,也是当之无愧的杰作。“即使在今天,仍然比《源氏物语》拥有更多的读者。”① 更重要的是,由于琵琶法师的巡回讲演,《平家物语》在成书时期便拥有许多听众。因此,《平家物语》在日本也被称为“国民史诗”②,是能够反映日本国民思想、备受国民追捧的文学作品。从这一称呼本身,我们也能够感知《平家物语》在日本文学史、文化史上的重要地位。日本后世的许多文学作品、净琉璃等戏剧、电影、电视剧、音乐、绘画、教科书,甚至动漫、电子游戏③ 都取材于《平家物语》,足见其受喜爱的程度。

《平家物语》拥有数量众多的版本。首先是有两大分支:一被称为读本(読み本),主要供阅读;二被称为话本(語り本),主要供说书演唱,类似于我国说书讲史的话本。前者包括延庆本、四部合战状本、长门本、《源平盛衰记》等;后者又根据有无〈灌顶卷〉被一分为二:一是没有〈灌顶卷〉的“八坂流诸本”,

---

① 家永三郎. 日本文化史 [M]. 東京: 岩波書店, 1961:121.

② 日语称“国民叙事詩”。

③ 代表性的文学作品有吉川英治的《新平家物语》、森村诚一的《平家物语》、司马辽太郎的《义经》、宫尾登美子的《宫尾本平家物语》等。净琉璃等戏剧作品有近松门左卫门的《出世景清》、竹田出云的《右大将镰仓实记》、梅野下风与澗仁轩的《安德天皇兵器贡》等。电影有黑泽明导演的《踏虎尾》、上杉尚棋导演的《义经与弁庆》、冲岛勋导演的《YYK论争永远的“误解”》等。电视剧有NHK制作的《平家物语》、TBS制作的《平清盛》、日本电视台制作的《源义经》等。音乐作品有《义经传说》、《歌谣——平家物语》等。绘画作品有《平家物语图屏风》、《平家物语绘卷》。被收录教科书的有《祇园精舍》、《木曾之死》、《那须与一》等章节。动漫有TBS制作的《美女武者——巴御前》与《黑发上的泪水——建礼门院德子》、日本电视台制作的《珍平家物语之卷》等。电子游戏有Namco(南梦宫)开发的《源平讨魔传》、FromSoftware公司开发的《义经英雄传》等。

二是有〈灌顶卷〉的"一方流诸本"。从卷数来看,可以将其分为6卷本、12卷本、12卷加灌顶卷的13卷本、20卷本、48卷本等多个版本。

上述版本中,流传最广、受众最多的当属十三卷本的"一方流诸本"中的觉一本。"觉一"乃人名,是一盲人僧侣,他弹着琵琶说唱的《平家物语》感人至深,引来许多慕名拜师的弟子,流派也随之不断壮大。为避免弟子们对《平家物语》的内容产生分歧,觉一在世之时便统一固定了该流派的说唱版本,这就是觉一本。

《平家物语》已出版的汉译本有四种:一是人民文学出版社1984年出版的《平家物语》,其中,前六卷由周作人在1959—1960年译出,后六卷加灌顶卷由申非翻译。二是云南人民出版社于2002年出版的王玉华的译本。三是上海译文出版社2012年出版的王新禧的《平家物语》全译本。四是译林出版社2017年出版的台湾学者郑清茂的译本。国内也出版过其他汉译本,比如,中国对外翻译出版公司2001年推出了周作人译《平家物语》,上海三联书店2005年发行了申非译、叶渭渠导读的《平家物语》,但都是周、申二人合译本的变异本。

综合考量后,笔者决定选取觉一本为研究对象。其一,如上所述,该版本是诸本中流传最广的,从这个意义上说,它能反映当时日本民众思想,能代表该作在日本的创作语境和接受语境;其二,与其他版本相比,觉一本成书较晚,有明显的艺术加工痕迹,所以从叙事学的角度说,该版本拥有更高的艺术成就和研究价值;其三,目前国内出版的汉译本《平家物语》,均是以觉一本为底本翻译的。这也就意味着,对于许多中国读者和学者来说,该版本最具代表性。

2. 本书的研究意义

《平家物语》[①] 作为日本文学中典型的、具有代表性的“国民史诗”,大量借鉴了中国古典文学与文化。正如《平家物语》汉译本的译者之一申非所评论的:“《平家物语》作为古典文学,它所反映的是古代的社会面貌,古代的思想文化,它所表达的人生观、价值观、社会伦理准则等,与现代社会的生活与思想是大相径庭的。但作为一面镜子,它反映出古代日本人的生活思想的真实面貌,也反映出它与中国传统思想文化以及印度的佛教思想,有着多么密切的联系,有助于了解日本的文化发展历程。”[②]

一方面,通过研读《平家物语》,我们可以了解中国古代文化对日本文化的浸润,以及日本文化是如何吸收和借鉴中国文化的;另一方面,《平家物语》在学习中国文化时,并非原样移植,而是有选择地、倾向性地对其进行了“变形”,从而使其顺应大和民族的审美表达与情感诉求。因此,通过分析《平家物语》对中国文化的受容与变容,我们可以藉此探讨其背后所深藏的日本民族的国民性、日本文化的美学特征等。

因此,笔者试图以叙事学为理论支撑,系统地开展对《平家物语》的研究,包括叙事手法、叙事策略、叙事结构、叙事文体、叙事文本等。在此基础上,重点分析《平家物语》对烽火戏诸侯、苏武出使、荆轲刺秦王等中国故事的变形,考察这些变形所折射出来的日本文化的独特性。

---

① 如前所述,国内汉译本均将《觉一本平家物语》直接译为《平家物语》。为了行文简洁,本书后文中也采用简称《平家物语》。

② 申非.译本序[A].[日]无名氏著,周作人、申非译.平家物语[M].北京:人民文学出版社,1984:3.

第二节　国内外研究的历史与现状

1. 日本的研究

1.1《平家物语》的研究

日本对于《平家物语》的研究起步较早，较为系统的探讨从明治维新之后就开始了。特别是1945年以后，日本学者对《平家物语》展开了深入和细致的研究，涉足领域也十分广泛，包括考证学、语音学、语法学、词汇学、文学、历史学、宗教学、美学等。据日本国立情报研究所（NII）开发的论文、馆藏书籍检索平台CINII的统计，截至2017年12月，日本公开发表或出版的与《平家物语》有关的学术论文（包括博、硕士学位论文在内）共计3325篇、专著1584部。

从时间上来看，《平家物语》的研究大致可以分为四个阶段：明治时代(1868—1912)、大正时代(1912—1926)、昭和时代(1926—1989)、平成时代(1989年至今)。明治时代的《平家物语》研究，在作品性质的界定方面，实现了从历史著作向文学作品的转变。"江户时代，《平家物语》在知识分子中被视为史书，其中描写的历史人物言行，也被利用为宣传儒教的素材。"① 明治维新之后，关于《平家物语》是否忠实于历史，田口卯吉、芳贺矢一等人掀起了热烈的讨论。以星野恒的《平家物语源平盛衰记谬误甚多》(1898) 一文为标志，日本学术界基本完成了

① 大津雄一，日下力，佐伯真一，櫻井阳子編．平家物語大事典 [C]. 東京：東京書籍株式会社，2010:799.

对《平家物语》的重新定位。另外，虽然论述的层次深浅不一，但《平家物语》研究的诸多关键词，如国民史诗、英雄观、版本学等均在明治时期被发掘出来，为之后的《平家物语》研究打下了基础。

进入大正时代之后，日本政府加强了对国民思想的控制，《平家物语》和《太平记》等军记物语，被作为武士道精神乃至日本国民道德的结晶，得到政府的大肆宣扬。受这种政治环境的左右，大正时期的《平家物语》研究，基本沦为了歌功颂德、教化国民的工具，丧失了文学研究的自主性。

昭和时代初期至日本战败投降的1945年，日本政府要求从国家至上主义、军国主义的立场阐释《平家物语》，部分研究者也努力迎合。高木武的专著《日本精神和日本文学》(1938)、《战记物语和日本精神》(1940)等，佐佐木八郎的《古典鉴赏中世文学》(1943)，均刻意粉饰武士道精神，牵强附会地通过《平家物语》美化日本发动的侵略战争。

第二次世界大战结束之后，《平家物语》的研究才逐步回到正轨。永积安明、石母田正、谷宏等学者从历史实证学、民俗学等角度展开探讨，拓宽了《平家物语》的研究思路。在他们的影响下，新的学说不断涌现。小林智昭的《无常感的文学》(1959)、井出恒雄的《日本文学史中无常观的克服》(1959)、永积安明的《平家物语之思想》(1962)等，从无常观的角度展开了作品分析。渥美熏的《平家物语之基础的研究》(1959)，指出了作品中所蕴含的"因果观"，即平清盛的恶行导致平家灭亡。

平成时代的《平家物语》研究，又涌现出日下力、佐伯真一、大津雄一等颇具影响力的学者。日下力的《军记物语的世界》(2008)，认为《平家物语》源自战争体验者的讲述，多面性地表现了人生的苦恼，这有别于西方的叙事诗。大津雄一的《军记和王权的意识形态》(2005)、《平家物语的再诞生——被创作的国民叙事诗》(2013),对国民史诗的评价提出了质疑。2010 年,大津雄一、日下力、佐伯真一、樱井阳子共同编著了《平家物语大事典》,系统地梳理了迄今为止《平家物语》的研究成果,指出了尚待挖掘的研究方向。

1.2 比较文学视域的研究

由于《平家物语》等军事小说中出现了大量的中国故事、诗句、典籍,因此,与中国文学的比较研究也是日本学术界关注的重点。这方面的代表成果,首推日本和汉比较文学会编著的《军记与汉文学》(1993)[①]。全书收录了 15 篇论文,包括平野砂月的《延庆本〈平家物语〉的对中国意识》、佐伯真一的《夷狄观念的受容》、村上美登志的《中世军记物语与和制类书》等,探讨了《平家物语》与中国典籍的关系、对中国故事的受容、受中国历史观的影响等。

其后,日本学术界着重考察了《平家物语》的人物形象与中国文学的互文性,包括《〈平家物语〉中的〈史记〉——以义仲和项羽的相似性为中心》(1985)[②]、《〈平家物语〉中〈史记〉的机能——以义仲与赖朝的不和为中心》(1987)[③] 等。山田尚子的《杨贵妃故事的变容——围绕延庆本〈平家物语〉痛失杨贵妃之事》[④],认为《平家物语》讲述的杨贵妃故事有两个方向性:一个是继承了日本《和汉朗咏注》的改编、更强调讽喻性的贵

① 和漢比較文学会編 . 和漢比較文学叢書 (15) 軍記と漢文学 [C]. 東京 : 汲古書院 , 1993.

② 田部井栄子『平家物語』における『史記』——義仲と項羽の類似性をめぐって [J]. 群馬県立女子大学国文学研究 ,1985(5):63 — 66.

③ 山下宏明 .『平家物語』における『史記』の機能——義仲と頼朝の不和をめぐって [A]. 和漢比較文学叢書第 6 巻中世文学と漢文学Ⅱ [C].1987:151-164.

④ 山田尚子 . 楊貴妃譚の変容——延慶本『平家物語』「楊貴妃被失事」をめぐって—— [A]. 佐伯真一 . 中世の軍記物語と歴史叙述 [C]. 東京 : 竹林舍 ,2011:32-52.

妃故事，借用唐玄宗的奢靡和专宠，批判了日本平氏家族的飞扬跋扈。另一个贵妃故事则倾向于回归原典，于细节之处修正了《和汉朗咏注》，使其更忠实于《长恨歌》、《长恨歌传》。堀诚的专著《日中比较文学丛考》(2015)①，第三部分为〈源平故事人物考〉，主要探讨了项羽和源义仲、刘邦和源赖朝、南宋幼主赵昺和日本安德天皇等人物形象之间的互文性。

《平家物语》所引中国题材的具体出处，也成了学术界的热点。在《中世说话的文学史的环境》(1988)② 及其续书(1995)③ 这两部著作中，黑田彰提出了一个新的概念——“中世史记”。所谓“中世史记”，指在距离原典汉籍的本意较远之处，不断生成与流变之后所形成的，交织着“别传”和“异文”的言说总体，主要是幼学书(胡曾诗、《蒙求》、《千字文》)、类书、《和汉朗咏集》等歌谣集中所记载的故事。换言之，“中世史记”是受《史记》、中国启蒙书与类书等影响，所形成的日本中世想象力的世界。吉田辉雄的系列研究论文，包括《关于参与〈平家物语〉的汉籍 (1)》④、《(2)——会话文的故事、成语》⑤、《(3)——在叙述文中被活用的故事》⑥、《(4)——叙述文的成语、惯用句等》⑦，详细分析了《平家物语》的人物对话和叙述文中引用的中国故事、成语等，探讨了汉籍对《平家物语》的构思、主题等方面的影响。

---

① 堀誠 . 日中比較文学叢考 [M]. 東京 , 研文出版 ,2015.

② 黒田彰 . 中世説話の文学史的環境 [M]. 大阪 : 和泉書院 ,1988.

③ 黒田彰 . 中世説話の文学史的環境〈続〉[M]. 大阪 : 和泉書院 ,1995.

④ 吉田輝雄 .『平家物語』が与かる漢籍について (1)[J]. 曙光 ,2000:87-94.

⑤ 吉田輝雄 .『平家物語』+ が与かる漢籍について (2) 会話文の説話・成句など [J]. 曙光 ,2001:41-49.

⑥ 吉田輝雄 .『平家物語』が与かる漢籍について -- 地の文に活用される説話 [J]. 曙光 ,2003:94-102.

⑦ 吉田輝雄 .『平家物語』が与かる漢籍について -- 地の文の成句・慣用句など [J]. 曙光 ,2004:91-99.

多数日本学者比较注重实证分析,关注军记物语对中国文学受容与变容的细节;也有部分学者拓展了研究深度,触及了日本民族独特的审美与价值观等内容。例如,谣口明的《〈平家物语〉对汉籍的受容》(1995),[①] 对照分析了《平家物语》与《史记》中关于荆轲故事的不同表述,认为《平家物语》在塑造人物时,移入了日本本土固有的价值观,对于战败、灭亡的失败者表现出了特别的同情。

伴随着我国对《平家物语》研究的深入,一些日本学者也在中国期刊上发表论文。早稻田大学日下力的《〈平家物语〉的历史意蕴》(2005)[②]、京都大学金文京的《军记物语和中国文学》(2009)[③]、新泻大学铃木孝庸的《〈平家物语〉中“平家”式表现的成立》(2014)[④] 等,颇具代表性。在《〈平家物语〉的历史意蕴》中,日下力明确反对日本社会用《平家物语》为战争煽情,他认为《平家物语》讲述了战争的无情、不幸和痛苦,这就是其历史意蕴所在。《军记物语和中国文学》一文,在介绍了日本“军记物语”的概念及其代表作之后,又着眼于中国文学,将《三国志演义》、《精忠传》、《杨家将》等小说视为中国的“军记物语”,进行了中日比较。金文京主张:日本军记物语不但修辞上受到中国文学极大的影响,而且其文体、内容、人物性格的描写等,无不与中国文学有相同之处,值得比较和研究。《〈平家物语〉中“平家”式表现的成立》,将“平曲”作为研究素材,分析了《平家物语》中“平家”式的表现形式和“传唱”之间的关系,证明了《平家物语》的文章是通过“传唱”这一媒介而成

---

① 謡口明.平家物語における漢籍の受容 [J].言語と文化,1995:1-15.

② 日下力.《平家物语》的历史意蕴 [J].日本研究,2005(2):64-68.

③ 金文京.军记物语和中国文学 [J].日语学习与研究,2009(2):58-64.

④ 铃木孝庸著,赵丽莉,孙旸译.《平家物语》中“平家”式表现的成立 [J].黑龙江社会科学,2014(5):122-129.

熟起来的。

综观近年来的日本的《平家物语》研究，主要呈现出以下特点：一、研究内容不断细化，细致到对某个人物、方言、服装、兵器等细节的探讨。二、跨学科领域的研究成果日益增多，尤其是文学和历史学、语言学、艺术学、民俗学等领域的交叉研究。三、实证研究的方法日益受到重视，对人物、地名、宗教、语音等方面的考证不断深入。四、比较文学的研究也得到了推进，包括《平家物语》与《罗兰之歌》、《尼伯龙根之歌》等西方英雄史诗的比较研究 。

2. 国内的研究

2.1《平家物语》的研究

国内关于《平家物语》的研究，最早起步于翻译。人民文学出版社于 1959—1960 年邀请周作人翻译《平家物语》，但由于历史的原因，译本直到 1984 年才出版。汉译本公开发行前后，国内对《平家物语》的研究也逐渐步入正轨。刘振瀛的《试评日本中世纪文学的代表作〈平家物语〉》(1982)[①]，首开了研究先河。文章介绍了《平家物语》的内容、文学史价值，分析了其中的武士精神，认为它不同于后世所鼓吹的"武士道"，而是中世纪初期日本武士阶级所表现出来的、与腐朽的贵族阶级相对立的一种行为规范，包括尚武精神、重名声、重俭素等内容。随后，作者指出：《平家物语》虽然表面上是写平氏一族的兴亡史，但实际上反映的却是构成日本社会巨大转折的历史，因此，作品的客观意义要比作者的主观意图大得多。张效之的

① 刘振瀛 . 试评日本中世纪文学的代表作《平家物语》[J]. 国外文学 ,1982（2）:14-34.

《试论〈平家物语〉》(1987)[①],考察了作品的主题:《平家物语》一方面笔酣墨饱地书写了新兴武士,同时又情真意切地为旧贵族的没落、为贵族化了的平氏一族的悲剧结局大唱挽歌。

20世纪90年代以后,更多的学者开始关注《平家物语》,研究角度也逐渐多元化,包括作品主题、美学意识、武士精神、人物形象、源平之争等。作品主题的研究,有《描绘时代本质的伟大民族画卷——简论长篇小说〈平家物语〉》(1990)、《前兆事件与"平家物语"的主题构思》(2008)[②]等论文,还有一部专著——杨夫高的《〈平家物语的构想〉:历史叙述与前兆事件》(2012)[③],这是国内出版的首部《平家物语》研究专著。该专著以日语写成,在日本和国内同时出版。全书共分六章,分别考证了延庆本、觉一本等十三个代表性版本中的前兆性事件,得出结论:延庆本的前兆事件缺乏统一构思,拥有多种历史叙述方式;觉一本的前兆事件与王法倾斜、平家灭亡这两个主题有机地结合在了一起,取得了艺术上的统一;由于形成时期和主题构思的不同,《平家物语》各个版本在对相同历史事件的叙事方式上存在着很大的差异。

美学意识的研究方面,包括林岚的《〈平家物语·敦盛之死〉的美学意识》[④]与《〈平家物语〉的唯美情趣》(2005)[⑤]。前一篇论文着眼于《平家物语》中的贵公子武将平敦盛之美:是年轻的生命之美,是在大势已去的烽火之中仍能淡妆修饰自

① 张效之.试论《平家物语》[J].聊城师范学院学报(哲学社会科学版),1987(4):72-77.

② 蓝泰凯.描绘时代本质的伟大民族画卷——简论长篇小说《平家物语》[J].贵阳师专学报(社会科学版),1990(2):51-57.

③ 杨夫高.《平家物语》的构想:历史叙述与前兆事件[M].天津:南开大学出版社,2012.

④ 林岚.《平家物语·敦盛之死》的美学意识[J].日本学论坛,2000(3):32-35.

⑤ 林岚.《平家物语》的唯美情趣[J].日本研究,2005(2):69-72.

己的从容之美，是放弃逃生机会毅然返回海滩血战敌将的英雄气概之美，更有颈在刀下仍能泰然自若的不失自尊之美。作者认为：平敦盛是表现生命之美的一个符号，其出场意义就是要唤起那些奋力拼杀于疆场的武士们的人性，唤起他们对美的客观性的承认。因此，敦盛之死在美学意义上具有超时性，将这种对美的感动和向往推向了极致，并使之达到永恒。后一篇论文，以“忠度出奔”、“青山琵琶”、“千手姬”、“那须与一”等为例，分析了其中所流露出的审美主张，探讨了《平家物语》的创作者、传唱者的心理：对平家贵族式审美情趣的赞赏和对源氏草莽武士们低劣品质的嘲笑。

焦欣波的《暴力叙事与诗学批评——〈平家物语〉的暴力美学》（2007）[①] 分析了《平家物语》中的暴力：根源于人性与权力欲的暴力；男权社会对女性的暴力；众多凶杀、战争场面；自然暴力。他认为《平家物语》的作者所描写的是暴力中的父子情、情人爱、武士精神、人性善等，所追求的是暴力中的人性美、人情美和人道主义精神。《平家物语》通过对暴力的叙事，离合生死之间的人生选择，从宗教哲学上来思考了人类生存的自由与抉择、价值和意义。

《平家物语》所反映的武士精神，也受到研究者的关注。董岳州的《论〈平家物语〉中的武士价值观念》（2006）[②] 总结了《平家物语》所体现的武士价值观念：技艺精湛、视死如归、勇武刚毅；忠义报主、重视名利、为知己者死；风流典雅、智勇双全又不失人性温情。丁瑜的《从〈平家物语〉苏武故事看日本

---

① 焦欣波．暴力叙事与诗学批评——《平家物语》的暴力美学 [J]. 四川教育学院学报，2007（11）:40-43.

② 董岳州．论《平家物语》中的武士价值观念 [J]. 湖南工程学院学报（社会科学版），2006（1）:54-56.

中世纪的武士道精神》(2007)[①] 分析了《平家物语》对苏武形象的“变容”,认为这种变容有力地突出了中世纪日本武士所具有的忠孝、勇武、风雅的武士道精神。这种精神与近世残忍野蛮的武士道不同,是逐渐形成的一种道德规范,受社会舆论的约束。

《平家物语》的人物形象研究方面,比较有新意的是王咏梅的《论日本古典物语中的悲剧人物》(2002)[②]。文章对《源氏物语》和《平家物语》中的悲剧人物进行了分类:主动超越类和被动陷入类。平清盛属于前一类人物,其悲剧在于:只考虑自己的意愿而不顾周围环境因素的制约,一意孤行地发出行动,最终陷入“动机与结果完全悖反”的结局。而平重盛是一个“两难”的悲剧人物,被动地陷入了义务与人情的冲突中无法自拔,最终被撕裂、毁灭。

关于《平家物语》中的战争,研究成果并不多见。据笔者所收集的资料来看,仅有一篇论文——《论〈平家物语〉中会战的自然描写》(2013)[③]。该论文以觉一本中的富士川之战、火打之战、藤户之战、八岛渡海四次战事为研究对象,对照研究了同时期的史料以及《平家物语》的各主要版本。作者认为这四次战事的描写重点都集中在自然要素上,与其说是在构思激烈的战斗,不如说是通过“自然”的参战,带来戏剧性的逆转结果。而源平双方对待自然环境的迥异态度,体现了平家的消极抵抗与源氏的积极备战。

① 丁瑜.从《平家物语》苏武故事看日本中世纪的武士道精神 [J]. 湖南农业大学学报(社会科学版),2007(3):100-102.

② 王咏梅.论日本古典物语中的悲剧人物 [J]. 江汉大学学报(人文社会科学版),2002(6):41-45.

③ 杨夫高.论《平家物语》中会战的自然描写 [J]. 日语学习与研究,2013(4):112-118.

2.2 比较文学视域的研究

由于具备中国文化、文学的独特优势，我国学术界始终关注中日比较文学领域的《平家物语》研究，从影响研究和比较研究两大方面展开了分析。影响研究主要探讨中国文化、文学对《平家物语》的影响，包括整体影响研究和个案影响研究。整体影响研究方面有申非的《平家物语与中国文学》（1985）[①]，从主题思想与周易的辩证观、贤臣楷模与儒家礼仪、武士精神与《史记》列传、平曲和平话四个角度展开了探讨。申非考察发现，《平家物语》引用了二十多部中国典籍，远者有《诗》《书》《礼》《易》《春秋》，近者有唐代的《贞观政要》和《白氏文集》，却没有一本宋人的著作。他认为这个事实说明，文学的演进尽管中日民族不同，却大抵循着相同的轨迹。

整体影响研究的成果还有窦雪琴的《〈平家物语〉的中国镜像》（2008）[②]、杨夫高的《中国古典文学对日本中世军记物语的影响研究》（2013）[③] 等。前者分析了中国的儒释道对《平家物语》历史观、忠义观、天命观的影响，认为中国文化不仅影响到了日本统治阶级，被借鉴用来当作统治国家的经验；而且极深刻地触及了日本文人的灵魂，也可被视为日本文人的精神归宿。后者探讨了中国古典文学对日本军记物语编年体叙事手法、主题、君臣观、历史解释、情感抒发等方面的影响，并对其影响形式进行了三种分类：一是直接引用；二是间接借鉴；三是隐性吸收。

个案影响研究主要集中在《史记》、白居易诗歌等，这与

① 申非.《平家物语》与中国文学 [J]. 日语学习与研究，1985（3）:7-10.

② 窦雪琴.《平家物语》的中国镜像 [J]. 名作欣赏，2008（14）:112-114.

③ 杨夫高.中国古典文学对日本中世军记物语的影响研究 [J]. 重庆科技学院学报（社会科学版），2013（9）:130-132.

《平家物语》对中国文学的引用状况有直接关系。据申非在《平家物语与中国文学》中考察,《平家物语》共引用中国诗歌历史典故108处[①],其中来自《史记》的有29处,源自白诗的有23处,足见《史记》与白诗对《平家物语》的重要影响力。关于《史记》的影响研究,与《平家物语》相比,国内学术界更青睐于分析《史记》对"军记物语"另一部代表作《太平记》的影响。例如,邱岭的《〈史记·项羽本纪〉与〈太平记〉中的楚汉故事》(1994)[②]、邱鸣的《论〈史记〉对日本军记文学的影响——以〈太平记〉研究为中心》(2009)[③]等论文。

白居易诗歌对《平家物语》的影响,代表性成果有吴芳龄的(《绵绵长恨也哀也美——试论〈平家物语〉对〈长恨歌〉的借鉴》)(2003)[④]、曲朝霞与姜萌的《〈平家物语〉与白居易诗歌》(2013)[⑤]、杨夫高的《〈平家物语〉对〈长恨歌(传)〉的借鉴研究》(2013)[⑥]。前者将《平家物语》对白居易诗歌的借鉴分作三类:诗句的引用;诗句的套用;诗句的化用。在此基础上,重点考察了对《长恨歌》的借鉴,认为《平家物语》的作者所共鸣的是《长恨歌》的优美感伤,是"婉转动人、缠绵悱恻"的情调。而这种情调实际上是继承了日本平安贵族的审美情趣,与平安文学的作者们保持了高度一致:他们都选中了《长恨歌》这首感伤

---

① "108处引用"的数据,应该是仅限于觉一本,没有统计延庆本、源平盛衰记等《平家物语》其他版本。这篇论文发表在1985年,延庆本等版本尚未进入中国研究者的视野。

② 邱岭.《史记·项羽本纪》与《太平记》中的楚汉故事[J].外国文学研究,1994(1):29-35.

③ 邱鸣.论《史记》对日本军记文学之影响——以〈太平记〉研究为中心[J].日语学习与研究,2009(4):41-44.

④ 吴芳龄.绵绵长恨也哀也美——试论《平家物语》对《长恨歌》的借鉴[J].福建师范大学学报(哲学社会 科学版),2003(5):101-106.

⑤ 曲朝霞、姜萌.《平家物语》与白居易诗歌[J].长春理工大学学报(社会科学版),2013(4):175-177.

⑥ 杨夫高.《平家物语》对〈长恨歌(传)〉的借鉴研究》[J].天津外国语大学学报,2013(5):63-67.

类诗歌，又都特别选中了哀婉动人、感伤情调浓郁的后半部分。

《〈平家物语〉与白居易诗歌》考察了《平家物语》对白居易诗歌的引用情境与引用目的，发现《平家物语》既随心地运用了白诗来描写爱情、表现内心苦闷和寂寞，又不露痕迹地将诗歌融入到作品故事中。《平家物语》大量引用了白诗，这充分说明当时日本的普通群众对于白诗的推崇和使用，也可以感受到中国文化对日本文化千百年来的影响和推动。

在《〈平家物语〉对〈长恨歌(传)〉的借鉴研究》中，杨夫高详细梳理了觉一本对《长恨歌(传)》的9处借鉴，认为这些借鉴主要体现在三个方面：其一，对先例的借鉴；其二，感伤情感的抒发；其三，主题的借鉴，通过借鉴唐玄宗与杨贵妃的爱情悲剧，形成了后白河法皇与平滋子、高仓天皇与平德子的双重"长恨歌结构"。随后，作者又结合史料，分析了《平家物语》与《长恨歌(传)》的差异，认为《平家物语》虚构了平德子的专宠，淡化了两代平家女子母凭子贵的事实，旨在借助杨氏一门的凋零，诠释平家的兴衰，暗示了平家灭亡的作品主题。

比较研究方面，关注最多的是《三国演义》和《平家物语》的比较。计刚的《〈三国演义〉与〈平家物语〉的比较研究》(1987)[①]对比了《三国演义》与《平家物语》的创作思想、成书过程、作品形式、研究价值、文学史上的地位，发现尽管《平家物语》成书年代早于《三国演义》，但《平家物语》中有中国故事，《三国演义》中则没有日本古代故事。他认为这是因为：第一，历史上中国文化向日本的传播及对日本社会的深入影响；第二，古代中国闭关自守的大国主义的影响；第三，三国的故事早于平家故事近千年，民间流传时间亦早六百余年。作者认为：

① 计刚.《三国演义》与《平家物语》的比较研究[J].日语学习与研究,1987(6):53-56.

上述原因造成了古代中国文化对日本文化的单向影响，而古代日本文化在中国文化中的反馈则几乎不见。

李树果的《〈平家物语〉和〈三国演义〉——战记物语和演义小说的比较》（1990）① 比较了两部作品在文本性质、成书过程、历史背景、结构内容、艺术特点等方面的相似之处，认为这些相似说明中日两国的文化交流源远流长，中国的儒教和通过中国传去的佛教早已成为日本的社会伦理和人们思想意识中的重要组成部分，日本古代正是吸取了中国先进的文化艺术，才发展了自己国家的文艺传统。

李英武的《〈三国演义〉与〈平家物语〉的艺术特色之比较》（1996）② 对比了两书的写作手法、艺术结构、人物形象、战争描写等方面的异同，认为它们的艺术手法同中有异。相同之处在于都成功地运用了历史史料，组织了宏大的艺术结构，塑造了栩栩如生的英雄形象，描绘了壮观的战争场面。不同之处主要体现在历史时代的差别上：《三国演义》所写的是中国封建社会不断重复出现的分裂与统一的过程，而《平家物语》则是日本中古史上巨大转折期的阶级交替——古代贵族阶级的衰落与武士阶级的兴起。

其他方面的比较研究，有邱鸣的《中日古典小说虚构的异同——中日军记小说中应验描写比较》（2005）③，对比了中国的《水浒传》、《三国演义》与日本的《平家物语》、《太平记》等作品中的应验描写。作者发现中日古典小说在这方面存在着

① 李树果.《平家物语》和《三国演义》——战记物语和演义小说的比较 [J]. 日语学习与研究，1990（1）:25-30.

② 李英武.《三国演义》与《平家物语》的艺术特色之比较 [J]. 东北亚论坛，1996（1）:88-93.

③ 邱鸣. 中日古典小说虚构的异同——中日军记小说中应验描写比较 [J]. 日语学习与研究，2005（2）:55-58.

很大差异：中国古典小说中的应验描写几乎遵循着固定的模式，即预言或预感得到验证；日本古典小说的应验描写却是多样化的，其中也有大量的与征兆或预言相左的结果出现。造成这种差异的原因在于：中国古典小说的"圆形框架"与教化功能，与此相对，日本古典小说所体现的基于"真"与"情"的悲剧意识。

3. 其他国家的研究

随着国际间文化交流的增进，日本的军记物语也逐渐引起其他国家学者的关注，包括军记物语本身的翻译与研究以及比较文学视域下的军记物语研究。军记物语本身的翻译与研究，主要包括美国康奈尔大学威尔逊与威廉·里奇的《保元物语：保元之乱的故事》（2001）、韩国张永喆的《从谋反的构造看军记物语》（2001）、澳大利亚学者沃森·迈克尔的《〈平家物语〉外语翻译的界限与可能性》（2009）及其博士学位论文《话本平家物语的研究》（2003）等。

比较文学视域下的军记物语研究，主要集中在韩国、澳大利亚等国家的学者。澳大利亚学者沃森·迈克尔被日本学术界称为中世文学的比较、翻译研究的第一人，其论文《天草版〈平家物语〉与〈伊索寓言〉》（2006），探讨了翻译对于作品版本的影响。韩国崔文正着眼于日韩两国军记物语的比较研究，先后发表了《日韩军记物语的对比研究——关于〈平家物语〉与〈壬辰录〉的成立论》（1998）、《日韩军记物语中所表现的胜利者·统治者：以〈太平记〉与〈壬辰录〉为中心》（2001）。他认为尽管《平家物语》、《太平记》描写的是日本内乱，《壬辰录》则是以日韩之间的壬辰之乱为素材，但它们都表现出美化胜利者、统治者的倾向，以及对于失败者进行镇魂、巩固统治政权的意图。

综上所述，从整体趋势看，国内外对《平家物语》的研究，都在不断拓展研究方向、细化研究成果、注重实证研究与交叉研究，在版本学、考证学、影响研究、比较研究等方面均取得了丰硕的成果。这些研究成果给了我们诸多启迪，但也存在一些值得改进之处：日本学术界侧重细节考证，宏观研究相对欠缺；国内学术界则比较依赖汉译本，中文修养和日文理解之间难以维持较高水准的平衡。

第三节　本书的研究内容及方法

1. 本书的研究内容

本书的研究主要围绕“叙事学视域中的《平家物语》”这一主题展开，重点考察《平家物语》的叙事手法、叙事策略、叙事结构、叙事文体、叙事文本等，以此探讨《平家物语》作者的主观叙事意图与作品的客观叙事效果。在此基础上，通过对比分析《平家物语》对中国文学的互文性参照，探讨其所折射出来的日本文化的独特性和日本民族深层的集体无意识。

第一章分析《平家物语》的叙事手法，从类比法、对比法、衬托法、“圆形人物”与“扁平人物”四个角度开展。本书拟援引《平家物语》的大量实例，于细微之处发掘作品的主题思想，管窥作者的叙事意图。尤其侧重分析《平家物语》不同出场人物之间的横向关联，以及同一个人物在不同历史时期、不同章节之间的纵向变化，力图从横向比较和纵向比较两个维度加深对作品的理解和把握。

第二章探讨《平家物语》的叙事策略，包括叙事原则和叙事视点两大方面。在叙事原则方面，设定两个研究角度：一是“写实与虚构的完美统一”，二是“编年与纪传的纵横交错”。第二节“叙事视角”分析全知视角的运用、限知视角的运用以及视角的转换和流动，最后梳理《平家物语》的叙事特点。

第三章解读《平家物语》的叙事结构，考察打破时空顺序、造成时空倒错的各种叙事手法的巧妙运用，包括预叙、插叙、补叙、倒叙、分叙等。通过叙事手法的研究，我们可以解读《平家物语》是如何打破叙事时空的限制，营造出不拘一格、富于变化的行文特征的；进而从中窥探出作者在谋篇布局方面的独特用心。

第四章考察《平家物语》的叙事文体，包括作品的叙事文体、作者的叙事话语以及出场人物的叙事话语。从《平家物语》的整体来看，散文体贯穿全篇、韵文体点缀其间，构成了层次丰富的篇章。韵文体方面，主要探讨和歌、连歌、狂歌、歌谣等的叙事特色及叙事效果。

第五章关注《平家物语》的叙事文本，从叙事文本的互文性、叙事主题两个角度展开。叙事文本的互文性，探讨《平家物语》对中国题材的借鉴与戏仿、人物造型的互文性、叙事母题的互文性。叙事主题部分，将探讨《平家物语》主题的多元化及其成因。

由于成书年代久远、过程复杂，《平家物语》的作者至今仍无定论。比较有影响力的说法，是吉田兼好（1283—1350）在《徒然草》第226段里的记载：

后鸟羽上皇时期，信浓前司行长以学识闻名，被邀主持乐府辩论，却忘记了"七德舞"中的两句，故得了个"五德冠者"的诨名。他深为此事忧虑，便抛却学问遁世出家了。慈镇和尚将但凡有一技之长之人招至自己名下，给予照顾，也多方扶持这位信浓入道。

这位行长入道，写了《平家物语》，教给一位名为生佛的盲人僧侣，让他讲给大家。因此，平家物语对于山门的事情写得特别详细。九郎判官的事情也知晓得比较详细，记录了下来。对于蒲冠者[①]不是很熟悉，出现了不少漏写。武士的事情、弓马的技巧，是生佛去询问东国武士后让行长写下来的。这位生佛天生的嗓音，如今也被这些琵琶法师们争相模仿。[②]

但是，《徒然草》之后的其他各种文献，又记载了不同名字的作者。富仓德次郎、石母田正（1912—1986）等学者经过考证后，普遍认为作者应该是多个人物。这一点从上述文献记载中也可看出。换言之，《平家物语》不是由某一位作者单独创作的，而是集体创作的结晶。因此，严格意义上，应该用"作者群"一词来表述。笔者也同意这种见解，并且基于这种认知，决定从叙事学的角度，综合展开对作品的考察。

综上所述，本书的研究遵循着由浅入深、循序渐进的研究思路，先分析《平家物语》的人物形象，再逐步深入挖掘《平家物语》的叙事特色、语言特色、作品素材、主题思想等，最后的结语部分归纳总结叙事学视域中的《平家物语》的研究进展及

---

① 蒲冠者，指源范赖（1156—1193），赖朝、义经同父异母的兄弟。源、平大战时，多次担任大将军，率兵出征，最终征伐大业完成之际，被兄长赖朝逼死。

② 参见附录6。

结论。在此过程中，笔者侧重从“文本互涉视野”的角度，探讨《平家物语》对中国素材的借鉴与戏仿，以及表层现象背后所隐藏的中日两国文化各自的独到之处。

2. 本书的研究方法

本书主要采取文学研究领域的研究方法，包括以下几种：第一，叙事学领域的研究方法。“20 世纪 60—80 年代初的西方结构主义叙事学被称为‘经典叙事学’，80 年代中后期以来在西方产生的女性主义叙事学、修辞性叙事学、认知叙事学等跨学科流派被称为‘后经典叙事学’。前者的特点是以文本为中心，将叙事作品视为独立自足的体系……后者的特点则是将叙事作品视为文化语境中的产物，关注作品与其创作语境和接受语境的关联。”[①] 本书拟借鉴西方叙事学理论中日两国传统的文论思想，展开对《平家物语》的研究，分析作品的叙事特色，结合其创作语境与接受语境，探明原因所在。

第二，解构主义的研究方法。解构主义，“是对传统结构主义按结构划分的一系列界限严格的二元对立面及其所代表的典型思想意识的批评，……旨在呈现原文内同时存在的各种矛盾冲突力量，如何将貌似确定无疑的结构和意义消解为不可调和并难以确定的无限可能性。”[②] 本书拟借鉴解构主义的研究方法，对《平家物语》中的人物形象、历史事件进行解构分析，梳理出人物形象的多面性、多变性特征，进而分析作者主观叙事意图与客观叙事效果之间的反差。

第三，比较文学的研究方法。“比较文学就是把不同国家

① 申丹，王丽亚．西方叙事学：经典与后经典 [M]. 北京：北京大学出版社，2010:4.

② 王侃．论解构主义文学批评 [J]. 浙江师范大学学报(社会科学版)，2011（2）:58-62.

的文学拿来加以比较。这可以说是狭义的比较文学。广义的比较文学是把文学同其他学科来比较，包括人文科学和社会科学甚至自然科学在内。"[1] 本书将对照《平家物语》与其所借鉴的中国文学，分析异同之处，通过相似性探明《平家物语》所接受的中国文学的影响，通过相异性归纳该作品在吸收中国元素时表现出的倾向性。

① 季羡林．比较文学与民间文学 [M]. 北京：北京大学出版社，1991:151.

第一章

人物形象与叙事手法

文学即人学，正如高尔基所说："最伟大、最神奇的文学作品——很简单，……它的标题就是'人'。"① 尤其是"在古典小说长廊里，人物总是处于读者与评论家视野的中心。"② 可以说，人物形象的成功与否关乎一部作品的成败优劣，《平家物语》的研究也不例外。学术界虽然已有许多成果从人物形象的角度展开了探讨，但鲜有涉及叙事手法在塑造人物方面所发挥的作用。

第一节 人物形象的主要特征

《平家物语》前前后后共有近千位人物出场，上至天皇、皇子、贵族，下至普通的武士、百姓、歌女等。这些不同阶层、不同身份的人物，既表现出各不相同的个性，也表现出一些共性。

1. 人物阶层的广泛性

《平家物语》以前的日本文学，主要记载帝王将相、贵族男女等上层人物的活动。比如，《古事记》、《日本书纪》等作品基本都是为天皇家歌功颂德。出自贵族女性之手的《蜻蛉日记》、

① 高尔基著，曹葆华等译．高尔基文学书简（上）[M]. 北京：人民文学出版社，1962:82.
② 徐岱．小说叙事学 [M]. 北京：商务印书馆，2010:151.

《源氏物语》、《枕草子》等，主要宣扬风流文雅的贵族生活。即使这些作品偶尔出现几个下层人物形象，也往往被当作讽刺嘲笑的对象。从出场人物阶层的广泛性来说，在日本文学史上，《平家物语》应该是第一部包容了如此众多阶层的人物形象的散文体文学，可以与日本最早的诗歌集《万叶集》相媲美。正因为《平家物语》描写了如此广泛的人物形象，才被誉为日本文学史上“描绘时代本质的伟大民族画卷”。①

《平家物语》中出场的人物，既有天皇、后妃、公卿、贵族等社会上层，也有国司、郡守、武士、僧侣等中等阶层，还有仆从、舵手、牛倌、舞女等处于社会底层的人物。这一特色，从各章节的篇名也可见一斑。《平家物语》共192节，据笔者统计，直接以人物命名的21节。其中，以中下层人物命名的13节，分别是〈祇王〉、〈有王〉、〈信连〉、〈竞〉、〈葵前〉、〈小督〉、〈清水冠者〉、〈实盛〉、〈宫中女官〉、〈千手前〉、〈横笛〉、〈那须与一〉。以贵族人物命名的8节，分别是〈二代皇后〉、〈赖豪〉、〈慈心房〉、〈祇园女御〉、〈名虎〉、〈猫间〉、〈鼓判官〉、〈六代〉。还有1节是以我国历史人物命名的——〈苏武〉。

更加难能可贵的是，作者在描述出场人物时，并非以身份、成败为标准，而是以人格、行为为尺度进行褒贬。对于那些虽身处逆境但为人正直的贵族男女，对于那些虽身份低下但表现忠勇的武士、僧徒，作者一概加以褒奖。与此同时，对于那些见利忘义、临阵逃脱的苟且之辈，即使身份高贵，作者也丝毫不予宽宥。

《平家物语》出场人物虽然众多，但很少有能贯穿始终的，仅有的几位就是后白河法皇、建礼门院、源赖朝、文觉等。其

① 西乡信纲等著．日本文学史[M]．北京：人民文学出版社，1978:116.

中，僧侣出身的文觉虽然出身较低，但在作品中的经历却极不平凡。他曾经大闹后白河法皇的歌舞盛会而被流放，结果在流放地伊豆成功地说服源赖朝起兵，并且为源赖朝请来了后白河法皇的谕旨。源赖朝掌权后，下令对平家后代斩尽杀绝，文觉又为平清盛的曾孙六代求情，并收六代为徒保护他。在80岁高龄时，文觉又谋划讨伐后鸟羽天皇，结果再次被流放至远离京都的隐岐国。对此不满的文觉不断诅咒，按照《平家物语》的说法，最后导致后鸟羽天皇也被流放到隐岐国。对于这样一位有魄力的莽和尚，《平家物语》作者在字里行间都给予了充分肯定。

同样出身平凡却得到作者肯定的还有第一卷第六节〈祇王〉中的两位舞女：祇王和阿佛。阿佛的到来结束了清盛对祇王的宠爱，祇王无奈之下遁入空门，内心对阿佛颇有成见。出乎意料的是，阿佛竟然甘愿落发为尼，主动前来寻找祇王，恳求谅解，并表示愿意一起共守青灯古佛。深受感染的祇王言辞恳切道："现在你削发为尼，我的憎恨也消失了……你没什么可怨恨的，也没什么好悲叹的。今年刚十七岁，却能如此厌恶尘世，向往净土，称得上大道心了。也是度我成佛的最好导师。"[①] 事实的确如祇王所言，祇王出家更多是出于无奈，属于被逼的被动行为；阿佛出家却是自愿，是发自内心的主动行为。虽然阿佛之所以如此选择，归根结底还是为了避免重蹈祇王的覆辙。但作为一个舞女出身、年仅十七岁的女孩，她的这番举动还是让人由衷赞叹。

《平家物语》中最能体现作者褒贬的，当属平宗盛及其乳

① 大津雄一、平藤幸编．平家物語 覚一本 [M]．東京：武藏野書院，2014:16.

母子[①]了。坛浦合战[②]时，源平双方的胜负已见分晓，安德天皇、二位尼以及平家众人纷纷投海自杀，可身为最高统领的平宗盛却根本没有打算自尽。平家的武士们实在看不惯，假装从其身旁经过，把宗盛撞到海里去了。偏偏宗盛水性很好，又有求生欲望，迟迟不肯沉到海里，最终被源氏活捉。宗盛的乳母子景经看到这一幕，飞身前去相救，最终被源氏方面杀害。《平家物语》的作者不无讽刺地感叹道："大臣[③]被人俘虏，亲眼看着乳母子被害，不知心里做何感想呢。"[④]宗盛身为平家首领，本应肩负全家的命运，却在紧要关头贪生怕死；景经虽身份低下，却为了保护主公的声誉而牺牲了自己。一边是身份高贵却贪生畏死的主人，一边是地位低下却大义凛然的硬汉，在这强烈的反讽之中，读者和听众不仅感受到了景经的悲哀，也感受到了整个平家的悲哀。

综上所述，《平家物语》的作者试图以众多阶层的人物形象，表现历史转型期方方面面的社会关系，反映出各个不同阶层的真实生活。因此，作者在塑造具体的人物形象时，突破了日本传统文学中以阶层、身份为标准的处理模式，根据他们的言行进行了具体评判。

① 乳母子，是乳母的儿子。当时的日本贵族，为了更好地抚养儿女，都聘请乳母，且通常都同时聘请夫妻俩。由于乳母的特殊地位，乳母的丈夫、儿子，与主家公子、小姐关系也特别亲密。乳母丈夫在日语中被称为"乳父"(乳父　めのと)，乳母的儿子则被称为"乳母子"(乳母子　めのとご)。

② 坛浦，指位于山口县下关市和福冈县北九州市之间的关门海峡。坛浦合战，发生于元历二年(1185)，源平两家在此进行最后一次大战，平家方面全军覆没。

③ 此处的大臣指平宗盛，因为他此时的官衔是内大臣，《平家物语》的作者沿用日本文学传统的书写习惯，为了表示尊敬有官衔、地位高的人物，尽量避免直呼其名，而是用官衔等代称。

④ 大津雄一、平藤幸编．平家物語　覚一本[M]．東京：武藏野書院，2014:404-405.

2. 人物形象的独特性

《平家物语》的作者不仅安排了众多阶层的出场人物，还从具体复杂的实际出发，努力塑造出每个人物的独特个性。无论是地位高贵的天皇、皇妃、贵族，还是处在社会底层的舞女、牛倌、侍从，虽然他们地位高低不同、重要程度大小不一，但在作者的笔下都是一个个鲜活的、有血有肉的人物形象。

平清盛的父亲忠盛[①]，出场次数并不多，只见于第一卷第二节〈殿上暗袭[②]〉、第三节〈鲈鱼〉、第六卷第十节〈祇园女御〉中。但寥寥数笔却为读者和听众展示了一位有勇有谋、能文能武，与腐朽没落的贵族截然不同的武士形象。〈殿上暗袭〉中，忠盛用智慧粉碎了贵族羞辱他的企图，不仅保全了性命，还赢得鸟羽上皇的嘉许。〈鲈鱼〉中，他用和歌巧妙应答上皇，再次博得上皇欣赏，也成功地俘获了美女芳心。〈祇园女御〉中，他赤手空拳抓住"怪物"[③]，不仅表现出非凡的胆量，还恰如其分地把握住了做事的分寸，感动了白河上皇，获赐上皇宠爱的祇园女御。由此可见，作者并没有平铺直叙忠盛的一生，而是巧妙地抓住这个人物的几个突出特征：勇敢、智慧、有文采，从而以简洁的语言与代表性的事例勾画出了人物的性格和形象。

作品中唯一的女将——阿巴[④]，出场次数更少，只见于第

---

① 平忠盛(1096—1153)，平正盛之子、平清盛之父。在世期间有力地提升了平家的地位，为清盛时代的繁华打下了坚实的基础。

② 殿上暗袭，原作是"闇討(やみうち)"，意为"黑暗中袭击"、"趁其不备袭击"。笔者采用归化策略，尽量贴近汉语表达习惯，译为"殿上暗讨"。下文的翻译，无特殊情况，均采用归化策略，不再另行说明。

③ 并非真正的怪物，是一个头戴斗笠、手拿火罐的僧人。从远处看，像一个发光的怪物。

④ 生卒年不详、身世不详。在"觉一本"中，阿巴作为源义仲的侍女登场，《源平盛衰记》中，阿巴作为源义仲的乳母子、中原兼远之女、义仲之妾登场。

九卷第四节〈木曾之死〉中。本节开篇交代了阿巴的美貌:“阿巴,肤白发长,容貌姣好。”[①] 随后用较多笔墨描述了阿巴的箭术:“善用强弓,无论马上还是徒步,无不百发百中,神鬼皆愁,称得上以一当千的英雄。”随即又强调阿巴骑术的高超:“尤善骑烈马,艰险处如履平地,上阵时身披铠甲,手持长刀,背负强弓,率先对阵敌方主将。”作者还特意举例证明自己所言不虚:“这次交战也是,很多人或败走,或阵亡,最后只残存七骑,阿巴依然在列。”战争还在继续,由于得与今井兼平[②] 会合,义仲的队伍再次扩充为三百余骑,然而三百骑又在瞬间变成五骑,阿巴仍然健在。义仲率领的队伍从百余骑变成七骑,又从三百余骑变成五骑,这些数字的变化,一方面可以让读者和听众想象到战争的残酷和激烈,另一方面更加突出了阿巴的武艺高强。

作者和读者似乎都忘记了阿巴的女儿身,完全把她看成一位勇猛善战的武士。然而,此时此刻,阿巴的主公——义仲却似猛然醒悟般说道:“你终究是女流之辈,快逃生吧。”[③] 经过再三劝说,阿巴才“尽弃铠甲等物,朝东国逃去”。随后,作品就把视线集中在义仲和兼平二人身上了,后文也没有交代阿巴的结局。通过这寥寥数百字,作者描绘出了一位容貌出众、武艺高超、有情有义的女将形象,她既不同于附庸风雅的贵族女性,也不同于蛮横暴力的男性武士,实在是日本文学史上难得的一位美貌与力量并存、情意与理智同在的女性武士。

以上列举的几位人物,都以正面形象出现在《平家物語》中。实际上,作者还塑造了许多反面形象,其中不乏身份高贵

① 大津雄一、平藤幸編．平家物語 覚一本 [M]. 東京：武蔵野書院，2014:302-303. 下同。
② 中原兼远的四子、源义仲的乳母子，特别受义仲器重，成为其手下的一员大将。
③ 大津雄一、平藤幸編．平家物語 覚一本 [M]. 東京：武蔵野書院，2014:304. 下同。

的人物。比如二条天皇[①]，出场次数也不多，仅见于第一卷第七节〈二代皇后〉与第八节〈立匾之争〉中。〈二代皇后〉讲述了二条天皇不顾群臣谏言，无视上皇劝谕，不管女方心情，强娶已故近卫天皇[②]的皇后藤原多子[③]一事。〈立匾之争〉则是在二条天皇殡葬典礼上发生的一场闹剧：延历寺与兴福寺的僧众为匾额[④]的顺序而起争执，大打出手。作者没有一味地为二条天皇歌功颂德，而是巧妙地选取了二条天皇生前、死后两件事情，突出了这位天皇不孝、不义的一面，并且用英年早逝、引发动乱，暗示了二条天皇如此恶行所招致的后果。

类似的例子还见于第八卷第十节〈鼓判官〉中，一位名为藤原赖资[⑤]的贵族滑稽登场了。当时，义仲正派兵攻打后白河法皇的寝宫——法住寺[⑥]，赖资原本躲在宫中，不料宫殿着火，情急之下，只好向河边逃去。结果他在途中遇武士袭击，被扒光了衣服，赤裸裸地站在阴历十一月下旬清晨的凛冽寒风里。这一幕恰被一位熟人看到，就赶紧把自己的短褂脱下来送给赖资。于是，这位刑部的高官就一边穿着短褂，一边故作镇静地走走停停，谈笑风生，宛如一个不知廉耻的小丑。如此举动，惹得“围观的人都拍着手笑个不止”。[⑦]其实，这并不是藤原赖资在《平家物语》中首次登场，在同卷第三节〈绪环〉与第四节

---

① 二条天皇（1143—1165 在位 1158—1165），第 78 代天皇，后白河天皇长子。保元三年（1158）即位，永万元年（1165）六月退位、七月病逝。请参阅附录 3。

② 近卫天皇（1139—1155 在位 1141—1155），第 76 代天皇，鸟羽天皇五子。近卫是后白河的弟弟，所以按辈分算，应该是二条天皇的叔父。具体人物关系请参阅附录 3。

③ 藤原多子（1140—1202），藤原公能三女。先后嫁给近卫天皇、二条天皇，在《平家物语》中被称为“二代后”，意为“两代皇后”。

④ 日本为天皇举行殡葬大典时，奈良和京都的各大寺院悉数同行，在陵墓的周围各自立起本寺的匾额。顺序通常是东大寺—兴福寺—延历寺，而二条天皇葬礼上，延历寺却把匾额放在了兴福寺之前，由此引发争执。

⑤ 藤原赖资（1112—1186），藤原忠教之子。

⑥ 后白河法皇在平治之乱后、借助平家的势力，于京都六波罗南面建造的宫殿。

⑦ 大津雄一、平藤幸编．平家物語 覚一本 [M]. 東京：武蔵野書院，2014:289.

〈撤离太宰府〉中,他也曾命令部下对平家发动攻击。不过那些只言片语想必没有几人会留意,然而如此滑稽可笑、不知羞耻的小丑形象却深深地停留在了读者和听众的印象中。

另外,有些出场人物,虽然他们身上有许多相似之处,但其个性、命运却各有特色。比如第十一卷第四节〈那须与一〉中的那须与一,同卷第八节〈远矢〉中的阿佐里与一。他们二人都是源义经[①]手下擅长箭术的弓手,但个性有别、各有长处。首先是那须与一,他出场的时候画面非常唯美:夕阳西下,双方正待收兵之际,一艘小船缓缓驶来,里面走出一位婀娜少女,身穿上浅下深的粉红衣裙,将一把印有太阳图案的红扇插在船舷上,袅袅婷婷地向岸边的源氏军兵招手。义经征求了老兵后藤实基的意见后,决定让箭无虚发的那须与一承担起射扇的任务,可那须与一却有些推辞:"射箭未必总是准,倘若射不中,会有损我军威风。请另派箭术高超者。"[②]即使硬着头皮接下任务后,那须与一也显得十分慎重,他先是闭目祈祷:"请保佑我射中扇子中央;倘若不中,定当折弓自尽,"[③]随后才鼓起勇气发出响箭,圆满地完成了使命,惹来源平双方的齐声喝彩。

再来看阿佐里与一,他登场的时候双方交战正酣,源平两家的弓箭你来我往,好不热闹。突然,一支"十四束三伏"[④]的长箭射落到义经船上,并且挑衅似的要求把箭射回去。义经再次征求后藤实基的意见,得到的人选是强弓手阿佐里与一。阿佐里与一奉命前来,看了看射落在船上的箭以后,不屑一顾地

① 源义经(1159—1189),源义朝末子,赖朝、范赖同父异母兄弟。由于他英勇善战,又不幸在人生的顶点被兄长逼死,所以在日本博得了众多同情和好感。

② 大津雄一、平藤幸編.平家物語 覚一本[M].東京:武藏野書院,2014:391.

③ 同上。

④ "束"和"伏"是日本古代测量弓箭的长度单位。束,指除拇指外的四指并拢后的宽度,俗称1握,即1拳头所握的宽度;伏,指1根手指的宽度。因此,1束=4伏。"十四束三伏"即59伏,大约是10握,即10拳的宽度。

说道:“这箭,篦子稍软了些,杆子也短了些,莫若用我的箭射还吧。”① 随即拿出一支十五束的长箭,满怀自信地射了过去,一箭中的。通过对比,我们可以发现两位同名“与一”的射手的区别:那须与一为人谨慎,阿佐里与一充满自信;那须与一的箭术讲究精准,阿佐里与一则射程远。正因为两位弓箭手各有所长,所以才在不同的时刻领命登场,倘若颠倒他们的出场次序,则未必能够圆满地完成任务。

3. 人物命运的悲剧性

《平家物语》的出场人物虽然阶层广泛,性格各异,但他们也拥有一个共性——悲剧性。作品集中反映了日本平安时代末期的历史,在这个从平安王朝向镰仓幕府、由奴隶社会向封建社会过渡的历史转型期中,新旧阶层、各种势力的对抗与斗争异常激烈与残酷,各地战事不断,成千上万的人们为此付出了生命的代价。可以说,这是一个动荡巨变的时代,也给这个时期的历史人物普遍地涂上了悲剧的色彩。

在这些悲剧性命运的人物中,既有万民之上的君王,也有地位卑贱的舞女;既有大权在握的高官,也有出家入道的僧侣。当然,造成他们悲剧的原因各不相同,有的虽然出身高贵,却不自觉地卷入到政治斗争的旋涡中,成为权力的牺牲品。第二卷第一节〈座主被流放〉、第八卷第十节〈鼓判官〉,讲述了天台座主明云大僧正② 被流放、被杀的悲惨经历。明云本是权大纳言源显通之子,后白河法皇的剃度师,高仓天皇的讲经师。作者也多次赞美明云的品行:“的确是无双的硕德,天下第一的

① 大津雄一、平藤幸编 . 平家物語 覚一本 [M]. 東京 : 武藏野書院 ,2014:400.

② 座主相当于住持,大僧正是统管日本全国的最高僧官。

高僧，深受君臣上下尊敬。”① 然而，这么一位德高望重的高僧，在政治斗争面前也显得渺小无力：先是因与清盛关系密切惹怒了后白河法皇，被处以撤职、还俗、流放的惩罚；后来虽然官复原职，又不幸卷入义仲与后白河法皇的斗争中，最终殒命沙场。再比如第四卷第三节〈源氏齐集〉至第十四节〈通乘之事〉所讲述的后白河法皇次子、高仓天皇兄长高仓宫②，也是由于卷入了政治斗争，最终落得个身首异处的悲惨下场。

有些人物虽然主观上渴望从政治斗争中解脱出来，但却由于背负着家族的重担无法释怀，最终也只能以悲剧收场。最典型的例子当属平重盛的嫡子维盛了。平家撤离京都时，维盛就在大家族和小家庭之间挣扎。一方面，他以平氏嫡系自居，必须要与整个家族共命运；另一方面他又留恋妻儿，渴求天伦之乐。这种内心情感的纠葛一直伴随着维盛的后半生，《平家物语》也反复强调了他的痛楚：“却说小松三位中将维盛卿，随着岁月流逝，越发思念留在故都的夫人和孩子。”③ “且说小松三位中将维盛卿，人虽在屋岛，心却早已驰往京城了。”④ 痛苦不堪的维盛，终于丧失了活下去的意志。他悄悄离开平家大本营，于那智海域投海自尽。维盛的兄弟清经、教盛⑤ 的长子通盛，都属于这种类型：他们厌恶自己的身份，向往平凡而幸福的生活，但又不得不背负家族的命运，最终只能以死亡的方式获得解脱。

还有一些出场人物，虽然他们得以善终，却饱受内心的煎

---

① 大津雄一、平藤幸編．平家物語 覚一本 [M]. 東京：武蔵野書院，2014:40.

② 高仓宫（1151—1180），又名以仁王，后白河天皇三子。其兄守觉法亲王本是二皇子，但皈依佛门，所以，《平家物语》中把高仓宫定义为法皇第二皇子。具体人物关系请参阅附录 3。

③ 大津雄一、平藤幸編．平家物語 覚一本 [M]. 東京：武蔵野書院，2014:312.

④ 大津雄一、平藤幸編．平家物語 覚一本 [M]. 東京：武蔵野書院，2014:359. 下同。

⑤ 平清盛之三弟、平赖盛之兄长。具体人物关系图请参照附录 1。

熬，承受着"生不如死"的痛苦。比如〈灌顶卷〉中的建礼门院，在战争中不仅失去了昔日的荣华富贵，还失去了自己的独子安德天皇、丈夫高仓天皇、父母双亲及众多亲人。可想而知，活下来的建礼门院所遭受的痛苦，甚至超过了在战争中惨遭杀害的其他人。无比悲痛的建礼门院只好选择遁入空门，然而身体虽然可以逃往人迹罕至的大山深处，内心的苦闷却丝毫未减。正如她自己反复陈述的："永世难忘的是先帝的面容，想忘也忘不掉，想忍也忍不住，再没有比母子之情更令人悲伤的了。"① "二位尼抱着先帝投海时，只觉目昏心碎，那一刻先帝的音容，至今欲忘不能，欲却不得。"②

作者虽然多次歌颂皈依佛祖，但虔心向佛只能缓和人们的心理压力，并不能真正挽救人间的悲剧。第四卷第十六节〈三井寺被烧〉中，三井寺的僧徒因窝藏高仓宫惹怒平家，惨遭报复。三百多名僧侣战死，寺庙、佛像、经卷悉数被毁，另有几十名僧侣被流放。第五卷第十四节〈奈良被烧〉中，奈良的东大寺、兴福寺也未能幸免于难，"被火焰烧死的，……有据可查的就有三千五百余人。死在战场上的僧众有千余人。"③ 被烧死的，除了两大寺院的僧众，还有许多前来避难的男女老少。

上述悲剧性人物基本都是在战争中殒命的，而且大多属于平家方面，所以难免令人生疑：只有失败方的命运是悲惨的，胜利方的悲剧命运根本无从谈起。而下文将要论述的源义仲、源义经、源范赖等源氏方面的武士领袖，则向我们展示了另一

---

① 大津雄一、平藤幸编 . 平家物語 覚一本 [M]. 東京：武蔵野書院 ,2014:469. 此处，先帝指安德天皇，因为此时已经是后鸟羽天皇在位的时期了，而且安德天皇早已离开人世，所以称之为先帝。

② 大津雄一、平藤幸编 . 平家物語 覚一本 [M]. 東京：武蔵野書院 ,2014:471.

③ 大津雄一、平藤幸编 . 平家物語 覚一本 [M]. 東京：武蔵野書院 ,2014:195.

个层面的悲剧。

义仲、义经、范赖曾打得平家落花流水，得以功成名就，加官晋爵。义仲率领五万大军挺进京都，被后白河法皇钦封为"朝日将军"，可是短短三个月，就因与赖朝失和命丧黄泉。义经作战勇猛，可谓"战无不胜、攻无不克"，但是好景不长，仅仅过了一年零十个月，就被赖朝杀害。义经同父异母的兄长范赖，做事一向谨慎，却同样因为功高盖主而惹怒赖朝，难逃被处死的命运。表面上看，义仲、义经、范赖的悲剧都是赖朝一手酿成的，但他们实际上是葬送在镰仓政权的手里。虽然为政权的创建立下过汗马功劳，虽然在战场上是常胜将军，却同样摆脱不了政治的左右，成为政权的牺牲品。

另外，即使没有功高震主，在战场上确实表现出色、备受嘉奖的普通源氏军兵，也难免内心的悲痛。第九卷第十六节〈敦盛之死〉，就讲述了这样一位胜利者的痛苦。雄谷直实是一位作战经验丰富的老兵，当平家在一之谷全线败退时，他就预想到平家众位公子会到海边搭乘接应的船只，于是策马追去。果然碰到一位公子，直实仅用一招就将对方拿下，刚要挥刀砍杀，却意外发现此人和自己儿子年龄相仿。同为父亲的直实推己及人，动了恻隐之心："自家小儿子受了轻伤，我都心痛无比；倘若杀了他，他的父亲该多么悲伤呀。"[①] 可刚要放走这位年轻人，却发现身后追兵已至。

熊谷忍泪进言："本想放您一马，可我方军兵多如云霞。无论如何，您都不能逃脱。与其落在别人手里，莫如由直实动手，往后给您祭祀供奉吧。""无须赘言，只管动

① 大津雄一、平藤幸編．平家物語 覚一本 [M]. 東京：武蔵野書院，2014:331.

手。”熊谷仍非常怜惜，竟不知从何下手，但觉眼前发黑，心内恍惚，竟至分不清前后了，又不能总是如此，只好哭着取了这少年的首级。嘴里反复念叨：“可悲呀，身为武士是最可憾的了，倘若不是生于勇武之家，何至遭遇此等哀伤！虽于心不忍却必须动手杀戮。”他举袖掩面，痛哭流涕。①

读到这样一段描写，想必没有人会沉浸在胜利的喜悦中。比起战争对物质的破坏，它带给人们身体上的伤害、精神上的痛苦更为可怕。那些战败方、丢掉性命的人自不待言，即使看似光鲜的胜利方，也难免会在心里埋下阴影。所以，《平家物语》的作者也特意交代：“自此之后，熊谷的佛心也越来越盛了。”②

第二节　塑造人物的叙事手法

文学作品有不同的塑造人物形象的艺术手法，如肖像描写、语言描写、行动描写、心理描写等。《平家物语》也不同程度地运用了这些手法，但效果最明显的是类比手法、对比手法和衬托手法。

① 参见附录7。

② 大津雄一、平藤幸編．平家物語 覚一本[M]．東京：武蔵野書院，2014:331-332.

1. 对称有序的类比手法

类比手法是文学作品中常见的一种表现手法，指两类人物、两种命运处于对应状态，共同拥有某种相似的特征，如同并蒂莲，对称有序。从形式看，这种手法构成了一种对称美，部分与部分对应，部分与整体协调，达到了整体的和谐与平衡。从内容看，这种手法加强了作品的层次感，节省了行文笔墨，而且在无形中放大了人物的性格特点、命运特征，达到了事半功倍的叙事效果。

类比法首先运用在《平家物语》的某一个章节内，例如第一卷第六节〈祇王〉中，祇王与阿佛的命运就构成了类比。两人同为白拍子[①]出身，均因美貌和舞艺名震京城，并深得权势人物平清盛宠爱。正所谓“一人得道鸡犬升天”，不仅祇王、阿佛个人得享荣华富贵，其家人也受到多方照料，得以衣食无忧，招来许多羡慕嫉妒的目光。然而好景不长，祇王惨遭抛弃，切身体会到清盛的冷酷无情，决心皈依佛门。阿佛也因感同身受，自愿落发为尼。远离尘世喧嚣的两人虔心向佛，终于遂了往生的夙愿。祇王与阿佛同样的出身、美貌、幸运、不幸、结局在作品中形成了类比，不断推动着故事情节的展开，加强了作品的艺术感染力。

第九卷第十节〈一二之争〉，为我们展现了两位勇猛的武士——熊谷直实和平山季重的相似之处。两人都是有过多年作战经验的老兵；原本都应跟随源义经参加攻取一之谷的侧翼队伍；但都为了争头功悄悄绕道加入另一支正面进攻的队伍；来到阵地前两人又都勇猛厮杀。类比手法在篇章内部的

① 女子扮作男装，穿着白色绢质衣服，所以被称为白拍子（しらびょうし）。

巧妙运用，使得两个人物的命运遭际、性格特征互为补充，互为关照，既实现了个体与个体的前后呼应，又实现了整体的协调统一。

《平家物语》的章节与章节之间也有类比手法，这是类比手法的扩大，如第七卷第十六节〈忠度离京〉与第十七节〈经正离京〉。忠度与经正是叔侄关系①，两人都贵为平家公子，在清盛掌权期间过着自由潇洒的日子。然而这一切都被源平战争彻底改变了。当平家撤离京都时，忠度去向师傅藤原俊成②告别，经正则去拜别觉性法亲王③。忠度感觉平家气数已尽，自己此番出京凶多吉少，特意将珍藏的自撰和歌集呈交藤原俊成，希望能被收录敕撰和歌集④中。经正也觉前途未卜，把最爱的青山琵琶送还亲王。《平家物语》第七卷第十三节〈主上离京〉至第二十节〈撤离福原〉，都在讲述平家一门撤离京都之事。作者之所以特意把忠度与经正放在一起，大概也因为这二人身上有诸多共同点。平家鼎盛时，他们都是只爱风流的贵公子；平家衰败时，又都选择了与家族共命运；对前途无望时，首先想到的不是个人生命，而是保住珍爱的艺术。

类比手法也运用到第六卷第三节〈葵前〉与同卷第四节〈小督〉中。葵前和小督同为高仓天皇后宫女官，因为得到天皇恩宠而触怒清盛，最终以悲惨的结局收场。这两人的悲剧，也从一个侧面展示了高仓天皇的悲剧命运。如此这般，作者不

---

① 忠度乃清盛弟弟，经正的父亲经盛也是他们的兄弟，所以忠度应该是经正的叔父，参见附录1。

② 藤原俊成（1114—1204），平安时代后期至镰仓时代初期著名的歌人，敕撰和歌集《千载集》的编纂者之一，私家集有《长秋咏藻》、《俊成家集》。据《平家物语》记载，忠度曾跟随俊成学习和歌。

③ 法亲王指的是出家的亲王，觉性法亲王是鸟语天皇第五皇子。

④ 指在天皇、上皇的旨意下，官方编纂的和歌集。当时的日本歌人，以能够入选敕撰和歌集为荣耀。

仅在某一个章节内巧妙地运用了类比手法，还在两个相邻的章节间安排了同样效果的类比手法。

作品中也不乏章节间跨度较大的类比法。比如，第二卷第十节〈大纳言死去〉与第三卷第八节〈有王〉，就分别讲述了两位对主公情深意切的仆人。主公意外落难，仆从各奔东西之际，唯有他们一如既往地照顾夫人，承担起前往流放地探视主公，为其送信的重任。

第四卷第六节〈竞〉与第八卷第八节〈濑尾之死〉，则为读者展示了另外两个有情有义的武士形象。阿竞本是源赖政的手下，意外落入平家手中；濑尾原本效忠平家，却被源义仲俘获；两人都因武勇备受敌方首领怜惜，得以保全性命；两人又都巧妙设计得以脱身，奔回主公身旁，为主公赴汤蹈火，最终战死沙场。

第四卷第十四节〈高仓宫之死〉里的老兵景家，与第十一卷第三节〈嗣信之死〉里的老兵实基，也形成了类比。〈高仓宫之死〉中，当平家与赖政的手下酣战之时，景家敏锐地感知到了头号目标高仓宫的动向，从战场中抽身而出，前往追击皇子，在关键时刻为平家把握住了制胜点。〈嗣信之死〉里，当义经率领其他军兵进攻平家时，实基并未上阵厮杀，而是冲进平家的行宫四处放火，一个貌似简单的举止让平家耗尽心血建造的行宫化为灰烬，令平家失去了陆地上最后一块立足之地。两位久经沙场的老兵用丰富的实战经验，准确地判断出战局取胜的关键点，并且及时把握住战机，在最短的时间内用最少的兵力控制住局面。景家、实基两位老兵形象的类比，既在个体上形成前后呼应，又在整体上凸显了老兵的重要作用。

另外还有一种类比手法，不是个体对个体的类比，而是两个集团、两个群体之间的类比，这也是一种类比手法的扩大。

比如,第四卷和第五卷的卷尾〈三井寺被烧〉与〈奈良被烧〉,都讲述了著名寺院被焚烧的惨剧。三井寺与奈良的兴福寺、东大寺得罪平家,受到报复,整个寺院遭受了战火的侵袭。第四卷第十一节〈桥合战〉与第九卷第二节〈宇治川先锋〉,也构成了两个集团的类比。〈桥合战〉的主角是平家军兵,时间是治承四年(1180)五月,为了追击高仓宫,他们必须在最短时间内渡过宇治河。〈宇治川先锋〉的主角是源氏军兵,时间是寿永三年(1184)正月下旬,为了消灭源义仲,他们也必须尽快到达对岸。两次渡河是同一个地点——宇治川。平家渡河的五月正值梅雨时节,河水高涨;源氏渡河的正月下旬积雪消融,河水也在上涨,这都增加了过河的难度。而且河上仅有的一座宇治桥被破坏掉,摆在平、源面前,只有同样一个办法——蹚水过河。平家方面由足利仲纲指挥,他率先骑马跃入水中,并命众人按壮马、弱马的顺序依次排开阵势,稳住战马的同时还不忘提醒大家保护自己,避免中箭。源氏方面由畠山重忠率领,也是以同样的方法顺利登岸。作品也明确提示了这两个武士团体的类比,畠山重忠道:"据说治承合战时,足利又太郎忠纲以鬼神之力渡过河去。重忠我这就下水,一试深浅。"[①]

而作品反复描写父子情深、母子情深等场景,父亲群像、母亲群像之间也构成了类比。"鹿谷事件"中,藤原成亲、成经的父子情;"高仓宫事件"中,源赖政、仲纲的父子情;〈濑尾之死〉中,濑尾兼康、宗康的父子情;〈大臣被斩〉中,平宗盛、清宗的父子情;建礼门院对安德天皇的思念,平六代与母亲的母子同心,等等,不胜枚举。

综上所述,《平家物语》中,作者有意以类比法的形式安排

① 大津雄一、平藤幸編.平家物語 覚一本[M].東京:武藏野書院,2014:298.

个体与个体之间、团体与团体之间的命运和事件，使得作品中的出场人物、出场团体的命运两两相应，相得益彰，既节省了笔墨，又在无形之中放大了他们的性格特点和命运特征，契合了整部作品“诸事无常，盛者必衰”的基调。

2. 优劣自现的对比手法

对比手法，指在同一部作品中把具有明显的差异、矛盾、对立的双方安排在一起，进行对照比较的表现手法。文学作品中对比手法的巧妙运用，可以把两种对立的人物形象组织在一个复杂的整体结构中，使之形成相辅相成的对照，从而可以突出人物的性格特征，加强作品的叙事效果。

为了追求作品的感染力，《平家物语》也反复运用对比法塑造人物。首先是某一个篇章内的对比，比如第二卷第六节〈教训状〉中，父亲平清盛就与长子平重盛形成了鲜明的对比。父亲身着铠甲，儿子一身便服；父亲决意攻打法皇，儿子誓死保卫皇宫；父亲举止猥琐不堪，儿子形象光明磊落。通过父子间的对比，作者既突出了清盛的乱臣贼子之心和卑鄙不堪的小人形象，又衬托出重盛的忠臣义子之心和光辉伟大的君子形象。

同样的例子还见于第四卷第六节〈竞〉中，兄长平重盛与弟弟平宗盛间的反差也给读者和听众留下了深刻的印象。重盛成人之美，以骏马赠英雄；宗盛夺人所爱，强行索要名马。重盛爱惜人才，尊重他人；宗盛唯我独尊，污蔑对手。重盛远见卓识，帮平家力挽狂澜；宗盛目光短浅，陷平家于战事之中。二者之间的对比，塑造了作品的艺术张力，也影响了读者和听众的感情倾向。

第二卷第十五节〈康赖祝词〉和第三卷第二节〈顿足〉中，作者特意安排了三个人的对比，确切地说，是两个人对比一个人。藤原成经和康赖入道二人虔心向佛，俊宽僧都执迷不悟。成经和康赖被赦免，得还京城；俊宽惨遭遗弃，被孤身留在了荒岛上。因此，俊宽的遭际虽然令人同情，但在《平家物语》作者的叙述思维中，这种悲剧早已埋下伏笔。

《平家物语》也有章节与章节间的人物对比。比如，第一卷第十二节〈鹿谷〉中的新大纳言藤原成亲[①]与第二卷第十一节〈德大寺参拜严岛〉中的藤原实定[②]。两人同为大纳言，都想谋求左大将一职，但所用方法有异，结局更是天壤之别。成亲采用暴力手段，实定采取迂回策略；成亲誓要灭掉平家，实定讨好平家；成亲计谋失败惨遭杀害，实定打动清盛从而如愿以偿。作者讲述了实定的官职升迁后，不无感慨地评论道："真是高明的计策呀。可惜新大纳言没有用这样的妙计，却策划那愚蠢的谋反，不仅自取灭亡，还连累儿子、家臣，太可叹了。"[③]

《平家物语》还有两个群体、两个集团之间的对比，这是对比的扩大。比如，第四卷第七节〈山门牒状〉与同卷第八节〈南都牒状〉。面对三井寺的求救信，延历寺与兴福寺的表现迥然有别。延历寺的僧众对三井寺的措辞表示不满，认为是贬低自己；兴福寺方面则愿意与三井寺称兄道弟，荣辱与共。延历寺拒绝回信；兴福寺则立即送去回牒。延历寺在清盛斡旋下决定袖手旁观；兴福寺则紧急派出七千僧众增援。

---

① 藤原成亲（1138—1177），藤原家成三子，后白河院政近臣。成亲妹妹乃平重盛之妻，成亲女儿又嫁给了重盛长子维盛，成亲嫡子则是清盛之弟——教盛的女婿。由此可见，藤原成亲一门与平氏家族错综复杂的姻亲关系。

② 藤原实定（1139—1191），藤原公能嫡子。姐妹有藤原忻子（后白河天皇皇后）、藤原多子（近卫天皇、二条天皇皇后）。

③ 大津雄一、平藤幸编．平家物語 覚一本 [M]. 東京：武藏野書院，2014:73.

再比如，作品中不同的兄弟群像之间也构成了鲜明的对照，尤其是主公与乳母子的兄弟关系。第四卷第十二节〈高仓宫之死〉中，高仓宫的乳母子宗信，目睹主公被害却自己躲藏起来，回到京城后受尽非难。第九卷第十五节〈重衡被俘〉中，平重衡座骑被敌人射中，乳母子盛长唯恐主公换乘自己的战马，于是快马加鞭逃之大吉，重衡也因此成为一之谷战役中唯一被俘虏的大将。同样是乳母兄弟，今井兼平却拼尽力气为主公源义仲赴死争取时间，平知盛和其随从牵着手共同跳海自杀，用行动践行了“但求同日死”的承诺。

《平家物语》中表现最突出的应该是源、平两大武士家族的对比。第四卷第三节〈源氏齐集〉中，源赖政愤愤不平道：“从前削平朝敌，得遂宿望，源平两家不相上下，如今却有云泥之差，比那主从关系犹且不如。源氏的人，在诸侯国的，从属于国司；在庄园的，从属于总管；终日被驱遣于公务杂事，不得安宁，心里十分苦闷。”[①] 随后，第五卷第十一节〈富士川〉又借斋藤实盛[②]之口对比了源平的不同：第一，源氏武士擅长箭术，平家处于弱势；第二，源氏武士擅长骑马，平家不可同日而语；第三，源氏武士只顾厮杀不念亲情，平家重亲情胜过战事；第四，源氏武士吃苦耐劳，平家武士挑肥拣瘦。当然，这前后两个区别是有内在关联的，正因为源氏武士备受欺压，所以在战场上才特别愿意卖命；相反，正因为平家武士养尊处优，所以打仗时才瞻前顾后。

另外，《平家物语》某一个出场人物的自身命运，也会在不

---

① 大津雄一、平藤幸编 . 平家物語 覚一本 [M]. 東京 : 武蔵野書院 ,2014:128.

② 斋藤实盛（？—1183），镇守府将军斋藤利仁的末裔，武士世家。武藏国出身，保元之乱时追随源氏一族，平治之乱后投靠平家。实盛在《平家物语》中被描写成了能够预知未来的人物。

同的时间、场合形成对比。作者在创作过程中应该也意识到了这种反差所形成的强烈效果，所以反复塑造了相关的例子。第二卷第八节〈大纳言被流放〉中，大纳言藤原成亲曾说："我得势时，跟随左右的有一两千人。如今竟连一个相送的人都没有。"[①] 类似的语言还见于第三卷第八节〈有王〉中，"(俊宽僧都）从前做法胜寺执行的时候，掌管八十多处庄园，在厅堂楼阁之内，有四五百从人随侍左右。如今竟遭遇这般凄惨光景，真是不可思议呀"。[②] 藤原成亲和俊宽僧都二人都因鹿谷事件被处以流放，事发之前两人都是后白河法皇身边的近臣，事发之后命运一落千丈，切身体会到了世态炎凉。

同样的落差，还出现在"朝日将军"源义仲身上。当义仲的败亡已经不可挽回时，作者不无叹息道："去年从信浓出发时，号称五万余骑，今日经过四宫河原，只剩主从七骑了。而且将要孤身一人走上黄泉之路，真是可悲啊。"[③] 由五万大军的主帅沦为落荒而逃的败将，由英姿飒爽的朝日将军沦为只身赴黄泉的末路英雄，义仲命运的落差不免引发作者和读者的无限感慨。

《平家物语》中最能体现一个人物前后命运对比的，当属平清盛的女儿平德子。平家掌权时，她贵为皇后、太后，锦衣玉食，享尽荣华富贵。平家落魄时，她沦为俘虏，落发为尼，粗食布衣，还不得不面对独子安德天皇投海自尽、平家满门被斩的痛苦。从这个角度上来说，整部《平家物语》都在讲述平氏家族命运的前后对比，当然也包括义仲集团命运的前后对比，以及义经集团命运的前后对比。

---

① 大津雄一、平藤幸編．平家物語 覚一本 [M]. 東京：武藏野書院，2014:64.
② 同上 :100.
③ 同上 :302.

还有一种对比，是某一个出场人物言行的前后对照，比如作品中的源赖朝。当他听到平维盛投海自尽的消息时，说道："哎，如果肯推心置腹到我这里来，绝对可以保全性命。对小松内大臣重盛公的事不敢怠慢。……对他的子孙也不能怠慢，况且既已出家，就更无须赘言了。"① 不过，话语虽然动听，实际行动未必如此。平维盛的独子、平重盛的嫡孙六代落入源氏手中时，年仅 12 岁。文觉同情六代，亲自前往镰仓为其求情，不料赖朝却又换了说法："这位公子的父亲三位中将，是初战的大将军，谁来求情也不答应。"② 此处的三位中将正是平维盛，后来在文觉的软磨硬泡之下，赖朝才勉强同意让六代暂时出家修行，最后还是斩草除根了。

赖朝不仅前后言行不一，还虚伪地借用感激平重盛的幌子，骗取重盛子孙主动前来投降。他假装公开宣称："小松公的公子们，若有一两个尚在人间的，定当相助。因为重盛公作为池禅尼的使者帮我求情，才改判流放，这都是内大臣的厚恩。"③ 以此骗得平忠房、宗实二人前来投降，随后对他们痛下杀手。通过赖朝言语与行动的对比，作者巧妙地对其形象进行了反讽，"胜者为王" 的冠冕堂皇，也难掩其忘恩负义、言行不一的性格缺陷。

无论是篇章内的人物对比，还是篇章间的人物对比；无论是个人与个人的对比，还是集团与集团的对比；无论是不同人物的对比，还是同一人物前后命运的对比；无论是人物语言的对比，还是人物语言与行为的对比，《平家物语》都把握得十分到位。这种对比手法的恰当运用，不仅突出了人物的典型性格

---

① 大津雄一、平藤幸編 . 平家物語 覚一本 [M]. 東京 : 武蔵野書院 ,2014:374-375.

② 同上 :448.

③ 同上 :454.

特征，彰显了作者的褒贬之意，还渲染了作品的悲剧色彩，增强了作品的感染力。

3. 以宾衬主的衬托手法

衬托法，即以彼人物衬托此人物，也就是用配角烘托主角。衬托是一主一宾，以宾衬主，宾体的描写是为了说明、补充、烘托主体，使主体更加鲜明、突出。衬托手法可细分为“正衬”与“反衬”两种，用相似或相近性格特征的人物去衬托，属于正衬；用互相不同甚至相反性格特征的人物去衬托，属于反衬。

首先是“正衬”手法的巧妙运用。第四卷第十一节〈桥合战〉交代了对阵双方的整体形势：一边是追捕高仓宫的平家军兵，另一边是保护他的源赖政父子及三井寺僧兵，两军分据宇治桥两端。此时，一位名为净妙房明秀的僧侣挺身而出，“人们不敢走的架空的桁条，净妙房如履平地。……敌人太多，便使出蜘蛛手[①]、拧麻花、十字手、蜻蜓翻、转水车等种种招数，密不透风地砍杀起来。”[②]此等勇猛已经令敌我双方看呆了，更绝的还在后面。一位名为一来法师的僧徒，“跟在净妙房后面砍杀，但桥上桁条很窄，无法从旁边经过，便在净妙房头盔上用手一按，‘失礼了，净妙房’。从他肩头跳了过去，冲到前面作战去了。”后文并没有详细描述一来法师的武艺，只是在结尾处看似轻描淡写地交代了一句“一来法师战死了。”但这种略写应该是作者刻意为之，特意用净妙房衬托一来法师。换言之，正

① “蜘蛛手”等词都是刀法。“蜘蛛手”，借喻蜘蛛的脚，指刀向四面八方砍杀；“拧麻花”，借喻麻花的形状，指刀转着圈砍杀；“十字手”，借指“十”的形状，指刀上下左右砍杀；“蜻蜓翻”，借指蜻蜓转身，指刀任意改变方向砍杀；“转水车”，借指水车的滚动，指刀不断翻滚砍杀。

② 大津雄一、平藤幸編．平家物語 覚一本[M]．東京：武藏野書院，2014:147-148．下同。

因为对净妙房的勇猛描写得十分细致，所以无须再详写一来法师，只通过从其肩头一跃而过、冲到前面斯杀这一个动作的特写，就足以展现一来法师的非凡胆量和高超武艺。如此这般，用一位武勇的僧兵来衬托另一位僧兵的勇猛，即属于“正衬”手法。“正衬”手法的巧妙运用，形象地烘托了主体的鲜明特征，给读者留下了深刻的印象。

《平家物语》的“反衬”手法也运用得十分巧妙。第三卷第二节〈顿足〉中，为了放大主人公俊宽的悲剧效果，作者进行了层层渲染。先是利用使者衬托俊宽，让俊宽第一个接过赦免文书，又让他目睹自己名字不在赦免之列，经历一次由满怀希望到满心失落的挫折；又用成经、康赖来烘托俊宽，把最后一丝希望寄托于两位朋友身上的俊宽，再次亲耳听到朋友的背信弃义，又经历了一次从心存念想到彻底绝望的打击。如此这般，用送信使者的不慌不忙反衬俊宽思念家乡、盼望回家的急切心情；用成经、康赖得以赦免，重回家园的幸福，反衬俊宽被友抛弃、孤身一人滞留荒岛的悲剧。

第十一卷第十九节〈能登守之死〉中，为了突出能登殿平教经[①]的勇猛，作者也设置了多层烘托。先是几个虾兵蟹将出场，教经“挥舞大刀左右砍杀，无人敢与对阵”。[②]随后，特意安排了一位重量级陪衬——源义经，结果义经根本没有勇气与教经对抗，干脆转身跳到别的船上跑掉了。最后，源氏方面的三个大力士决定一起上前对付教经，“能登殿毫不惊慌，把率先杀上来的安艺太郎的从卒踢到海里。接着上来的是安艺太郎，被他挟在左边腋下；其弟安艺次郎，被他挟在右边腋下。”[③]

① 平教盛之子，平通盛之弟，具体人物关系图请参见附录 1。

② 大津雄一、平藤幸編．平家物語 覚一本 [M]. 東京：武藏野書院，2014:405.

③ 同上 :406.

然后两位大力士就成了教经的陪葬。用源氏军兵“无人敢与对阵”反衬教经的勇猛;用大将军义经“自觉不能抵敌”,转身逃跑反衬教经的勇猛;用三位大力士的陪葬反衬教经的勇猛。伴随着配角武艺的层层递进,教经的勇猛和胆量愈发被凸显出来。《平家物语》中“反衬”手法的巧妙运用,既有效地营造出作品的戏剧效果,又为人物形象的成功塑造增添了强有力的一笔。

衬托法,不仅有以人衬人,还包括以景衬人。所谓“景”,既指社会背景,亦指自然景致。以社会背景为衬托,虽然仍然属于以人衬人的范畴,但泛指社会群体和各种社会关系,亦即用一个群体来烘托一位与众不同的人物。例如,第二卷第四节〈小教训〉与同卷第六节〈教训状〉中,作者就两次用平家诸人衬托平重盛异乎寻常的气势和风度。首先在〈小教训〉一节中,作者描述重盛出场:

> 其后许久,小松内大臣连同嫡子权亮少将,带着卫府四五人,随从二三人,兵士却一个不带,特别泰然自若地来了。入道以及左右的人,都诧异地望着他。下车时,贞能上前进言:“发生这等大事,为何不带军兵?”内大臣道:“大事指天下大事,这样的私事,能说是大事吗?”听到这话,凡是带着兵仗的,都惶恐不安。[①]

〈教训状〉中,平重盛还是表现得独具一格:

> 内大臣在门前下了车,进门内看时,但见入道着了腰

① 参见附录8。

甲，一门卿相云客数十人，都在各色直缀外披了铠甲，在中门廊下，分两排端坐。其他各国的国司、卫府诸司的人，廊下排不开，便挤在院子里。众人将旗杆拿在手里，马附带勒紧了，头盔也都系好，就要上阵厮杀的样子。小松公内大臣却是乌帽子便服，下穿大花纹长统裤，提着裤腿，沙沙作响地走了进来，罔若置身事外。入道垂着眼，暗想："啊，内大臣还是那一套，目空一切。又要争论一番了吧。"虽说是自己的儿子，但内存五戒，以慈悲为先；外不乱五常，遵守礼义；现在穿着腰甲与他相见，似觉不甚得体，便拉开纸门，慌忙将一件素绢法衣披在腰甲外面，可胸板上的金饰还露着，为了遮住它，只得不时拢拢衣服的领口。①

〈小教训〉中，当所有人都显得紧张不安时，重盛表现得泰然自若；〈教训状〉中，当其他人都已整装待发，重盛却身着便服，不慌不忙。而且，在作者的眼里，重盛的别具一格、与众不同显然是褒义的，否则，大家就不会显得"惶恐不安"，清盛也不会觉得"不甚得体"了。作者用包括清盛在内的整个平家群体烘托重盛这个个体，刻画出了一个"举家皆浊我独清"的正人君子形象。

用自然景致衬托人的例子，作品中也颇为常见。第五卷第二节〈赏月〉中，作者借德大寺实定的眼睛，观察并描述了迁都之后的旧都——京都。"一切都已面目全非，偶有留下的人家，门前杂草丛生，院里全是露水；蓬草成林，浅茅成原，有如鸟雀杂居之所；虫声唧唧，草如荒野。"② 中秋月圆之夜，本应是月圆人圆，一派祥和的气象，可是迁都之后的京都已然面目全非。

① 参见附录 9。
② 165-166.

作者巧妙借用京都荒凉的景色衬托京都人内心的悲痛；借用如泣如诉的虫鸣表达人们对平家的无声控诉。

再比如，〈灌顶卷〉先后记述了建礼门院与后白河法皇两人前往大原的路途。建礼门院踏上征途是秋天，双眼所见尽是枯枝败叶，阴霾密布，所谓睹物思情，此情此景愈发彰显出女院的失意和落魄。后白河法皇则是翌年春天动身，映入眼帘的是樱花与绿叶交相辉映，小鸟与海棠动静相宜的春光山色，宛如一幅姹紫嫣红的美丽画卷，如此这般令人心旷神怡的美景自然也更好地烘托出法皇的意气风发。同一条道路，不同的季节，不同的风景，更加凸显出人物的境遇差别、心态迥异。可以说，这种以景衬人的艺术手法更大限度地透视出人物的内心世界。

第三节 “圆形人物”与“扁平人物”

20世纪20年代，英国知名小说家、文学批评家爱德华·摩根·福斯特[①]在其文学理论著作《小说面面观》[②]中首次提出了“圆形人物”（roundcharacter）和“扁平人物”（flatcharacter）的概念。“圆形人物”，指具有复杂、矛盾性格特征的人物，他们的

① 爱德华·摩根·福斯特（Edward.Morgan.Forster,1897—1970），英国小说家和批评家，代表小说有《霍华德庄园》（1910）、《印度之行》（1924）等。

② 《小说面面观》（Aspects of the novel,1927）是福斯特的文学批评专著，最早的汉译本是台湾志文出版社于1973年推出的李文斌译本，大陆最早的汉译本则见于广州花城出版社1981年推出的译本（译者不详）。1984年，广州花城出版社又发行了苏炳文的译本；1990年，上海文艺出版社推出了方士人的译本；2002年，中国对外翻译出版公司发行了朱乃长的英汉对照本；2009年，人民文学出版社又出版了冯涛的汉译本。由此可见，福斯特及其文学理论在国内研究的经久不衰。

性格在作品中呈现出多面性和多变性;“扁平人物”,指性格特征相对单一或者自始至终保持一贯作风的人物,他们又被称为性格人物。“现实中人的这种多维性构成了小说中‘圆’的人物的创作基础。但小说家没有义务充当生活原型的录像师,艺术的创造性过程既需要对生活原型的糅合与提炼,也容许对之进行审美的剥离与变形。后者为‘扁的’人物的出场提供了逻辑上的依据。”[①] 表面上看,“圆形人物”似乎比“扁平人物”的形象更为饱满,但实际上两者各有妙处。

1. 多面、多变的“圆形人物”

“圆形人物”形象有两大特点:一是具有复杂的多种特性,包括一些相互冲突、矛盾的性格特征,亦即性格的多面性;二是人物性格在作品中不断发展、变化,具有不确定性,亦即性格的多变性。笔者根据人物出现的章节数目以及在章节中担任主角的次数,归纳出《平家物语》11 位主要出场人物[②]。后白河法皇出场 62 节章节,占据章节主角 11 次;平清盛 59 节,32 次;平宗盛 51 节,13 次;源赖朝 43 节,10 次;平重盛 32 节,9 次;源义仲 30 节,17 次;源义经 30 节,15 次;建礼门院 26 节,6 次;平知盛 26 节,5 次;平维盛 25 节,11 次;平重衡 21 节,9 次。这 11 位人物,除建礼门院、平知盛属于“扁平人物”,其他人物基本上是性格多面、多变的“圆形人物”。

---

① 徐岱 . 小说叙事学 [M]. 北京 : 商务印书馆 ,2010:158.

② 笔者按照人物出现的章节数对其进行了降序排列,具体请参见表 1.1《平家物语》主要出场人物一览表。

表 1.1 《平家物语》主要出场人物一览表①

人名	出现章节及占据主角(用 * 标示)
后白河法皇	1-7、1-9、1-11、1-12、2-1、2-3、2-4、2-5、2-6、2-7*、2-8、2-10、2-11、2-12、2-16、3-1、3-3、3-4、3-14*、3-16、3-17、3-18*、3-19*、4-1、4-3、4-4*、4-8、5-1、5-8、5-9、5-10*、6-1、6-5、6-10、6-11、6-12、7-13*、8-1*、8-2*、8-4、8-6、8-10、8-11、9-1、9-3、9-5、9-7、10-1、10-2、10-3*、10-5、10-11、11-1、11-3、11-6、11-13、11-17、11-18、12-5、12-6、12-9、13-3*
平清盛	1-1*、1-3*、1-4*、1-5*、1-6*、1-9、1-11*、2-1、2-3*、2-4*、2-5*、2-6*、2-9、2-11*、2-12、2-16、2-17、3-1*、3-2、3-3、3-4、3-5*、3-11*、3-12、3-14*、3-16、3-17*、3-18*、3-19*、4-1*、4-2、4-4、4-5、4-8、4-13、5-1*、5-3*、5-4*、5-12*、5-13*、5-14*、6-4*、6-5*、6-6*、6-7*、6-8*、6-9*、6-10*、7-15、8-11、9-7、10-4、10-5、10-7、10-12、12-4、13-1、13-4、13-5
平宗盛	1-5、1-12、1-15、2-6、2-11、3-4、3-11、3-18、3-19、4-1、4-4、4-5、4-6*、4-13、4-14、5-11、5-12*、6-7、6-8、6-12、7-4、7-8、7-13*、7-15*、7-19*、7-20*、8-3、8-4*、8-6、8-11、9-6、9-7*、9-9、9-17、10-2、10-3*、10-4*、10-7、10-9、10-11、10-13、10-14、11-2、11-3、11-7、11-10、11-11、11-13*、11-16*、11-17、11-18*
源赖朝	3-17、4-3、4-5、5-3、5-4*、5-6、5-7、5-10*、5-11*、5-12*、6-5、6-6、6-7、6-10、7-1*、7-2、7-7、7-12*、8-5、8-11、9-1*、9-3、9-4、9-9、10-5、10-6、10-7*、10-13、10-14、11-1、11-7、11-14、11-15、11-17、11-18、12-2*、12-3、12-4、12-5、12-6*、12-7、12-8、12-9
平重盛	1-5、1-9、1-11*、1-12、1-13、1-15、1-16、2-4*、2-5、2-6*、2-7*、2-8、2-10、2-11、2-16、3-1*、3-3、3-4、3-6、3-11*、3-12*、3-13*、3-14*、3-18、4-6、5-10、6-10、10-8、10-10、10-11、10-12、12-9
源义仲	4-3、6-5*、6-6、6-11、6-12*、7-1*、7-2*、7-4*、7-5*、7-6*、7-7*、7-8、7-10*、7-11*、7-12*、7-13*、8-1*、8-2*、8-5、8-6*、9-7、8-8、8-9、8-10*、8-11*、9-1、9-2、9-3*、9-4*、9-5
源义经	4-3、9-1、9-2、9-3*、9-5、9-7*、9-8*、9-9*、9-10、9-12*、9-16、10-1、10-5、10-14、11-1*、11-2*、11-3*、11-4、11-5*、11-6*、11-7*、11-8、11-10、11-11、11-15*、11-16*、11-17*、11-18、12-4*、12-5*

① 此表由笔者自行归纳梳理，按出场的章节数降序排列，1-1 表示第一卷第一节，* 号表示占主角的章节。

续表

人名	出现章节及占据主角(用*标示)
建礼门院	1-5、1-12、1-16、3-1*、3-3*、3-5、4-2、5-1、6-2、6-4、6-12、7-13、7-19、8-1、8-4、10-8、11-1、11-2、11-10、11-11、12-3、13-1*、13-2*、13-3、13-4*、13-5*
平知盛	1-5、1-15、2-11、4-11、4-12、4-13、5-13、6-10、7-15、7-19*、8-4、8-7*、8-9*、8-11、9-11、9-13、9-17*、10-4、10-14、11-1、11-7*、11-8、11-9、11-10、11-11、12-9
平维盛	1-5、1-16、2-4、2-11、3-11、3-12、4-2、5-11*、5-12*、7-2*、7-4*、7-6*、7-14*、7-19、7-20、9-7、10-1*、10-8、10-9*、10-10*、10-11*、10-12*、10-13、10-14
平重衡	1-15、3-4、4-11、4-16*、5-12、5-14*、6-10、6-12、7-19、8-2、8-9*、9-15*、10-1、10-2*、10-5*、10-6*、10-7*、10-9、10-13、10-14、11-19*

《平家物语》描写的历史是非常复杂的转型期，所以，活跃在这个历史舞台上的人物性格也相应地具有多面性和复杂性。例如，后白河法皇既有笃信佛教、足智多谋等闪光点，又有宠信小人、长于权术、两面三刀等负面因素。再比如，很多读者和听众都会鄙视平宗盛的贪生怕死、目光短浅，但同时也不能抹杀他的爱子情深、心怀慈悲。同样，源赖朝虽然沉着稳重，但其忘恩负义、言行不一、杀戮功臣等性格在作品中同样展露无遗。源义经勇猛善战、耿直豪爽，却不善于处理内部矛盾、以自我为中心。平维盛在作品前半段豪情满怀，颇为自信，在后半段却又儿女情长，优柔寡断。

清盛、重盛父子身上，人物性格的多面性、不确定性表现得尤为突出。虽然很多学者都主张：清盛和重盛是两个对立面，清盛是负面形象，代表大逆不道的卑鄙小人；重盛则是正面形象，代表忠义两全的正人君子。笔者却认为作品中的清盛、重盛形象是复杂多面的，非单纯的恶或善所能概括。

《平家物语》的清盛形象，集合了恶有恶报、善有善报两个截然相反的因素。“恶因”主要是：动用武力与朝廷和寺院抗衡，亵渎王法和佛法，是大逆不道的造反者；任意欺压百姓，迫害朝廷高官。上述这些恶因所招致的恶果不仅报应到清盛身上，让其难逃下地狱的结局；还殃及平家的子孙后代，甚至祸及与平家关系密切的安德天皇。与之相对应的是，平清盛的“善因善果”分别是：先后平定保元之乱、平治之乱，维护了朝廷的稳定，自己也因此得以官职升迁；虔心信奉熊野权现、比叡山、严岛大明神，得到神佛庇佑，子孙都官运亨通，女儿们也都喜结良缘；尊重生命、善待他人，更被传为“慈惠大僧正转世”；无论是处理公事还是对待私事，举止都比较得体，平家一门年轻子弟的优雅也备受世人好评。那为什么清盛形象具有如此矛盾的多面性呢？笔者认为关键在于许多事件存在多种评判标准，立场不同，善恶褒贬的评价也会发生相应变化。“鹿谷事件”和“高仓宫事件”就充分说明了这一点。

鹿谷事件的主谋藤原成亲，平治之乱[①]时谋反，理应被问斩，只因重盛求情才保住性命。从这个意义上说，平家有恩于成亲。可成亲居然要兴兵灭掉平家，这就属于恩将仇报的卑鄙行为。其次，成亲兴兵完全是为了一己之私，他觊觎左大将一职，并为此举行各种祈祷，孰料被宗盛抢了位置，因此决定报复平家。再次，成亲是后白河法皇宠臣，但当时在位的是高仓天皇，清盛身为天皇岳父兼姨父，应该是天皇政权的有力支撑。所以，成亲意欲推翻平家的举动，至少一定程度上是要动摇天

---

① 平治之乱，是平治元年（1159）二月发生的动乱。起因于后白河上皇院政与二条天皇亲政间的矛盾。失败方是拥护院政的藤原信西和源义朝，藤原成亲当时作为上皇的亲信也是支持院政的。

皇政权。那么，举兵本身就是造反，而镇压造反的平家就成了朝廷政权的守卫者。

以上是从清盛、平家、天皇亲政的立场出发，对鹿谷事件所做的评析。倘若换个角度，从成亲、贵族、法皇院政的立场出发，结论就完全不同了。首先，朝廷空出左大将一职时，成亲和宗盛两人都希望递补，成亲是贵族出身，理应被优先考虑。其次，后白河法皇是高仓天皇生父，当法皇意欲提拔成亲时，即使天皇有异议，也应遵循孝道和“父为子纲”的原则，服从法皇决定。那么，清盛随意干涉官职升迁本身就是犯上作乱，应该人人得而诛之；成亲举兵是为了法皇、为了朝廷，是消灭公敌的正义行为。由此可见，立场决定了对同一事件的不同评判，这也正是导致清盛形象不确定的原因所在。

为了更好地说明这一结论，再以“高仓宫事件”为例。赖政唆使高仓宫起兵，是因为自己和仲纲与宗盛之间产生了纠纷，实际上是个人恩怨，属“报私仇”性质。高仓宫同意起兵，是想灭掉平家后自己登基做天皇。为了实现这一目标，不仅要消灭平家，也势必要废掉在位的安德天皇。如此，高仓宫起兵也成了图谋造反的大逆不道之举。清盛作为安德天皇的外祖父出兵镇压，又一次担当起了朝廷政权守卫者的角色，理应得到肯定。

倘若从赖政、高仓宫、后白河法皇的立场出发，那么情形又会发生变化了。首先，宗盛夺人所爱，多次索要仲纲的爱马，得到后不仅不珍惜，还把仲纲名字烙在马身上加以羞辱，赖政和仲纲也是在忍无可忍的情况下才决定起兵的。其次，后白河法皇此时正被软禁在鸟羽殿[①]里，作为儿子的高仓宫发动政变

① 鸟羽殿是白河、鸟羽两上皇的离宫，地处京都南部的鸟羽。

若能成功，可以解救法皇的困境，这也是为父尽孝之举。另外，新即位的安德天皇年仅3岁，不可能亲政，不过是平家的傀儡而已，或者说安德天皇成了平家干政一个最大的幌子。只要推翻平家，无论是高仓宫做天皇亲政，还是恢复后白河法皇院政，都是皇族掌握实权，总强过做平家的傀儡。所以，从这个角度说，高仓宫兴兵推翻被平家操纵的安德天皇，建立皇族政权也是在为国除害，实属正义之举。

综上所述，无论“鹿谷事件”还是“高仓宫事件”，都会因为评价者所处立场不同而出现两种截然相反的结论，其中的清盛形象也自然会表现为正反、善恶、忠奸的两极。《平家物语》中类似的例子还有很多，比如赖朝举兵，站在平家立场看，赖朝无疑是忘恩负义的小人；但站在源氏立场上，赖朝就成了为父报仇的孝子，讨伐朝敌的功臣。再比如火烧三井寺，站在平家立场看，进攻三井寺是守护朝纲的正义之举，是维持稳定的有力举措；但站在寺院立场上，平家此举就变成了亵渎神灵的卑鄙行径，讨伐皇子的僭越之举。

接下来让我们将目光转向平重盛。简言之，作者的主观叙事意图是要将其塑造成理想的圣人君子，但从作品的客观叙事效果来看，重盛形象也存在多面性。其正面形象大体可以概括为：忠臣孝子、圣贤人士、先知先觉。忠臣孝子指重盛为法皇尽忠的同时也能为父亲尽孝；圣贤人士指重盛为人处世举止得当；先知先觉是说重盛笃信佛教，拥有与神明相通的超能力，能够未卜先知。其负面形象表现为：伪善愚忠、自私自利、前后矛盾。迄今为止，少有人专门研究重盛的负面形象，所以在此进行详细阐释。

治承三年（1179）八月一日，重盛英年早逝，老年丧子的清盛在福原闭门蛰居了近三个半月后，突然带领军兵返回京都，罗列了对法皇的诸多不满，其中前两条就与重盛有关。一是不满法皇的态度：重盛刚刚过世，法皇就临幸八幡神宫，欣赏管弦之乐；二是不满法皇的决策：法皇没收了重盛领地，损害了重盛子孙的利益。这不由得让读者和听众回忆起鹿谷事件时，重盛为保护法皇不惜与父亲决裂一事。如今重盛盛年离世，法皇非但没有丝毫惋惜和悲伤，反而第一时间没收了本该由重盛子孙继承的领地。如此，重盛为法皇尽忠也就成为"愚忠"，或者说重盛根本没有认清法皇等贵族阶层的真实面目，在法皇与清盛、贵族与平家之间的政治斗争中被法皇和贵族利用了。实际上，鹿谷事件的主谋藤原成亲也在不断利用重盛，但重盛依然心甘情愿为其奔波，甚至根本不介意成亲是要推翻自己的平氏一族。

如果说被贵族利用只是因为缺乏政治经验，与重盛个人素质无关，那么熊野拜神一事则会呈现出一个本质上自私自利的重盛形象。治承三年（1179）五月，京都突然刮起大旋风，神祇官占卜后告诫诸大臣须谨慎，重盛立即前往参拜熊野神社。祈祷话语如下：

> 看他（清盛）所作所为，恐一代荣华犹自难保。子孙相续，显亲扬名，更属不易。当此时会，重盛窃思，自己忝居朝臣之列，与世浮沉，有违良臣孝子之道，倒不如隐名退身，抛却今世名望，但求来世菩提。怎奈凡夫驽质，昧于是非，未能遂行此志。祈请南无权现金刚童子，假如子孙荣华未绝，仍得出仕朝廷，窃请缓和入道恶心，使天下得以安宁；假若荣华止于一代，子孙蒙羞受辱，则请缩短

重盛寿命，救助来世苦难。[1]

这一段祷词意思如下：第一，重盛判断当前形势，认为父亲所作所为会导致家破人亡；第二，作为平家长子，重盛本应抛却高官厚禄，皈依佛门，但又心有不甘；第三，不知自己判断是否正确，祈请神佛明示，如果子孙还能享受荣华富贵，自己就安于现状，如果平家注定要灭亡，就让自己先行离开人世。其中，第三点最关键，这是重盛面对全家命运时的抉择。重盛此时在全家的地位实乃一人之下，况且父亲清盛已 61 岁[2]高龄，对内来说，重盛理应肩负起全家的命运。另外，重盛此时官至内大臣，在平家所有公卿中级别最高，对外而言，也理应作为平家代表。

但我们分析重盛祷词却发现，他本人并没有这种意识，非但不愿肩负重任，还把厄运都归罪于父亲。更为自私的是，明知全家要遭遇不幸，本该挺身而出的重盛，给自己规定的任务却是早日结束性命，以免经历悲惨的未来。重盛这种一了百了的心态也影响到子孙后代，所以，平家撤离京都后，重盛的儿子们大都意志消沉，多人选择自杀[3]。在平家陷入困境、急需用人之际，他们宁可自杀也不愿杀敌于疆场，这无疑是受到了重盛消极处事方式的影响，足见重盛的自私自利带给平家一门的危害。

除伪善愚忠、自私自利外，重盛的言行也前后矛盾。最典型的是第三卷第十一节〈医师问答〉中的例子。重盛病倒后，

① 参见附录 10。

② 平清盛生于 1118 年，重盛参拜熊野神社是在 1179 年，在古代日本，61 岁已经是高龄老人了。

③ 先是重盛的三子、左中将清经在离开京都不久后就因想不开而跳海自杀。随即，重盛长子维盛也无心作战，只是朝思暮想自己的妻儿，终于也出家、自杀。

父亲十分担心，特意从福原派来使者，打算请宋朝名医诊治。此番好心却遭到重盛严词拒绝，因为“身为本朝三公大臣，会见异朝浪游的来客，既是国家的耻辱，也是政道的凌迟。即使重盛为此丧命，也不能对国耻无动于衷”。[①] 把个人行为上升到国家层面，言辞冠冕堂皇。

但颇具讽刺意味的是，重盛不仅接见过外国人，还是自己主动召见。第三卷第十四节〈赠金〉记载：重盛特意从九州把一位名叫妙典的船主召到京城，单独和他相见，拜托他把三千两黄金捐赠给中国的育王山，以求僧侣为自己的来世祈祷。《平家物语》版本之一的《源平盛衰记》，把船主记载为“唐人”，也就是当时从事宋日贸易的中国商人。义正词严地拒绝接见宋朝名医的重盛，却主动召见一位身份并不高贵的宋朝商人，前后言行自相矛盾。因此，笔者推测：重盛拒绝宋朝名医并非自己所标榜的，是为了国家荣誉，而是不想治，因为担心活下去会遭受更大的厄运。重盛并不如实说明自己的想法，而是大言不惭、冠冕堂皇地抬高自己，给不明真相者造成一种假象：重盛是为了国家利益才做出自我牺牲的。

上文以清盛、重盛为例，分析了“圆形人物”的多面性，下面以源义仲为例，考察“圆形人物”的多变性。《平家物语》中，义仲形象不断变化：从揭竿起义时，英姿飒爽、战无不胜的武将；到入主京都后，不懂礼仪、图谋造反的小人；被赖朝追赶时，变成仓皇出逃、丧失斗志的败将；与今井四郎重逢后，再次振作精神，摇身成为一马当先的英雄；临终就义时，回归人间本色，终究难逃命运的捉弄。造成义仲形象多变的重要因素，是见证者和传播者的变化。

① 大津雄一、平藤幸編．平家物語 覚一本 [M]. 東京：武蔵野書院，2014:105.

义仲最初兴兵时，能够目睹其风采并且讲述给他人的，应该是身边亲信，所以，此时的义仲是正面色彩的光辉形象。入主京都后，义仲的言谈举止不合礼仪，经常受到京都贵族和百姓嘲弄，在他们眼中，义仲成了卑鄙猥琐的小人。及至被赖朝讨伐时，义仲又变成萎靡不振、落荒而逃的败将。而能够见证义仲与今井兼平重逢、直到临终场景的，应该是他们二人的亲信[①]，因此，此时的义仲形象再度伟大且带有悲剧色彩。

除见证者和传播者的变化外，对同一事件的看法也因人而异。如第八卷第六节〈猫间〉，〈猫间〉中纳言藤原光高[②]来访，义仲特令拿出新鲜平菇宴请，还专门找出敬佛的碗供客人使用。义仲的侍从“饭盛得满满的，配了三种菜，外加平菇汤。木曾面前也同样摆了一份”。[③]义仲吃得津津有味，光高则万分扫兴。光高的挑剔无非源于以下几点：首先，义仲把新鲜平菇称作“无盐”[④]平菇，十分无知；其次，山野武士出身的义仲饭量较大，而光高面对一份数量大、质量差的饭菜却没有食欲；另外，在整日锦衣玉食的中纳言看来，义仲招待客人用的餐具粗鄙不堪。

但如果站在义仲的立场，那么，光高的挑剔就显得过于矫情。其一，义仲认为平菇是美味佳肴，拿新鲜平菇招待对方完全是出于诚意；其二，义仲自己饭量大，怕对方吃不饱，所以特意为客人盛了满满一大碗；再者，刚满足温饱的义仲，不可能有

---

① 很多学者都指出：讲述义仲故事的很可能是《平家物语》中出场的女将阿巴。因为她不仅是义仲的妾侍，也是义仲集团的一员大将，始终陪伴义仲左右，有条件目睹义仲言行，而且在义仲的命令下离开战场活了下来，也有机会将故事转述他人及后人。

② 藤原光高（1127—1201），藤原清隆之子。因为他的宅邸位于京都“猫间”地区，而且官职是中纳言，所以被称为“猫间中纳言”。

③ 大津雄一、平藤幸编．平家物語 覚一本 [M]. 東京：武藏野書院，2014:279.

④ 无盐，原指未经腌制的鲜鱼，初来京都的义仲以为所有新鲜的食品都被称为“无盐”，所以刻意说“无盐的平菇”。

条件追求高档餐具。在义仲眼里,招待光高所用的餐具应该已经比较体面了。从上述几点,也可看出地方武士与京都贵族间的生活差距。光高眼中愚昧无知、不懂礼仪的义仲,实际上还有朴实无华、善意热情的另一面,虽然这种正面形象是贵族们根本无法感受和理解的。

关于鼓判官知康一事,也有相似性。义仲离开京都追缴平家期间,后白河法皇和十郎藏人行家[1]密约共同对付义仲。挑拨离间、利用一方牵制另一方,历来是法皇和贵族们的惯用伎俩。政治手腕单纯朴素的义仲,对两面三刀、阴险狡诈的贵族们愤慨不已,决定用武力惩治他们,最终导致了法住寺合战的爆发。

进而言之,倘若站在贵族立场上,义仲是不懂礼仪、目光短浅的负面形象;但如果从义仲或者山野武士的角度出发,就是个性率真、待人诚恳的正面形象。所以,归根结底,和上述清盛、重盛形象的多面性相同,义仲形象的不断变化,评论人的立场不同也是重要的一个方面。

2. 脸谱化的"扁平人物"

一般说来,"扁平人物"形象只具备一种气质,性格相对固定,很少受外部环境的影响,在整部作品中没有大的变化,类似戏曲中的脸谱化表现。"扁平人物"形象有两大特点:一是容易辨认,性格几乎一成不变;二是容易被记住。如前所述,《平家物语》11位主要出场人物中,"扁平人物",只有建礼门院和平知盛两位。

① 源行家(?—1186),源为义的第十子。源赖朝、义仲、义经等人的叔父,具体人物关系图请参见附录2。

2.1 “平家的象征”——建礼门院

《平家物语》中，建礼门院的人物形象相对单一，用一句话就可以概括——“平家的象征”。她的封后、生皇子是平家权势达到顶点的象征；她的被俘、安德天皇的自杀成为平家彻底衰亡的象征；她的得道成佛，成为平家一门被救赎的象征。所以，这种被规定、被赋予的象征身份，也决定了建礼门院在作品中只能是隐形的存在，不能有太多个性。

另外，建礼门院的人物形象和性格特征几乎没有任何变化，自始至终都没有主见，任凭别人安排。年轻时，听从父命，入宫嫁给高仓天皇。作品虽然没有直接触及他们的婚姻生活，却交代了高仓天皇宠爱葵前、小督等宫女。这也就意味着：建礼门院作为妻子并不幸福。可悲的是，平家从不顾及她的个人情感，只会把她作为谋求权势的工具。所以，即使他们夫妻关系并不和睦，建礼门院依然需要履行生皇子的义务。这个义务，与其说是作为妻子的义务，不如说是作为平家女儿的义务。因为高仓天皇嫔妃众多，并不在乎建礼门院是否生皇子。更加可叹的是，皇子一出生，就必须和母亲一同背负起平家的重担。所以，平家迁都、撤离京都时，母子没有任何选择，只能义无反顾地追随平家。或许建礼门院习惯了唯命是从，当她看到独子安德天皇被抱着跳海时，竟然会因为母亲叮嘱“无论如何要保全下来，为先帝祈求冥福，也为我们的后世祷告”，就果真成为俘虏活了下来。

不过，虽然建礼门院的形象既缺少个性又没有变化，但这种“扁平人物”并不是失败的。建礼门院的悲剧，比起其他出场人物，之所以更能够打动读者和听众，正因为她从不问代价承担起平家一门的重担，从不计较个人得失坚持为家族付出。

2.2 “智慧的象征”——平知盛

《平家物语》中的平知盛,用一个词概括,就是“智慧的象征”。知盛的智慧首先表现在战场上,由他担任将军的战役都取得了令人瞩目的战绩。〈桥合战〉中,平知盛率军追捕高仓宫和源赖政,大获全胜。〈还都〉中,他担任大将军,征讨近江源氏,结果一一攻陷。〈祇园女御〉中,平知盛再度率大军讨伐源行家、源义圆,打死了义圆,打得行家落荒而逃。〈水岛合战〉中,他带领军兵大败义仲手下。〈室山〉中,平知盛再次担任大将军,采用“诱敌深入”的计策,成功地收复了失地。

政治决策方面,知盛的智慧也明显高于平家其他人,总能提前察觉事态的变化。〈一门离京〉中,宗盛提议全家撤离京都时,知盛明确反对,认为留在京城和对方决一死战,或许还能挽回一丝生机。后来,〈逆橹〉中形势的变化,果然证明了知盛的判断。〈法住寺合战〉中,宗盛打算接受义仲邀请前往京城,知盛再次反对,并且成功说服了宗盛。〈回奏〉中,面对后白河法皇用三种神器换取重衡性命的提议,知盛冷静地分析局势:“即使把三种神器归还京都,重衡也难放还。莫如大胆地在复奏中将申明此意”[①],帮助平家方面保住了三种神器。

人际关系方面,知盛也把智慧发挥得淋漓尽致。〈太宰府落〉中,当平家被赶出太宰府走投无路时,知盛凭借自己的人脉储备,及时弄来船只;〈越中前司之死〉中,儿玉族人冒着通敌的风险,特意前来报信,就是为了报答知盛任国司期间给予他们的关照。或许正因为广结人脉,知盛看人的眼光非常独到。〈鸡合坛浦合战〉中,知盛敏锐地察觉出阿波民部重能的异常,并提醒宗盛斩草除根,防患于未然。结果重能果真叛变,给平

---

① 大津雄一、平藤幸编 . 平家物語 覚一本 [M]. 東京 : 武藏野書院 ,2014:349.

家造成了无法挽回的损失。

判断局势方面，知盛也表现出非凡的智慧，时刻以大局为重。〈先帝投海〉中，看到大势已去的知盛，第一个反应不是继续无谓的抵抗，而是安排全家的后事，立刻通知二位尼、安德天皇，为他们从容赴死争取了宝贵的时间。随后，亲自打扫御船，以免任何不光彩的东西落入他人手中，有损安德天皇和平家的体面。

《平家物语》中，“智慧”一词，俨然成了贴在知盛身上的标签。无论在军事、政治层面，还是处理人际关系，抑或是判断局势，知盛都表现得充满智慧。作者在《平家物语》中塑造的这样一位“扁平人物”形象，无疑是成功的。当然，这并不意味着，智者只有知盛一人，只是别的出场人物身上，或多或少还有其他一些突出的特征。比如，义仲在军事方面很有智慧，经常指挥以少胜多、以弱胜强的战役，但政治层面却显得比较弱智，被后白河法皇和源赖朝玩弄于手掌之中。

3. 两种人物形象的叙事效果

一部优秀的作品，通常会同时塑造“圆形人物”形象和“扁平人物”形象，并让他们相互衬托，相辅相成，共同表现出社会、人生的复杂真相。所以，“圆形人物”与“扁平人物”并不存在着孰优孰劣的问题，它们是两种不同类型的人物形象，在作品中发挥着各自不同的叙事效果。

与上述 11 位主要人物相比，《平家物语》中的某些人物，虽然出场次数较少，但其人物形象毫不逊色。比如，平时忠，共出场 15 次，其中有 4 次只出现名字，所以，真正意义上的出场只有 11 次，但这并不妨碍时忠“圆形人物”形象的多面性。

前两次出场，分别在第一卷第四节〈秃发〉以及同卷第十节〈立东宫〉中。此时，时忠的形象是负面的。〈秃发〉中，他说了一句极其狂傲的话："非此一门的人，皆非人。"① 足见其飞扬跋扈。〈立东宫〉中，作者更是拿杨国忠比时忠，讽刺其借助妹妹建春门院② 干涉朝政，就连清盛处理政务，都要先和时忠商议，无形之中就把时忠之恶置于清盛之上了。但是，同卷第十六节〈大内被烧〉中，时忠的形象则来了个一百八十度的大转弯。朝廷命他前往比叡山，遭到僧众围攻时，时忠临危不惧，仅用几句话就平息了僧众。既维护了个人声誉，又解决了朝廷难处。

后面的几个章节中，时忠展现了政治方面的非凡才能。〈临幸严岛〉里，众人极力反对安德天皇3岁登基时，时忠列举中国、日本幼主登基的先例，力排众议。在那样一个诸事遵循先例的时代，此举无疑为天皇登基提供了最强有力的证据。〈名虎〉中，当平家众人都在懊悔四皇子③ 被立为天皇时，时忠又援引许多先例证明了其他人当天皇的可能性，以此为平家指明，关键问题并不在四皇子身上，而在后白河法皇等人身上。〈撤离太宰府〉中，时忠担任平家方面的谈判代表，指责绪方维义④ 的忘恩负义之举。〈回奏〉中，时忠十分敏锐地觉察出了后白河法皇的图谋，与知盛一起成功地粉碎了对方的阴谋之举。〈文书之事〉中，时忠用美人计控制住源义经，从其手里要

① 大津雄一、平藤幸編．平家物語 覚一本 [M]. 東京：武藏野書院，2014:6.

② 建春门院，平滋子（1142—1176）的封号。平时信之女，时忠、清盛妻时子同父异母之妹，后白河上皇皇妃，高仓天皇生母。

③ 四皇子是高仓天皇的第四皇子，安德天皇同父异母的兄弟。平家撤离京都时，慌乱中把四皇子遗忘在京城。后来在后白河法皇的主持下，四皇子即位做了日本第82代天皇，被称为后鸟羽天皇。

④ 绪方维义（生卒年不详），丰后国大野郡绪方庄庄司。平治之乱后，归属平重盛；赖朝举兵后，又投靠源氏。

回一些事关重大的文卷，果断地将其付诸一炬，避免了更严重的灾难。

第十二卷第三节〈平大纳言被流放〉中，时忠展现了其性格中温情的另一面。被流放前，时忠特意去向建礼门院辞行道："如能和您同在京都，还能尽力照应，往后想要知道您的情况都不容易。我这样放心不下地离开京都，实在难过。"① 众所周知，此时的建礼门院早已今非昔比、荣耀不再，众人唯恐避之不及时，时忠一如既往地照顾她，显然不是出于政治利益的需要，而是人情、人性使然。

如果说时忠的"圆形人物"形象十分饱满而逼真的话，那么，藤原邦纲的"扁形人物"形象，则以其鲜明特征给读者和听众留下了深刻印象。邦纲出场次数很少，作者也并未夸夸其谈邦纲的事迹，而是把人物性格巧妙地融入其生平的几件逸事，有理有据地塑造了"机敏"的邦纲形象。

第一件事情是近卫天皇在位时期，皇宫着火，杂役之身的邦纲急中生智，找来一顶两人抬的小轿，救天皇于危难之中。第二件事情是天皇临幸八幡，正待欣赏神乐演奏，孰料乐人衣服湿了，眼看要耽误歌舞表演，邦纲却如变戏法般拿出一套乐服，再次化解了危机。此时的邦纲，已是身居高位的要员了，却仍然能随身带着乐服，足见其行事之机敏。第三件事情是治承四年（1180）的五节会，邦纲听到有人咏歌道"竹斑湘浦"时，立马退了出来。在他看来，这首娥皇女英哭舜帝的咏歌不仅不合时宜，而且寓意不祥，所以机敏地选择了远离是非。作者显然很欣赏邦纲的机敏性格，所以在作品中把财富、地位、名誉都送给了藤原邦纲。

① 大津雄一、平藤幸編．平家物語 覚一本 [M]. 東京：武蔵野書院，2014:433.

综上所述,《平家物语》中既有“圆形人物”形象,也有“扁平人物”形象,它们具有各自不同的艺术特色,又都服务于作品的整体框架,共同演绎出一部形式多样、富于变化的优秀文学作品。

第二章 《平家物语》的叙事策略

叙事策略是文学中的一个重要概念,指作者用语言虚构社会生活事件的行为。笔者拟从叙事原则、叙事视角两个角度出发,综合考察《平家物语》中的叙事策略。

第一节 《平家物语》的叙事原则

叙事原则,指作者在叙事时所采用和坚持的原则。《平家物语》的叙事原则,主要包括写实与虚构的完美统一、编年与纪传的纵横交错两个方面。"写实与虚构"部分,主要研究《平家物语》的作者在作品中所进行的叙事加工。"编年与纪传的纵横交错",主要研究《平家物语》中编年体例与纪传体例的内在统一,同时注重分析作品的叙事时长、叙事时频等。

1. 写实与虚构的完美统一

《平家物语》所描写的历史人物,基本都是真实存在的。它不同于其他文学作品,作者没有脱离历史真实,进行天马行空式的主观想象和虚构;它又不属于文书档案中人物履历一类的纯客观资料,作者也没有机械地摹写历史。实际上,《平家物语》所塑造的是有血有肉的人物形象和鲜明独特的性格特征,所追求的是历史的真实与艺术典型的内在统一。

1.1 有选择地对历史真实进行加工

《平家物语》有数千名出场人物，作者不可能也没必要全部罗列该时期日本历史上所有的重要人物、重要事件。这也就意味着，作者在取材时，是有所取舍的。为了突出作品出场人物的主要性格特征，作者必须对其言论、事迹进行提炼和加工。

比如，《平家物语》的第一主人公平清盛，在日本历史上存在了 64 年，但第一卷第三节〈鲈鱼〉、第四节〈秃发〉、第五节〈吾身荣华〉仅 3 节内容，就概括了其前 51 年的奋斗生涯。而叙述其后 13 年，则用了近 6 卷篇幅。作者如此安排，显然是有其用意所在。简言之，就是为了突出清盛大逆不道、欺凌百姓、为所欲为的负面形象。因为，在其前 51 年的生命历程中，清盛的功劳远大于过失：谁都无法否认他在保元之乱、平治之乱时的勤王之举，这不仅为后白河政权打下坚实基础，还用最小的代价稳定了京都的局面；谁都不能否认他在推动宋日贸易、发展经济方面所做出的贡献，虽然其出发点是为自己家族牟利，但确实带动了日本经济的进步、完善了港口的建设、促进了水陆的疏通；谁都无法抹杀清盛为文化事业耗费的心血，他自费修葺严岛神社，虔心抄写《平家纳经》。

但为契合整部作品的主题，作品还是把笔墨集中在了他残忍、霸道、逆反等方面的描写上，最大限度地渲染清盛的负面形象。第一卷第六节〈祇王〉开门见山道："入道相国，把一天四海置于手掌之中，不顾世间非难，无视人们嘲笑，尽干些不合情理的事。"[①] 第五卷第一节〈迁都〉中，作者借他人之口批评道："平家的恶行简直登峰造极了。自安元年间以来，许多公卿

① 大津雄一、平藤幸編．平家物語 覚一本 [M]. 東京：武藏野書院，2014:8.

云客,或被流放,或被杀戮。放逐关白,以其婿代之;迁法皇于城南离宫,杀第二皇子高仓宫,最大的恶行就是迁都,现在也做了。”[①] 对照《平家物语》对清盛正、负两面形象的描写,就会发现:它们不仅在篇幅上有很大差距,还存在显性描写和隐性描写的区别。对清盛负面的描写大都是显性的;而对清盛正面的描写基本是隐性的,或间接通过赞赏其子孙,或批判清盛的敌人,抑或隐藏在某个事件之后一笔带过,若不仔细研读,极容易被忽略。

1.2 在历史真实的描绘中渗透个人感情

《平家物语》虽然取材于日本平安时代向镰仓幕府过渡时期的真实历史,但在创作过程中,作品表现出强烈的主观感情色彩。文字描写背后渗透了作者的个人感情,塑造人物形象时也加进了个人褒贬。这主要表现在:当作者描绘心目中理想的人物形象时,可能会刻意掩饰这个人物的弱点及不足,只偏重于描写其优点与长处;另一方面,当描绘令作者不快的人物形象时,往往会在某些细节处增添令人厌恶、愤慨的色彩。比如,高仓天皇是作者极为推崇的圣君形象,但是综观整部作品,就会发现表现的基本都是父子之情、男女之爱。从史学意义看,这些材料根本没有价值可言;但从文学意义说,它们却从一个侧面充分说明了高仓天皇的贤德、仁爱、宽厚。高仓天皇出场 16 次, 7 次仅被提及姓名,真正意义上的出场只有 9 次。其中,描写天皇孝道的有 3 次:〈法皇被流放〉中,高仓天皇“早就忧虑关白被流放,臣下多亡故,加之法皇被幽闭在鸟羽殿后,主上就不再进食,托病终日隐居”[②]。〈临幸严岛〉明确交代高仓上

① 大津雄一、平藤幸编 . 平家物語 覚一本 [M]. 東京 : 武藏野書院 ,2014:162.
② 同上 :118.

皇[①]之所以参拜严岛神社，是为讨好平清盛，以此间接地解除父皇被软禁之苦；〈上皇驾崩〉再次强调孝顺的高仓上皇因为法皇被软禁而十分苦恼。另外，还有两节内容专门描写高仓天皇的儿女之情：第六卷第三节〈葵前〉和第四节〈小督〉，为了这两名宫女的不幸遭遇，天皇闷闷不乐，终日深居寝宫。余下的3次出场分别是：〈回銮〉中，高仓上皇在众位公卿的陪伴下参拜严岛神社；〈富士川〉中，上皇为祈祷天下太平，亲自书写祷词，再次参拜严岛神社；〈红叶〉中，高仓天皇体恤下人，慈悲为怀。

父子亲情、男女之爱本是人之常情，无须大肆渲染，但作者为塑造理想的圣君形象还是对此大书特书。参拜神社，或许是天皇职责所在，但通篇没有记载高仓天皇其他政治行为，只讲述了两次参拜严岛神社之旅。这大概有两个原因：一是作者有意掩盖高仓天皇在政治上没有大作为的尴尬；二是作者赞叹高仓天皇"四两拨千斤"式的政治手段，仅通过参拜神社就可以缓和朝廷与平家的关系，巧妙地解除法皇被软禁之苦，从而维护社会稳定，造福黎民百姓。换言之，在作者眼中，高仓天皇的举止是正面的，值得歌颂的。比如，第三卷第十九节〈城南离宫〉中，当宗盛前来禀奏政务完全由天皇处理时，高仓天皇却回答道："法皇把天下禅让给我，我也只好领命。不过，还是一切同摄政关白商议，由宗盛你去办吧。"[②]这看似不负责任的论调，却被作者解释成"无为而治"的最高境界。如此，在《平家物语》中，高仓天皇俨然被塑造成了一位集儒家之孝道、道家之无为于一身的圣君形象。

---

① 高仓天皇于治承四年（1180）二月禅位给安德天皇，参拜严岛神社是同年三月，所以高仓天皇在作品中的称谓也相应地变为了高仓上皇。

② 大津雄一、平藤幸编．平家物語 覚一本 [M]. 東京：武藏野書院，2014:120.

1.3 在历史真实的基础上进行合理虚构

想象与虚构，是文学作品中不可缺少的元素。从主观意识看，“艺术创作活动，是艺术家宣泄、抒发自我情感，表达理想，阐释自我对世界、人生的体验与追求，并通过作品进行自我观照和价值确立的一种积极方式。……因此，艺术作品表现艺术家的主观倾向性，也就具有了必然的性质。”[①] 从客观条件看，“事有所不知，言有所不闻，就是记录如此发达的今天，也不可能提供各个方面的细节记载，更何况那些无人知晓的人物心理活动及不可为他人所知的秘言秘事”[②]。

第六卷第四节〈小督〉中，作者大量运用想象，填补历史真实断层之间的空白。章节开篇交代了小督的来历，以及她与高仓天皇、冷泉少将隆房之间的三角恋情。随后，话锋一转，开始陈述平清盛的所思所想：“中宫是我女儿，冷泉少将是我女婿。小督竟然霸占我两个女婿，‘实在不妙，只要小督活着，天下就不太平，须得把她弄出来除掉才好。’”[③] 小督得悉后，就悄然离开了皇宫。平清盛内心所想，小督怎么可能得知？

更加不可思议的是，高仓天皇因为思念小督独自流泪，拜托在宫中值宿的仲国[④]去寻找小督。仲国暗自思忖：“小督爱弹琴，月光如此皎洁，她定会思念君王，抚琴寄托忧思。在宫里弹琴时，仲国我曾伴奏过笛子，那琴音还能记得。且嵯峨住户很少，挨家挨户地去寻访，一定会打听得到。”[⑤] 无论天皇还是作者，都不可能如此细致地了解仲国内心所思所想。随后，在仲

① 何国瑞．艺术生产原理 [M]．武汉：武汉大学出版社，2010:178.

② 杨树增．史记艺术研究 [M]．北京：学苑出版社，2004:169.

③ 大津雄一、平藤幸編．平家物語 覚一本 [M]．東京：武藏野書院，2014:202-203.

④ 高阶仲国（生卒年不详），高阶仲行之子。高仓天皇在位时期，高阶仲国不仅在朝中担任检非违使，而且据说还是乐府的乐人。

⑤ 大津雄一、平藤幸編．平家物語 覚一本 [M]．東京：武藏野書院，2014:203.

国寻访小督的过程中，作者又7次描写了仲国的内心想法。整个寻访佳人的行程，也是仲国不断产生新想法、证实新想法的过程。

不过，作者并非天马行空式地肆意想象，凭空捏造出场人物的言行，而是在准确把握出场人物性格特征的基础上，运用合理的想象填补了历史真实之间的空白，为整个事件的进展提供了一种合情合理的解释。换言之，真实历史可能是：高仓天皇宠爱小督，小督意外失踪一段时间回宫生下公主突然出家为尼。为了解释小督离宫、回宫、出家这一连串匪夷所思的事件，作者才想象清盛、高仓天皇、仲国等人可能采取的行动，并在作品中巧妙地把它们穿插进来，编织了这个完整、曲折的爱情故事。

另外，第一卷第十一节〈与殿下争道〉，也是一个典型的虚构。作品把重盛塑造成处事公正的光辉形象：怒斥儿子的无礼行为，主动向摄政负荆请罪，惩处为非作歹的手下。但是，真实情况却与《平家物语》叙述的恰恰相反，从藤原兼实[①]的日记——《玉叶》可以得到佐证。《玉叶》嘉应二年（1170）七月三日的条目记载：

> 今日乃法胜寺御八讲的初回。天皇临幸。摄政在去法胜寺的途中，路遇乘着女车的越前守资盛（重盛卿嫡男）。摄政的随从等把彼车打破，羞辱一番云云。回到摄政家后，以右少弁兼光为使者，偕同摄政的随从来到了重盛卿的府上。请求重盛依法处置云云。亚相（重盛）没有

---

① 藤原兼实（1149—1207），藤原忠通三男。文治二年（1186），在源赖朝的帮助下，就任摄政一职，建久二年（1191），成为关白。兼实精于书法、和歌，还记载了长达四十年间的日记《玉叶》，为研究平安时代末期的历史提供了宝贵的资料。

应答云云。[1]

两天后的七月五日，藤原兼实继续写道："众人都说，争道一事，大纳言（重盛）十分生气。摄政处理了七名随从，还把其中的舍人、居饲等送到了检非违使那里云云。"同月十六日，《玉叶》记载："有人云。昨日，摄政欲参法成寺。但二条京极附近武士群集，随时观望殿下外出云云。据说是准备羞辱摄政仪仗队的。" 同年十月二十一日，兼实又记载："今日议定御元服事宜，申时参大内。有人云，摄政在途中遇到事端所以折回府中。余大为惊异派人打探时，确是实情。"

兼实虽然没有明确报复行为的主使者，但综合考量，可以认为批评的矛头指向了重盛。事件的整个过程应该是：摄政藤原基房的仪仗队于七月三日羞辱了资盛，为了避免事态的恶化，摄政主动把参与者送到重盛府上，听凭其惩处。孰料，重盛对此不予理睬，无奈之下，摄政只好在两天后的七月五日，把手下的参与者移交检非违使[2]。重盛对此番处置依然不甚满意，所以，七月十六日，当他得知摄政要外出时，就派武士伺机报复，由于摄政有所察觉未能得手。十月二十一日，重盛再次命人埋伏，终于把摄政及其手下狠狠羞辱了一番。

为了塑造清盛恶、重盛贤的人物形象，作者不惜改动历史，把重盛的所作所为强加给清盛，还虚构了重盛处置武士、处分儿子等大义灭亲的情节。不过，这一虚构并非凭空而来，它不仅符合作品中清盛、重盛的整体形象，也与当时贵族对他们两人的评价基本保持一致。所以，这种虚构非但不会引起读者

---

① 杉本圭三郎．平家物語全訳注 [M]. 東京：講談社，1979:146-180.（笔者译，下面的几段引文，系同一出处。）

② 负责治安的官吏，类似于现在的警察。

和听众的反感，还会激发他们的感情认同，获得他们的共鸣。

2. 编年与纪传的纵横交错

《平家物语》全书采用的是编年体的形式，很多章节均以年月起笔，其中若干章节是以某年的正月初一也即新年开篇。与此同时，对于作品中出场的代表人物、主要事件、重要物品，作者又不惜笔墨，以纪传体的形式给予详细说明。可以说，编年体和纪传体，在作品中实现了完美结合，二者纵横交织、互为补充，达到了很好的叙事效果。

2.1 编年体例贯穿全篇

综观《平家物语》全书，基本上采用了编年体的形式，以时间的纵向推进为主线进行叙述。包括〈灌顶卷〉在内的十三卷，除第一卷外，其他各卷基本以年月开头，其中，第三、四、六、九卷以正月初一开篇（表 2.1）。

表 2.1 《平家物语》各卷编年体例一览表

卷号	首节名	起始时间
一	祇园精舍	无
二	座主被流放	治承元年（1177）五月五日
三	赦免文书	治承二年（1178）正月初一
四	临幸严岛	治承四年（1180）正月初一
五	迁都	治承四年（1180）六月三日
六	上皇驾崩	治承五年（1181）正月初一
七	清水冠者	寿永二年（1183）三月上旬
八	临幸山门	寿永二年（1183）七月二十四日

续表

卷号	首节名	起始时间
九	生食之	寿永三年(1184)正月初一
十	首级示众	寿永三年(1184)二月十二日
十一	逆橹	元历二年(1185)正月十日
十二	大地震	元历二年(1185)七月九日
十三	女院出家	文治元年(1185)五月一日

具体到各卷内的章节来说，也有很多以时间开头、结尾。以第四卷为例来看(表2.2)，该卷共十六节，以年月日开头的有七节，以此结尾的有六节。有些章节甚至详细到了“正午”、“夜晚”等时间段，如第四节〈黄鼬〉。第五节〈信连〉，起笔于“五月十五日夜晚”，结束于“五月十五日夜晚”；第十节〈僧众齐集〉以“同月二十三日拂晓”结尾。其他各卷虽然不如第四卷紧凑，但也是运用时间的纵向推进贯穿全书。

表2.2 《平家物语》第四卷编年体例一览表

次序	章节名	起始时间	结束时间
1	临幸严岛	治承四年正月初一	同月(三月)十九日
2	回銮	同月(三月)二十六日	同年四月二十二日
3	源氏齐集	无	无
4	黄鼬之事	同年五月十二日正午	无
5	信连	五月十五日夜晚	五月十五日夜晚
6	竞	次日，五月十六	无
7	山门牒状	治承四年五月十八日	同开始时间
8	南都牒状	无	治承四年五月二十一日

续表

次序	章节名	起始时间	结束时间
9	长篇大论	无	无
10	僧众齐集	无	同月(五月)二十三日拂晓
11	桥合战	无	无
12	高仓宫之死	无	无
13	高仓宫之子出家	无	无
14	通乘之事	无	无
15	怪鸟	无	无
16	三井寺被烧	同年五月二十七日	无

编年体例的叙事中,还涉及另外一个重要的问题,即文学叙事的节奏。为什么作者如此详尽地去描写这段时间内发生的事情,而对另一段时间里发生的事情则一笔略过?这样的叙事节奏会产生怎样的叙事效果?要想回答这些问题,就必须从研究文学叙事的节奏入手。

如前所述,《平家物语》由十三卷组成,从篇幅来说每卷内容大体相当,但叙事节奏则有很大不同(表 2.3)。第一、十二、十三卷,时间跨度最大,一般长达数年甚至数十年;第三、六卷,叙述了两年时间的事情;第十卷,时间跨度为一年;第二、四、五、七、八、十一卷,叙事时长约半年;第九卷,时间跨度最短,仅为一个半月。实际上,时间跨度与叙事节奏成反比:时间跨度越大,叙事节奏就越快速;时间跨度越小,叙事节奏就越缓慢。所以,叙事节奏最快速的是第一卷,叙事节奏最缓慢的是第九卷。

表 2.3 《平家物语》各卷时间跨度一览表

卷号	起始时间	结束时间	时间跨度
一	天承元年(1131)三月三十一日	治承元年(1177) 四月二十八	46 年
二	治承元年(1177)五月五日	同年九月二十日	4 个多月
三	治承二年(1178)正月初一	治承三年(1179)年底	2 年
四	治承四年(1180)正月初一	同月(五月)二十七日	5 个月
五	治承四年(1180)六月三日	同年(1180) 十二月二十九日	6 个月
六	治承五年(1181)正月初一	寿永二年(1183) 二月二十二口	2 年多
七	寿永二年(1183)三月上旬	寿永二年(1183) 七月二十五日	4 个多月
八	寿永二年(1183)七月二十四日	同年年底	5 个多月
九	寿永三年(1184)正月初一	同年二月十四日	2 个月
十	寿永三年(1184)二月十二日	同年岁暮	1 年
十一	元历二年(1185)正月十日	六月二十三日	6 个月
十二	元历二年(1185)七月九日	承久年间(1221)	36 年
十三	文治元年(1185)五月一日	建久二年(1191)二月中旬	6 年

叙事节奏最为缓慢的第九卷,第一节〈生食之事〉从寿永三年(1184)正月初一开始,分别描写了法皇在京都、平家在屋岛辞旧迎新的场景,随后话锋一转:

> 同年正月十一日,木曾左马头义仲觐见法皇,奏闻出兵西国,追讨平家。原说同月十三日已经出发,但前兵卫佐赖朝为惩戒木曾,从东国派出数万骑兵,已进抵美浓国和伊势国。木曾大惊,下令拆毁宇治桥和势田桥,

分兵抵敌。[1]

寥寥数字便巧妙地转换了对阵双方，由源义仲[2]征讨平家，变为源赖朝[3]讨伐源义仲。其后，该卷前五节，叙述了自正月十三日至二十五日，源赖朝大军来攻、源义仲战败被诛等情况。至此，赖朝与义仲的对抗，以义仲之死宣告结束。

随后，作品再次转换冲突双方——赖朝对平家。第六、七两节讲述了平家收复失地，于三草山备战的情形。自第八节〈三草合战〉始，至第十二节〈翻越险崖〉，叙述了战况的进展：源氏正面、背面两路大军得手，平家节节败退，遭受重创。

义仲←→平家⟷赖朝←→义仲⟷赖朝←→平家

图 2.1　第九卷势力格局转换图

如前所述，第九卷先后三次转变对阵双方，打乱了《平家物语》的势力格局(图 2.1)。原本“三足鼎立”[4]的源赖朝、源义仲、平家，仅仅一个半月内，义仲彻底败亡，平家元气大伤，赖朝成为赢家(图 2.2)。具有如此重要意义的一个半月，作者自然会格外关注，浓墨厚彩地进行叙述。

“由叙述时间与虚构情节之间的比例关系构成的叙事的节奏和速度，自身就是作家为达成自己的叙事意图，在接受

① 参见附录 11。

② 源义仲(1154—1184)，源义贤之次子，源赖朝、源义经的堂兄弟，人物关系见附录 2。与源赖朝同为源氏武将，双方因领地之争结怨，义仲的杀父仇人又是赖朝兄长，源义仲和源赖朝最终失和。

③ 源赖朝(1147—1199)，源义朝之子，源义平之弟，源义经、源范赖等人之兄长，人物关系见附录 2。日本平安时代末期、镰仓时代初期的武将、政治家，镰仓幕府的首任征夷大将军。

④ 源氏和平家争夺霸权，源氏内部又分为源赖朝和源义仲两大支，通常用“三足鼎立”形容当时日本的情形。

者中实现其叙述效果的有意安排。这些“加速”和“减速”行为都会在有意无意间透露出作者的写作意图、社会立场和价值观念，并且也会直接影响到接受者对文本意义的理解与阐释。”[①] 同理，《平家物语》各卷的叙事节奏如此大相径庭，与叙述者的叙事意图、与文本试图传达的信息紧密相连。

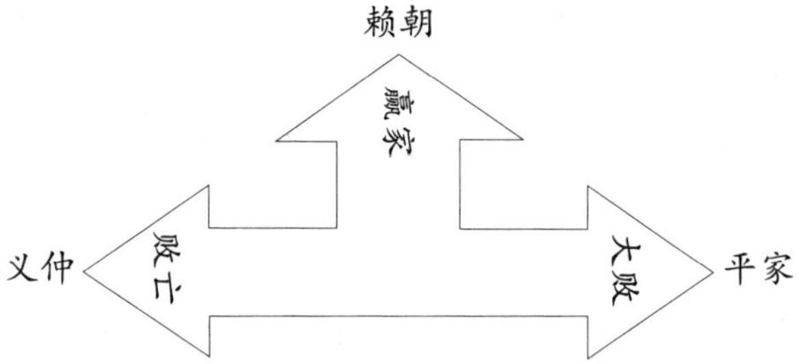

图 2.2 “三足鼎立”格局变化图

由此可见，叙述者关注的既非平家强盛，亦非平家败亡，而是平家究竟如何由盛转衰。其中也包括义仲如何由盛转衰，赖朝如何由弱变强。综观《平家物语》全篇，赖朝、义仲、平家三方矛盾冲突最激烈、优势劣势转化最明显的便是第九卷。这正是高潮部分，作品有意放缓了叙事速度，以顺应读者和听众的心理接受过程。

相对于第九卷的慢节奏叙事，《平家物语》首尾三卷则采用了快节奏叙事。第一卷讲述了平家一门的发迹以及当时各派势力之间的矛盾，为全书提供了一个大背景。这种开篇的快节奏叙事，可以让读者和听众在较短时间内掌握故事背景信息，为下文的理解和价值评判提供支撑平台。《平家物语》第

① 徐晓军 . 论叙事节奏与叙事效果的达成 [J]. 甘肃理论学刊 ,2011(3):157-160.

十二卷叙述了源赖朝大权独揽后采取的措施，包括平家一门男丁被斩尽杀绝的情况。第十三卷概述了建礼门院[①]出家、往生的情形。

概而言之，首卷讲述了平家一门的发迹、当时日本各派势力之间的矛盾；第十二卷和第十三卷重点叙述了平家众人的结局。实际上，无论是平家的兴盛还是平家的衰亡，都不是一天两天的事情。正所谓“冰冻三尺，非一日之寒”，从文学叙事的角度看，其时间跨度相对来说自然要大一些。“结尾节奏的剧增以及大部分情况下伴随而生的力度的渐弱，反而可以获得淡远、含蓄、深于求索的表情意义”。[②]

这种叙事节奏快速的开篇和收尾，是对史传“原始终之象，详盛衰之道”的自觉依附，“以达到追本溯源和顺流入海的效果”。[③]它“不仅可以理顺历史的脉络，避免起局突兀，收场匆忙，保持叙事链条的完整性，而且还使叙事稳稳地锚定在了历史语境上”。[④]综上所述，《平家物语》各卷的叙事节奏之所以会产生如此大的差别，与作者的叙事意图密不可分。统观《平家物语》全篇，赖朝、义仲、平家三方势力矛盾冲突最激烈，优劣势转化最明显的无疑就是第九卷。这正是文学作品的高潮部分，因此，作者有意放缓叙事节奏，以强化读者、听众的接受效果，延长他们的心理接受过程。

2.2 纪传体例穿插其间

《平家物语》运用纪传体例的场合非常多，某位代表人物

---

① 建礼门院（1155—1214），本名平德子，建礼门院是其封号。平清盛和平时子之女、高仓天皇中宫、安德天皇生母。平家一门战败后，平德子作为俘虏被带回京都，后出家为安德天皇和平氏族人祈福。

② 黄霖等．中国古代小说叙事三维论 [M]. 上海：上海世纪出版集团，2009:425.

③ 杨义．三国演义叙事的经典化（下）[J]. 海南师院学报，1994（2）:44.

④ 纪德君，洪哲雄．明清历史演义小说的时间处理艺术 [J]. 中国人民大学学报，2001（4）:118.

去世时、某个主要事件发生时、某种重要物品失踪时，作者都会专门另起一段甚至另起一章说明，用以补充某些素材，完善全书的结构。首先，考察作者为代表人物安排的纪传体例（表 2.4）。

表 2.4 《平家物语》代表人物纪传体例一览表

次序	人物	纪传体例	章节
1	平清盛	家世、发迹、暴政、过世后回顾其生前	1–1、1–3、1–4、1–6、6–8、6–9、6–10
2	平忠盛	光辉事迹	1–2、1–3、6–10
3	平重盛	过世后回顾其光辉事迹	3–11、3–12、3–13、3–14、4–6
4	以仁王	身世、起兵、过世后的相关事情	4–3、4–12、4–13、4–14
5	平宗盛	负面形象以及被俘、受戒、被杀的事情	4–6、11–10、11–16、11–18
6	源赖政	过世后回顾其事迹	4–15
7	文觉	光辉事迹	5–7、5–8、5–9、5–10、12–7、12–8、12–9
8	高仓天皇	过世后回顾其生前	6–2、6–3、6–4
9	藤原邦纲	过世后回顾其事迹	6–10
10	平维盛	疼爱妻儿、撤离京都、出家、自杀之事	7–14、10–10、10–11、10–12
11	源义仲	猥琐形象、过世	8–6、8–10、9–4
12	平重衡	被俘、出家、被杀、男女之爱的诸多情况	9–15、10–2、10–4、10–5、10–6、10–7、11–19
13	泷口时赖	出家前后的事情	10–8、10–9
14	源义经	性格、不幸遭遇、被杀前后的相关事情	11–15、11–17、12–4、12–5
15	六代	出家、被杀的遭遇	12–7、12–8、12–9
16	建礼门院	出家、过世	13–1、13–2、13–4、13–5

对照表 2.4，可以发现作者为代表人物立传时的一些特点：

第一，偏重叙述出场人物的正面形象，表中除平清盛、平宗盛、源义仲，其他人物的纪传体素材都是为说明其光辉事迹；第二，纪传体材料多出现在人物过世后，除平忠盛、文觉、泷口时赖，其他人物的纪传体材料都与其过世有关；第三，作者特别强调人物与佛教的关联性，包括对佛教的信仰、出家前后的情况等，有十位人物都有与佛教相关的介绍。

除了代表人物，《平家物语》也有关于事件的纪传体素材，比如表 2.5 中所列内容。

表 2.5 《平家物语》主要事件纪传体例一览表

次序	事件	纪传体例	章节
1	忠盛在五节会遭暗算、五节会举行	五节会上暗算 新人的先例、起源	1–2、5–12
2	重盛、宗盛任大将	兄弟同时任大将的先例	1–5
3	二条天皇娶皇太后	两代皇后的先例	1–7
4	六条天皇、高仓天皇幼年登基	幼帝登基的先例	1–8、4–1
5	延历寺抬神舆入京	神舆入京的先例	1–14、1–16
6	太极殿被火灾焚毁	大内被焚的先例	1–16
7	明云被流放	佛法大师遭劫难的先例	2–2
8	延历寺内乱、三井寺被焚、兴福寺被焚	佛教灭亡	2–13、4–16、5–14
9	善光寺失火	善光寺的起源	2–14
10	清盛参拜严岛求孙	严岛神社的起源	3–5
11	清盛拜佛求皇子	神佛赐皇子的先例	3–6
12	藤原师长等被流放	大臣被流放的先例	3–16
13	迁都福原	迁都的先例	5–1
14	赖朝造反	朝敌的先例	5–5

续表

次序	事件	纪传体例	章节
15	维盛率军讨伐赖朝	大将军出征的先例	5–11
16	在伊势神宫祈祷	在伊势神宫祈祷的先例	7–9
17	三、四皇子争位	佛教为皇子争位的先例	8–2
18	维盛去高野山	高野山的起源、临幸高野的先例	10–9、10–15
19	文治元年大地震	大地震的先例	12–1
20	建礼门院历经六道	六道的先例	13–4

最明显的一个特点是：每当发生重大事件时，作者都注重寻找先例。20 项中，只有第 8、10 项与此无关，其余 18 项均是先例。这与当时人们的政治思想有很大关联，“有法依法、无法循例”，是古代中、日两国共同遵循的指导原则。所以，作者不仅寻找日本先例，也试图以中国先例作为依据。比如，第一卷第七节〈二代皇后〉明确说道：“先查异朝的先例，震旦的则天皇后……但是我朝，自神武天皇以降，人皇已及七十余代，尚未有立为两代皇后的事。”① 第四卷第一节〈临幸严岛〉里，当大家非议安德天皇三岁登基时，平时忠底气十足地说道：“在异国，周成王三岁、晋穆帝两岁登基。在我朝，近卫院三岁、六条院二岁，尚在襁褓之中就临朝了。……天子幼年践祚的先例，和汉都有。”②

另外，作者所举的先例中，有一些不单纯是在寻找先例，而是有意识地预示事件的后续结局，属于预示性叙述的一种方式。关于预示性叙述，后文将专门论及，此处只做简单说明。

① 大津雄一、平藤幸编 . 平家物語 覚一本 [M]. 東京 : 武藏野書院 ,2014:17。
② 同上 :122。

比如，表 2.5 中的第 11 项，叙述清盛参拜严岛神社求得皇子之后，作者笔锋一转，讲述了敦文亲王也是神佛所赐的皇子，但因得罪怨灵，幼年丧命，暗示了安德天皇未来的悲惨命运。

第二个特点是：作者十分关注佛教方面的事情，与佛教有关的纪传体材料占了很大比重。第 5、7、8、9、10、11、16、17、18、20 项共计 10 项事件均与佛教有关，与上述代表人物与佛教相关的结论不谋而合。

作者还为几种重要物品单独立传加以说明，比如笛子小枝、青山琵琶、三种神器[①]等(表 2.6)。

表 2.6 《平家物语》重要物品纪传体例一览表

次序	重要事物	编年体例	章节
1	笛子蝉折	由来	4–10
2	青山琵琶	由来	7–18
3	笛子小枝	由来	9–16
4	砚台松荫	由来	10–5
5	神剑	神剑的由来、神威	11–12
6	神镜	神镜的由来、神威	11–14

表中前 4 项所列物品，据《平家物语》记载，均来自中国。高仓宫，“有蝉折、小枝两根汉竹……乃昔鸟羽院时，送给宋朝天子千两黄金，获得的回赠”。[②]青山琵琶，乃嘉祥三年(850)春天，“扫部头贞敏渡唐时，遇大唐琵琶博士廉承武，得授三支名曲，获赠玄象、师子丸、青山三面琵琶”。[③]砚台松荫，“据说

① 三种神器是日本皇位的象征，指神镜、神玺和神剑，为历代天皇所继承。

② 大津雄一、平藤幸编 . 平家物語 覚一本 [M]. 東京 : 武藏野書院 ,2014:145.

③ 同上 :257.

此砚，是父亲入道相国，向宋朝皇帝进献诸多砂金，获取的回赠。上刻‘赠日本和田平大相国’”。①

综上所述，纪传体例素材的穿插在作品中发挥了重要作用。尤其在塑造人物形象、突出人物性格方面，纪传体素材相对集中，有着编年体无法比拟的优势。比如，第三卷第十节至第十四节，都是围绕平重盛展开的，分别从为国尽忠、知耻后勇、未卜先知、笃信佛教、目光远大五个角度，全方位、立体式地塑造了一个集忠臣、孝子、慈父、信徒于一身的光辉形象。最后的〈灌顶卷〉，可视为建礼门院的传记，从女院出家写起，到她远赴大原，最后如愿以偿往生极乐净土。中间还特意穿插了〈临幸大原〉和〈六道之事〉两节内容，将后白河法皇作为陪衬，烘托女院对佛教的虔诚。

2.3 编年与纪传的完美结合

编年体以纵向的时间为线索，历时性地叙述了整个平安时代末期动荡的发展进程；纪传体则以横向的空间为线索，共时性地介绍了某位人物的生平大事、某个事件的前因后果、某种物品的来龙去脉。可以说，《平家物语》不仅实现了编年体例与纪传体例的完美结合，也达到了历时性叙述与共时性叙述的内在统一。

以第三卷为例进行说明。该卷共十九节，讲述了治承二年（1178）、治承三年（1179）的事情。第一、三、七、十、十一、十五、十六、十七、十八共九节内容，按编年体讲述了这两年内的重大事件。其余十节内容，以纪传体对主要人物、重要事件进行了说明。第二节〈顿足〉、第八节〈有王〉、第九节〈僧都死去〉是俊宽僧都的传记，讲述了俊宽孤身被遗留在鬼界岛，仆

① 大津雄一、平藤幸编．平家物語 覚一本 [M]. 東京：武藏野書院，2014:353.

人前去探望，俊宽死去等事。第四节〈公卿齐集〉、第五节〈大塔建立〉、第六节〈赖豪〉是中宫产皇子的附属材料，介绍了公卿祝贺，清盛为求皇孙祈祷，借助佛法求皇子的先例等。第十二节〈无文〉、第十三节〈灯笼之事〉、第十四节〈赠金〉是平重盛死后，回顾其一生的纪传体材料，分别陈述了重盛的先知先觉、笃信佛教、在中国积累善根等。第十九节〈城南之离宫〉，专门讲述了后白河法皇被软禁的悲惨情景。

表面上看，纪传体例的诸节内容比较松散，是可有可无的材料。但这并非作者随意安插，而是与《平家物语》所记载的编年体的历史进程密切相关。比如，俊宽僧都冤死一事，作者就有意识地把他的怨灵与中宫生皇子时所遭遇的痛苦、皇子被诅咒后的厄运等，关联起来进行叙述。第十二节〈无文〉里重盛的梦境，暗示了清盛、平家一门凄惨的命运结局。最后一节〈城南之离宫〉里后白河法皇的悲惨遭遇，又与第四卷中，高仓天皇临幸严岛、高仓宫造反两个重大事件紧密相关。因为高仓天皇、高仓宫同为法皇的儿子，他们参拜神社、起兵造反，都为了救助法皇。纵向的编年体材料与横向的纪传体材料，在作者笔下被巧妙地编织在一起，如同一张纵横交错的大网，共同构成了整个作品的主题。

第二节 《平家物语》的叙事视角

叙事视角（Point of view），又被称为叙事角度、叙事视点，指作家安排、组织、叙述故事内容的角度。同一件事，从不同的角度叙述，会产生截然不同的效果。不同的叙事视角，不仅关系到读者、听众能够从中了解到什么，也关系到受众会对此做出何种反应。换言之，作品的叙述者选择特定的叙事视角，并非单纯是为叙事的方便，还反映出作者希望读者看到什么，作者主观上希望营造出何种叙事效果等。所以，研究叙事视角，不仅能帮助我们更好地了解作品的叙事特点，还有助于我们从另一个角度考察作品的主题所在，探究作者的叙事意图。

自 20 世纪初开始，西方文学理论家就叙事视角提出了多种见解，但迄今为止，学术界尚未达成共识。从 20 世纪 90 年代开始，国内也掀起了叙事学翻译和研究的高潮，并在西方理论的基础上，提出了叙事视角分类的新主张。其中，具有代表性的，是申丹提出的四分法："（1）零视角；（2）内视角；（3）第一人称外视角；（4）第三人称外视角。"①

所谓零视角，又被称为全知视角。叙述者无处不在、无所不能，他凌驾于作品世界之上，居高临下、洞察一切；他了解出场人物的全部，甚至是人物自己根本不知道或者尚未意识到的东西；他既可以任意出没于作品的任何角落，又可以跳出作品范畴，亮出作者的权威身份，发表自己的感想和评论。内视角，指作者选取某个出场人物充当自己的叙事者，从该人物的角度出发观察、讲述他所看到的情形。这种叙事视角不仅限定了出场人物所能知晓的内容，还限定了读者或听众所能了解到的情况，因此，也被称为限知视角。第一人称外视角，指回顾性叙述中叙述者"我"追忆往事的视角，或者第一人称见证人叙述中，观察位置处于故事边缘的"我"的叙述视角。第三人称外视角，指叙述者像摄像机一样客观地记录生活片段，读者和听众只能看到出场人物的外部言行。其中，《平家物语》运

① 申丹．叙述学与小说文体学研究 [M]. 北京：北京大学出版社，1998:228.

用较多的是全知视角和限知视角。

1. 全知全能的全知视角

如前所述，全知视角的主要特点是："没有固定的观察位置，'上帝'般的全知全能的叙述者可从任何角度、任何时空来叙事：既可高高在上地鸟瞰概貌，也可看到在其他地方同时发生的一切；对人物的过去、现在和未来均了如指掌，也可任意透视人物的内心。"① 此外，(叙事者)"有权对人物、情节等各方面进行总结、评价和议论。"②

第二卷第三节〈西光被斩〉，开篇叙述道：

> (1)却说山门大众夺回前座主，法皇知晓后，愈发龙颜大怒。(2)西光法师说道："山门僧众，胡乱争讼，虽然并非始于今，但这次太无理了。如此狼藉，闻所未闻，请您严惩不贷。"(3)不知自身即将丧命，不惧山王大师神意，西光如此进谗，扰乱圣心。(4)所谓谗臣乱国。古人诚不我欺也。丛兰欲茂，秋风败之，王者欲明，谗人蔽之。所言极是。③

(1)处将聚焦对象设定为法皇，讲述了法皇对比叡山僧徒的不满。(2)处变换聚焦对象为西光法师，以直接引语叙述了西光所进谗言。(3)处，下画线所标示的这段评论担当了预示性叙述之功能，未卜先知地预告了西光即将殒命之结局，而出

---

① 申丹. 叙述学与小说文体学研究 [M]. 北京：北京大学出版社，1998:229.

② 王凌. 形式与细读：古代白话小说文体研究 [M]. 北京：人民出版社，2010:155.

③ 参见附录 12. 文中的(1)(2)等序号、下画线等符号乃笔者所加。下同。

场人物自己此时还尚未意识到。(4)处,叙述者跳出了作品范畴,亮出自己的权威身份,批评西光法师谗言误国。

随后,作品又叙述道:

(5)新大纳言成亲卿,因山门骚动,只得暂且搁置个人夙愿。虽已密谋筹划,实乃虚张声势,此次谋反毫无胜算。(6)他所重托依仗之多田藏人行纲,窃思此事无益。将所获赠箭袋之布,裁成直垂帷子,供家人属下穿着。行纲凝目沉思:观平家繁昌之势,绝非一时能够倾覆。后悔参与这无益之事。若此事泄露,行纲定然首当其冲。莫若抢在他人之前,先行倒戈,保全性命。[①]

(5)处简单两句,将聚焦对象从西光法师,转至藤原成亲[②],叙述重点,也由朝廷与比叡山的矛盾,变为贵族试图推翻平家的鹿谷事件。(6)处,再次变换聚焦对象为多田藏人行纲[③],叙述者动用全知视角的特权,窥视行纲内心,并且预示了事件结局。

之后,作品叙述了平家对鹿谷事件参与者——藤原成亲和西光法师的处置。虽然叙述顺序先后有别,但两人应该是同一时间、不同地点被捕。这再次印证了全知叙述者的超能力,可以同时看到不同地方发生的事情,可以随意变换叙事时间和叙事空间。

第二卷第十六节〈卒都婆漂流〉,也很好地体现了全知视

① 参见附录12.

② 藤原成亲(1138—1177),藤原家成之子,藤原成经之父,日本平安时代末期的公卿。因参与鹿谷事件,被平家处死,儿子藤原成经也受到牵连被流放至鬼界岛。

③ 多田藏人行纲,本名源行纲(生卒年不详),源赖盛之子,日本平安时代末期的武将。藤原成亲拉拢源行纲参与鹿谷事件,源行纲却因担心毫无胜算,而将真相密告了平家。

角如何变换聚焦对象。开篇叙述藤原成经和康赖法师[1]参拜三所权现[2]，叙事时间是二人似梦非梦、似醒非醒之际，叙事空间是三所权现附近。第2段叙述了康赖法师对故乡的思念，叙事时间转换为人物清醒的白天，叙事空间移动至海边。第3段讲述康赖法师的朋友、家人、后白河法皇、平清盛，叙事空间也由严岛转移至京都。

不断变换出场人物、叙述时间、叙述空间的同时，叙述者也在巧妙地改变聚焦对象。先聚焦于藤原成经和康赖法师，后聚焦于康赖法师一人，描写他盼望重返故都的心情。然后，又变换聚焦对象为康赖法师的朋友、母亲、妻子，反映了亲人对康赖的挂念。其后，再次改变聚焦对象，表达了法皇对康赖的同情。最后，将聚焦对象设定为平清盛，陈述他备受康赖法师感动，而动了恻隐之心。

如前所述，全知视角还有一个表现：作者对出场人物、事件的评论。“我们认为这种隐蔽的评论方式是全知叙述所特有的，其特点是：处于故事外的叙述者居高临下，通过其叙事眼光或表达方式暗暗地对人物进行权威性的评论，人物对此一无所知。在某种意义上，叙述者是在与读者暗暗地进行交流。”[3]《平家物语》也随处可见这种评论，作用不仅限于人物的褒贬，还包括预告下文、提供背景、解释动机、深化主题等。

上述第二卷第三节对西光法师的评论，就属于预告下文。同样的例子，还见于第一卷第十二节〈鹿谷〉中。作者叙述了

---

① 康赖法师，原名平康赖(1146?—1220)，中原赖季之子。因参与鹿谷事件，被流放至鬼界岛。

② 权现指日本的神道乃佛菩萨随缘应化，临时显现在日本的化身。三所权现原指和歌山熊野地方的三所权现。此处，是康赖和成经二人在鬼界岛上寻求与熊野权现神似之地，权且将它们当作三所权现。

③ 申丹.叙述学与小说文体学研究[M].北京：北京大学出版社,1998:232.

藤原成亲为谋求官位所做的种种祈祷后，反复评论道："新大纳言对此毫不自省，" "新大纳言却还不儆戒。"[①] 这都在暗示读者和听众，藤原成亲求官之举必将失败，还会自取灭亡。

起到"提供背景知识功能"的评论，如第一卷第十三节〈俊宽之事鹈川军〉。作者交代了"北面武士"的来历：

> 上古时期并没有北面武士。自从白河上皇时期，初次设立以降，卫府的人多配属于此。为俊、盛重，自幼就被称为千手丸、今犬丸，是当时红极一时的北面武士。鸟羽上皇时期，季教、季赖父子，共同侍奉朝廷，据说有时也向上皇启奏朝事，但还算安分。今时的北面之辈，行事过分，连公卿和殿上人也不放在眼里，毫无礼仪礼节。甚至有人从下北面升到上北面，又从上北面升为殿上人。此种情况愈多，便愈发滋长骄奢之心，甚至参与谋反。[②]

通过这段讲述，读者和听众不仅可以知晓北面武士的来历，也可以了解北面武士权力日益膨胀的经过。类似的例子，还见于第四卷第十节〈僧众齐集〉。叙述过高仓宫的行踪后，作者特意插入一段文字，介绍笛子"蝉折"，讲述了名字的来历和对于高仓宫的意义。这段介绍，不仅向读者提供了必要的背景知识，还为下文通过"蝉折"认定高仓宫的身份预设了铺垫。再如，第十一卷第十二节〈剑〉与同卷第十四节〈镜〉里，叙述者详细介绍了"三种神器"中的神剑和神镜，叙述了它们的来历以及遭遇的灾难。这样叙述的目的有二：其一，帮助读者进一步了解神剑和神镜的来历及价值；其二，通过对比"神器"在

① 大津雄一、平藤幸編．平家物語 覚一本 [M]．東京：武藏野書院，2014:25.

② 参见附录 13。

古代和今日的不同遭遇，来契合作品的主题——崇尚圣贤的往时、厌恶混浊的今日。

还有一种评论，意义在于解释动机。第四卷第六节〈竞〉中，叙述者发表议论："源三位入道，近些年本是安稳度日，却说为何今年兴起谋反的念头呢？这是因为平家的次男、前右大将宗盛卿，行事不妥。"[①] 随后，介绍了宗盛的言行以及赖政方面的反应，帮助读者了解造反背后的原因。第五卷第七节〈文觉苦修〉开篇道："却说赖朝，……年十四岁的永历元年（1160）三月廿日，被流放伊豆国蛭岛，已历廿余年春秋。常年无事，为何今年谋反了呢？据说源于高雄的文觉上人怂恿。"[②] 寥寥数语，说明了赖朝谋反的原因，给了读者和听众一个合情合理的解释。再比如，第八卷第六节〈猫间〉评论道："木曾左马头，任京都守备，举止言谈甚是粗俗。确实，两岁起就住在信浓国木曾的山里，直到三十，怎能知礼仪。"[③] 此处，作者交代了义仲不懂礼仪的个中原委。

此外，评论性文字还有深化主题的作用。第三卷第十八节〈法皇被流放〉中，作者叙述过高仓天皇为后白河法皇所做的诸多祈祷后，话锋一转评论道："二条院虽是贤王，但总说'天子无父母'，常违背法皇，因此子孙不能长保帝位。"[④] 对比高仓天皇的孝顺和二条天皇的不孝，对比高仓天皇的子孙满堂和二条天皇的后继无人，作者间接表达了褒贬之意——崇拜贤明的圣主、反对昏君暴政。

---

① 大津雄一、平藤幸編．平家物語 覚一本 [M]. 東京：武蔵野書院，2014:134-135.

② 同上 :175.

③ 同上 :278-279.

④ 同上 :118.

2. 戏剧效果的限知视角

叙事视角，包括叙述眼光与叙事声音两个方面，即经由谁在观察、通过谁在叙述。观察者和叙述者可以是同一人，也可以不是。通常情况下，全知视角的观察者和叙述者为同一人。限知视角则由出场人物观察，由叙述者讲述。作者有时佯装不知，故意把叙述视角限定在不明真相的出场人物身上，让读者和听众也产生疑惑；有时刻意隐瞒出场人物的内心活动，令读者和听众百思不得其解，待到谜底揭开之际，读者和听众自然会受到更大的冲击。

2.1 留白人物信息

《平家物语》通常将叙事视角限定在次要出场人物身上，通过他们观察主要出场人物。同时，刻意隐瞒主要出场人物的真实身份，造成关键信息的留白，增强作品的神秘感和吸引力。

第九卷第十六节〈敦盛之死〉，雄谷直实策马奔至海边，追击平家贵公子。

(1)只见一位身穿仙鹤丝质盛装，外披渐变明黄铠甲，头戴锹形结扣头盔，腰插金质大刀，身负鹰羽箭，手持缠藤弓，胯下骑金缕鞍圆斑灰毛骏马的武士，直奔接应船只。那人已经骑马跃入海中，走了五六十米，(2)熊谷喊道："那位貌似大将军的。怎能临阵脱逃呢。请回来"。熊谷举扇招呼，那人果真回来了。待那人即将登岸之际，熊谷跃马与之交锋，将其击落马下，正待砍去首级，掀掉头盔一看，是一位年仅十六七、略施粉黛、染着黑齿的少年。熊谷但觉这位少年与儿子小次郎年岁相仿，容颜异乎美丽，不知从何处下刀是好。(3)熊谷问:"尊驾何许人?请通报姓名。我可以救您。""你又是何人?"那位少年反问道。"在下算不上什么,乃武藏国住人雄谷次郎直实。""如此说来,遇到你,我倒不便通报姓名了。对你的身份而言,我是一个像样的对手。无须通报姓名,砍了首级去问,自会有人认得。……(4)后来闻知,这位少年原来是修理大夫经盛之子,大夫敦盛,生年十七。"[1]

为了隐瞒平敦盛的身份,叙述者可谓煞费苦心。(1)处,先描述高级武装、金质大刀、胯下骏马,显示其高贵身份。(2)处,通过其少年英姿、涂黑的牙齿等细节[2],暗示其应为平家公子。(3)处,叙述者虽然安排熊谷直实询问名字,却又让对方刻意隐瞒,并于对话的字里行间展示这位少年的高贵与自尊,进一步升级了悬念。最后,(4)处,当真相大白之际,读者和听众,同熊谷直实一起受到了强烈的冲击。年少、高贵、风雅的平家公子敦盛,用行动维护了平家的名誉,用生命捍卫了家族的尊严。

人物信息留白的例子,还见于第七卷第八节〈实盛〉。

(1)手塚的从卒随后奔至,取了对方的首级。手塚跃马报告木曾:"光盛开适才与一奇异之人厮打,斩获首级。看上去像个武士,却身穿丝绸盛装。说是大将军,却又没带从卒。多次催其通报姓名,终究不肯。听上去是关东口音。"(2)木曾听罢:"呜呼,这莫非是斋藤别当。若是他,当年义仲我幼时前往上野之际,他已有白发。如今定当

---

① 原文见附录14。

② 当时的日本,贵族男女以涂黑牙齿为时尚。

满头白发，可这鬓须全黑，实在奇怪。樋口次郎与他相熟，快传樋口。”（3）樋口只望一眼，便道：“悲哉。确是斋藤别当。”木曾言道：“若果真如此，他故今已年逾七十，应该全是白发，这个首级鬓须全黑是为何故？”樋口次郎潸然落泪：“确实如此，想起来，实在可悲，不觉垂泪。凡执弓箭之人，平时便该留下遗言。斋藤别当遇到我兼光时，常说：‘年过六十再上阵，要染黑发须，装扮成青年模样。其故在于，身为老武者与少武士争功颇为无聊。另外，老武者似有讨人可怜之嫌。’他当真染了须发。命人洗了看吧。”（4）木曾闻言：“确有可能。”命人洗过一看，全是白发。[①]

（1）处，叙述者借手塚光盛[②]之口，描述了一位身份低下却穿高级武装的奇怪人物。虽然刻意隐瞒其真实身份，却又通过“关东口音”暗示该人物的东国出身。（2）处，源义仲听闻关东口音，推测此人可能是斋藤实盛[③]，却不敢断定。因为实盛此时已是70多岁高龄，可眼前这个首级却鬓须全黑。（3）叙述者又借樋口兼光[④]，揭开了谜底：斋藤染发上战场。（4）处，命人洗过发须，悉数变白，这才印证了斋藤实盛的身份。

随后，叙述者又揭开另一个谜团，为什么身份低下的实盛会身着高档武装参战。原来，是他特意向平家总指挥——平宗

① 原文见附录15。

② 手塚光盛（生卒年不详），信浓国金刺氏的一族，跟随源义仲的武士。

③ 斋藤实盛（生年不详，卒于1183年），平安末期的武士。保元之乱时追随源义朝，平治之乱后转投平家。《源平盛衰记》叙述了义仲与实盛的渊源：义仲之父义贤被杀之后，实盛曾经护送义仲前往木曾。

④ 樋口兼光（生年不详，卒于1184年），中原兼远次子、今井兼平之兄。源义仲乳母之子，义仲手下股肱之臣。

盛请求的。自己的领地在北国,北国之战又毫无生还希望,所以斋藤悲壮地请求身着红袍,取“衣锦还乡”之意。叙述者的刻意隐瞒,强化了作品的悲壮色彩:一位年过七旬的老兵,一个故土难离的老者,用一种特殊的方式给自己的生命历程画上了终止符。这种限知视角的运用,极好地渲染了出场人物的悲剧命运,激发了读者和听众的情感认同。

2.2 隐瞒故事情节

叙述者为了制造悬念,还刻意隐瞒故事情节。第一卷第二节〈殿上暗袭〉中,平忠盛的升迁引发贵族不满,当他得知将要遭受羞辱时,

> (1)忠盛闻听传言,说道:“我并非文官,生于武勇之家,今若遭受意外的耻辱,于家于己,均是遗憾。终究应如古书所言:全身奉公是臣之忠也,预先做了准备。”(2)进宫之际,预备一柄短腰刀,随意挂在束带之下,冲着火光幽暗之处,缓缓拔出此刀,举至鬓边,宛若冰刃。公卿们注目而视。……(3)忠盛意欲悄悄退出时,于紫宸殿北厢圣贤屏风之后、公卿们视线所及之处,召来宫中女官将腰间所插短刀交托她保管。遂离去。……(4)“那柄短刀,已交宫中女官保管。请命人提取,验看真假,再行定罪。”(5)“所言极是”,上皇即命提验此刀御览,但见刀鞘表面涂黑,内中却是贴有银箔之木刀。[1]

(1)处,叙述者公开暗示受众,忠盛已经提前做好了准备,但仅仅点到为止,并未告知真相。(2)处故意彰显忠盛带刀入

① 原文见附录16。

宫的非分之举，激发了受众的好奇心。（3）处，叙述者表面上大肆渲染忠盛将短刀交存宫中，实则隐秘地与受众进行交流，言忠盛已成竹在胸。（4）处，鸟羽上皇亲自询问忠盛为何带刀登殿，叙述者却依然让忠盛卖关子，进一步提升了短刀的神秘感。最后的（5）处，众人当场提刀验看，才揭开谜底：实乃贴有银箔之木刀。

隐瞒故事情节的叙述方式，增强了作品的神秘感和吸引力。“不仅在形式上消除了叙述者与读者的不平等关系，因此使作品的真实感大大得到加强，而且也在小说中造成了一些空白，给读者的想象提供了更多的活动余地。”① 可以说，《平家物语》多次刻意选取限知视角，制造出“既在情理之中又在情理之外”的悬念，取得了良好的叙事效果。

3. 叙事视角的转换与流动

全知视角与限知视角各有所长：全知视角有助于作者和读者全方位、立体式地把握全局；限知视角能够增强作品的神秘感和吸引力。《平家物语》并未拘泥于某种叙事视角，而是时而采用全知视角，寥寥数笔便为读者和听众勾勒出故事的背景画面；时而又转为限知视角，将观察者锁定次要人物，营造出扣人心弦的悬念。最能体现视角的转换与流动的，是第七卷第十六节〈忠度离京〉。

（1）萨摩守忠度，不知从何处回京城来了，随带武士五骑，侍童一人，连同本人共七骑折回，直奔位于五条大盾的三

① 徐岱．小说叙事学 [M]. 北京：商务印书馆，2010:229.

品官员俊成卿府邸，(2)但见大门紧闭，(3)便在外面通报姓名道："我乃忠度。"(4)便听门内有人说："出奔之人回来了。"随即起了一阵嘈杂。(5)萨摩守翻身下马，亲自高声说道："我来不为别事，只因有话想对三品公说，才特意折回拜见。不开门也可以，请到近处来。"俊成卿道："忠度定然有事。若是此人，无妨。开门迎客。"说罢开门会面。此情此景不胜哀愁。……(6)萨摩守喜悦非常："今番即使葬身海底，即便暴尸山野，再无留恋之事。那么，告辞。"说罢，翻身上马，勒紧头盔，向西疾驰而去。(7)俊成卿目送其背影远去，只听见琅琅歌声："前路迢迢，驰思于雁山之暮云"，似忠度之音。俊成卿愈发惜别，掩泪回宅。[①]

(1)处采用俯瞰式的全知视角，简明扼要地交代了主要人物。(2)处转换为限知视角，让读者和听众跟随忠度的视线，观察藤原俊成及其家人的反应。(3)处重回全知视角，叙述了忠度的言行。(4)处再度切换为限知视角，借忠度之耳("观察并非一定是用'眼睛'，可以是用耳朵等其他感官"[②])，观察了藤原俊成宅邸内的态度。(5)处变换为全知视角，叙述了忠度与俊成会晤的情形。(6)处聚焦于藤原俊成，带领读者和听众一道观察平忠度的神情，并目送忠度远去。(7)处的结尾回归全知视角，交代了事件的后续进展。

① 原文见附录17。

② 申丹，王丽亚．西方叙事学：经典与后经典[M].北京：北京大学出版社，1998:89.

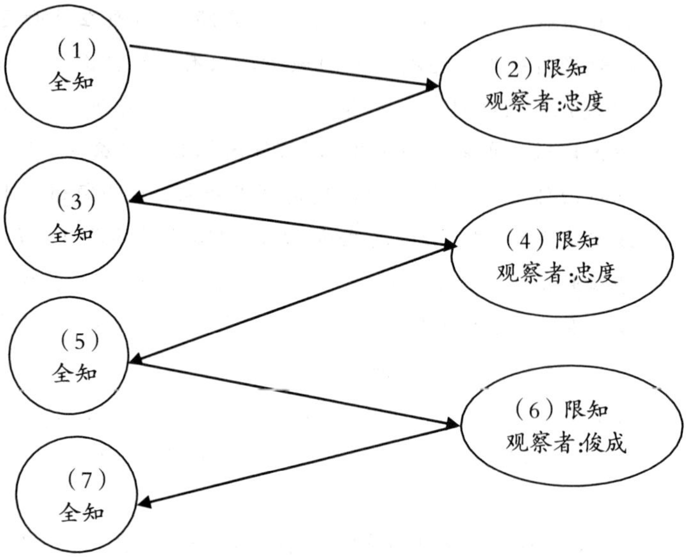

图 2.3 叙事视角流动示意图

一个段落,六次变换叙事视角(图 2.3)。前后四次选取全知视角,便于读者和听众宏观地把握事件经过和结局。中间三次穿插变换式限知视角(两次为忠度、一次为俊成),铺设了悬念,令读者和听众仿佛身临其境,跟随主人公一起体会情感的跌宕起伏。

同样的视角流动,还见于第三卷第八节〈有王〉。该节第二段伊始,叙述道:

(1)一日清晨,不知从何处踉踉跄跄走来一人,干瘦如蜻蜓。此人过去应该是个法师,头发朝天竖着,粘着各种藻屑,如同戴着荆冠。关节裸露,皮肤松弛,所穿不知是绢是布。一手拿海带,一手拎着鱼,像是走路,又迈不开步,摇摇晃晃地向前挪移。(2)有王暗思:"京中许多乞丐,却从未见过这等模样的。"[①]

显而易见,(1)处,有王不清楚眼前这位落魄人物的身份,属于典型的限知叙述。(2)处,叙述者又将视角转为全知叙述,叙述了有王的内心所想,以及两人的谈话、俊宽的结局、有王的去向等。该章节也数次变换叙事视角,前后三次选用全知叙事,简洁地告知了读者和听众事件进展,两次穿插有王的限知视角,逼真地再现了鬼界岛的荒凉及俊宽的落魄,令叙述显得真实可信。

限知视角的特点主要表现在叙述者"采用故事中某一人物的视点来观察和感受,这样,叙述者的主观性便被人物所取代,好像作品中的一切情感因素都与叙述者无关,都是故事中人物间的情感交流"。[②] 换言之,限知视角的优势,是为故事寻找了一个可信度高的观察者,提升了作品的真实感。

〈灌顶卷〉中的〈大原临幸〉第三段叙述道:"法皇御览女院庵室,但见檐下爬满牵牛花,萱草杂在勿忘我其间(后略)。"[③]后文中叙述者又两次如法炮制,继续让后白河法皇担当观察者,描述寂光院以及女院寝室内部的荒凉。如此,叙述者借法皇观察平德子的生活,不动声色间便赋予了对女院的怜悯,也引导了读者和听众的同情心。可以说,正因为观察者是历史上真实存在的君王,又是平德子的亲人[④],后白河法皇的观察和感受,便带给读者和听众更加真实的印象。

① 原文见附录 18。

② 祖国颂 . 叙事的诗学 [M]. 合肥 : 安徽大学出版社 ,2003:254.

③ 大津雄一、平藤幸編 . 平家物語 覚一本 [M]. 東京 : 武蔵野書院 ,2014:465.

④ 平德子(1155—1214),平清盛次女,高仓天皇后妃,后白河法皇儿媳,安德天皇生母。

由此可见《平家物语》的叙事特点：通篇基本采用全知叙述；但为了增强作品的吸引力，提升作品的真实感，叙述者也会选用限知视角。总体来说，在《平家物语》内部，全知视角和限知视角不断流动、交替运用，营造出了良好的叙事弹性机制。

第三章

时空交错的叙事结构

叙事有两个时间序列——故事时间与叙事时间。“前者指事件发生的自然时间，它一经产生，便不可更改。……后者则是通过对‘故事时间’进行切割和重组之后才得以形成。……以至于形成不同程度的‘时间歪曲’（托多罗夫）或曰‘时间倒错’（热奈特）现象。”[①] 换言之，叙事时间决不是故事时间的模仿与复制，而是背离与重构。

时间倒错是文学作品常用的一种叙述机制，借助人物的梦境和回忆等构建叙事时间，将过去、现在与未来相互穿插。“为了追求独特的艺术效果，小说叙述的结构顺序往往要重新安排，叙述者往往可以采用预叙、倒叙、重复叙述、多角度叙述等方式，建立小说文本的叙述结构”[②]。这些叙事手法，打破了线性的单维结构，构建出富有层次和变化的多维时空。

第一节　预示性叙述

所谓预叙，是指在情节展开过程中，事先讲述后续的进展。法国学者热拉尔·热奈特[③] 曾经指出：“与它的相对格——

① 王凌．形式与细读：古代白话小说文体研究 [M]. 北京：人民出版社，2010:185.

② 祖国颂．叙事的诗学 [M]. 合肥：安徽大学出版社，2003:348.

③ 热拉尔·热奈特（GérardGenette,1930—），法国著名的批评家、修辞学家、结构主义叙事学的代表人物。他的论文《叙事话语》、《新叙事话语》被视为法国结构主义文论的纲领性文件。

追叙相比，预叙明显地较为罕见，至少在西方叙事文化传统中是这样。”[①] 但在中日两国古典长篇小说中，预叙手法却颇为常见。有国内学者明确强调：就中国古典小说而言，“预叙也就不是其弱项而是其强项”。[②] 作为日本古典名篇的《平家物语》也是如此。现结合作品内容，详细分析预叙手法的运用及其营造的叙事效果。

预叙包括显性预叙和隐性预叙。显性预叙，可以较为清楚地叙述若干时间之后发生的某件事情；隐性预叙，则会通过暗示等方式，把未来可能发生的事情间接地告知受众。

1. 显性预叙

《平家物语》的显性预叙包括评论预叙、预言预叙和行为预叙三种形式。

1.1 评论预叙

例如，《平家物语》对藤原成亲求官之举的评论预叙。

【预叙】新大纳言成亲卿也想谋求此位。因他乃法皇中意之人，便开始做种种祈祷。……新大纳言对此毫不自省。因为白天人多，便每夜出去，从中御门乌丸之宅邸步行至上贺茂神社，一连参拜了七夜。至七天满愿之夜，回到自家，甚感疲惫，刚一瞌睡便做梦了。梦见自己到上贺茂神社，推开宝殿大门便有一种可怕的声音说：樱花呀，别怨贺茂河上的风吧，它不能阻止花的凋落。

① 张寅德 . 叙述学研究 [M]. 北京：中国社会科学出版社，1989:210-111.
② 杨义 . 中国叙事学 [M]. 北京：人民出版社，1997:152.

新大纳言却还不警诫。[①]

【应验】新大纳言策动那没有好结果的谋反，使得自身灭亡，以致儿子、家臣都遭到不幸，实在是很遗憾的事情。[②]

预叙出现在第一卷第十二节〈鹿谷〉中，即单下画线标示之处："新大纳言对此毫不自省，""新大纳言却还不警诫"。这都在暗示读者和听众，藤原成亲求官之举必将失败。应验见于第二卷第十一节〈德大寺〉中，概括地交代了成亲的凄惨结局，即双下画线标示之处。如此，便应验了前面的评论预叙。同样的例子，还见于高仓上皇临幸严岛之旅。

【预叙】此严岛，乃平家特别崇敬之神社，上皇此行表面与平家同心，实则是为了无限期被幽闭在鸟羽殿的法皇，以缓和入道相国谋反之心。……上皇临幸遥远的安艺国，想来定会为神佛接纳，御愿成就无疑。[③]

【应验】却说法皇，本来入道相国之态度已有所缓和，让法皇由鸟羽殿搬出，回到京城。[④]

预叙在第四卷第一节〈临幸严岛〉中，即单下画线标示之处。此番评论暗示了高仓上皇严岛之行，必能如愿以偿，救助被软禁的后白河法皇。应验见于第五卷第一节〈迁都〉中，即双下画线标示之处，交代了法皇已迁出鸟羽殿的近况。如此，事情的后续进展便应验了前面的评论预叙。

---

① 原文见附录19。
② 原文见附录20。
③ 原文见附录21。
④ 原文见附录22。

1.2 预言预叙

预言预叙，是另一种常见的预叙形式，指借用出场人物的言语预测事件发展。从开始的预言到后面的应验，是一个完整的预叙过程。《平家物语》中最典型的当属平重盛对父亲平清盛，乃至整个平家的预言。

【预言 1】咱家已经荣华至极，想来您也未必更有所求，只愿子孙长此繁荣。父祖善恶，必及子孙。正如古语所言："积善之家必有余庆，积恶之门必有余殃。"①

【预言 2】窃观父亲入道相国，所行多属恶逆无道，动辄困扰法皇。重盛身为长子，虽屡有诤谏，但因己身不肖，碍难伏蒙采纳。看父亲所作所为，恐一代荣华犹自难保，子孙相续，显亲扬名，更属不易。②

【应验 1】（平贞能③对重盛遗骨哭道）："可怜啊，您看看一门之末路吧！生者必灭，乐尽悲来……尊驾对此早有所悟。"④

【应验 2】且说坛浦会战中，被俘虏的平家众人，在京都大路被游街示众后，或被枭首，或被流放。除池大纳言外，无一幸免。四十余名女眷，虽未受处罚，或投奔亲戚，或投靠本家。但优者处在玉堂锦绣之中，却并无一处风平浪静之家；劣者寓于柴扉茅舍之内，也并无一处安身立命之所。共枕而眠的夫妇，如今云天永隔；养育情深的父子，今日不知所踪。虽彼此思念，却只好在悲叹中度日。这

---

① 原文见附录 23。

② 原文见附录 24。

③ 平贞能（生卒年不详），平家贞之子。贞能忠心耿耿地追随平清盛和平重盛，父子两代均为平家得力助手。

④ 原文见附录 25。

都起因于入道相国，掌一天四海，上不畏天皇，下不顾万民，死罪流刑，任意施行，对世对人肆无忌惮。父祖罪孽，报在子孙，毫无疑义。①

预言 1 出现在第二卷第四节〈小教训〉中，乃平重盛劝诫父亲多积德行善之言。

预言 2 现于第三卷第十一节〈医师问答〉中。平重盛不仅预言了平家的厄运，还将其归罪于父亲。应验 1 在第七卷第十九节〈一门离京〉中，平贞能目睹了平家一族仓皇撤离、行将败亡的惨状。应验 2 现于〈灌顶卷〉中，即双下画线标示之处，总括性地描述了平家一门的凄惨结局。综上所述，无论是平重盛对父亲个人，还是对平家整体命运所做的预言，都在后文得到证实，形成了"预言—应验"的完整预叙行为。

同样的预言预叙，还见于第十一卷第十五节〈文书之事〉中。平时忠告诉其子时实一箱机密文卷被源义经没收了，需设法取回。时实道："判官大体也算讲情面，但凡女眷恳求，无论何等大事，必定应允。父亲何必发愁，府中那么多位小姐，给他一个做妻室，厮熟之后，文卷之事也便有望了。"② 时忠依言行事，将一个女儿嫁给义经，后来新娘提起文卷之事，义经果然原封不动地退还了。时忠父子略施小计，便解决了一箱关系重大的文卷，背后自然是对义经个性的了解。

《平家物语》中还有一种预言预叙。第十一卷第七节〈坛浦合战〉中，平知盛敏锐地觉察到阿波民部重能③ 的异常表现，

① 原文见附录 26。

② 大津雄一、平藤幸编 . 平家物語 覚一本 [M]. 東京 : 武藏野書院 ,2014:415.

③ 阿波民部重能（生卒年不详），是阿波国名西郡（今德岛县名西郡）的豪族、平家在西国的有力支撑。

请求平家统帅宗盛痛下杀手以绝后患。遗憾的是，宗盛并未听取知盛的提议，导致平家为此付出了惨痛的代价。

> 且说阿波民部重能，近三年内，为平家克尽忠心，多次冒死奋战，但此番因其子田内左卫门业已被俘，他走投无路，于是突然变心，向源氏投诚。平家方面原本筹划，让身份高贵之人搭乘战船，普通军兵搭乘唐船，一旦源氏中计向唐船进攻，便以战船围而歼之。但阿波民部重能反水，源氏不顾唐船，径直向平家大将所乘战船袭来。新中纳言骂道："实在可恨，重能这厮，应当千刀万剐。"可千般悔恨也无济于事了。[①]

结果，很短的时间内战局便分出了胜负，平家彻底丧失了最后一线生机。实际上，平家为坛浦会战所定下的计谋不可谓不巧妙，但阿波民部重能的背叛，让精心布置的计划失去了意义。平知盛察觉到重能的异常，并将对策告知了宗盛，只可惜，宗盛并未采纳。

对照平时实对义经的预言以及平知盛对重能的预言，我们便会发现：两个预言都是准确的，结果却截然相反。时忠听从了建议，成功地化解了危机；宗盛则一意孤行，导致平家败亡。"结果取决于所言对象的行动，如果他们肯定了策士之言，那么便有预言的顺序性结果，如果否定了策士之言，或者并没有遵循策士的旨意，则事情的结果又是相反的。但不管是'从之'还是'弗听'，这种'言'的预兆作用是不能改变的。也就是说，结果是或正或反两种类型的应验，这种应验的出现就是

① 原文见附录27。

一种预叙”。[①]

1.3 性格预叙

《平家物语》中还有一种显性预叙——性格预叙。与评论预叙、预言预叙相比，性格预叙的例子并不多见，表现得也比较含蓄。第一卷第十三节〈俊宽之事鹈川军〉开篇介绍了俊宽的出身和性格。“此法胜寺执行，乃京极源大纳言雅俊卿之孙、木寺法印宽雅之子。祖父大纳言，虽不是武将出身，脾气却很暴躁……或许正因是此人之孙，俊宽虽出家为僧，性情却很刚烈、傲慢。”[②]叙述者特意突出了俊宽的刚烈性格，为后文俊宽不肯拜佛、绝食而死、化为厉鬼诅咒平家埋下了伏笔。

第五卷第八节〈劝进帐〉交代道：“文觉乃天性莽撞、无法无天的莽和尚，”[③]后续的情节证实了文觉的性格。他公然大闹后白河法皇的歌舞盛会，被处以流放；流放途中粒米未进却身强力壮；所乘船只遭遇风浪，文觉大声呵斥龙王。后来，他又劝说源赖朝起兵，并以戴罪之身请来了法皇的谕旨。赖朝掌权后，文觉又收清盛嫡孙六代为徒，并于80岁高龄时，谋划讨伐后鸟羽天皇[④]。

正因文觉是一位无法无天的莽和尚，使得看似匪夷所思的举止，又在读者和听众能接受的情理之中。如此这般，叙述者预设了俊宽和文觉的性格，为后文的情节提供了依据，使作品的行文布局前后呼应。《平家物语》的显性预叙，形成了“预叙—应验”的完整形式。预叙事先告知了后续结果，减轻了读

---

① 刘希庆.论《左传》中的预叙[J].广西师范大学学报(哲学社会科学版),2001(3):49-53.

② 大津雄一、平藤幸编.平家物語 覚一本[M].東京:武藏野書院,2014:27.

③ 同上:177.

④ 后鸟羽天皇(1180—1239,1183—1198年在位),高仓天皇四皇子、安德天皇之弟、日本第82代天皇。

者和听众对结局的期待心理。但是，从另一个角度而言，预叙顺应了佛教的因果报应，明确了故事的来龙去脉，营造出特殊的叙事效果。

2. 隐性预叙

《平家物语》中不仅有显性预叙，还有许多隐性预叙，包括梦境预叙、占卜预叙、异兆预叙、相术预叙、诗词预叙等多种形式。

2.1 梦境预叙

《平家物语》中，与梦境有关的预叙条目，基本上在梦境中直接暗示人间的旦夕祸福。这种叙述方式，省略了解梦、释梦的环节，因此也被称为“直梦”。所谓“直梦”，意即直应之梦。“直梦”的例子颇为常见，全书共 15 项梦境预叙（表 3.1）。其中，第 3、4、5、7、8、10、12、13、14、15 项，共 10 项属于直梦。例如，第三卷第五节〈大塔建立〉中，清盛出资修葺严岛神社后，前往参拜并守夜，梦见“宝殿内，走出一位垂髫仙童，说道：‘我是大明神的使者，你可用此剑，平定一天四海，保卫朝廷。’赐给一把银丝缠柄的小长刀。又听大明神嘱咐道：‘……但有恶行，荣华不及子孙’。”[①] 这个梦境，明确告知赐予宝剑的目的及注意事项。

① 大津雄一、平藤幸編 . 平家物語 覚一本 [M]. 東京 : 武蔵野書院 ,2014:93.

表 3.1 《平家物语》梦境预叙一览表

序号	人物	章节	梦境的内容及其暗示
1	藤原成亲	1–12	成亲来到贺茂神社听见和歌一首,歌词暗示:求官祈祷不成功。
2	藤原康赖	2–16	听到女官们唱了一首歌,歌词暗示:只要心诚祈福必能回京都。
3	平清盛	3–5	严岛神社的仙童赠节刀,话语暗示:清盛将升官发迹,但若作恶多端将殃及子孙。
4	平重盛	3–12	春日大明神惩罚清盛,暗示:清盛积恶,终将遭受神佛惩罚。
5	濑尾兼康	3–12	同上。
6	年轻侍卫	5–3	象征将军的节刀被转给赖朝,暗示:源氏将取代平家掌权。
7	清盛夫人	6–7	阎王派小鬼来接清盛,暗示:清盛作恶,死后将下地狱。
8	僧侣尊惠	6–9	接到邀请来到阎王宫殿,暗示:清盛乃慈惠转世。
9	邦纲母亲	6–10	槟榔车来到家门前,暗示:儿子藤原邦纲将位列三公。
10	藤原信隆	6–10	仙童赠予朝笏,暗示:自己将被任命为长官,负责督造大佛殿。
11	平宗盛	8–3	神明给予告诫,暗示:平家已被神明唾弃、前途黯然无光。
12	建礼门院	13–4	自己母亲和儿子在龙宫里,暗示:祈福可以超度一门亡灵。
13	某人	1–14	八王子神殿向京城发出响箭,暗示:对关白的诅咒灵验。
14	某人	1–16	比叡山上下来许多猿猴烧京城,暗示:火灾实是山王降罪。
15	人们	3–6	白发老僧站在皇子枕边,暗示:赖豪对皇子的诅咒灵验。

当然,比较含蓄的梦境预叙在作品中也有出现。例如,第1、2、11项内容,主人公在梦境中,分别听到一首和歌、一首朗

咏[1]、一首和歌，歌词对他们能否如愿有所暗示。第9项不是通过诗歌来暗示，而是借用了槟榔车，这种车在古代日本由公卿乘坐，所以，也是间接暗示邦纲母亲的祈祷能够如愿，儿子定可封侯拜相。

第4、5项所述梦境，属于一种特殊的梦境叙事——"同梦"。"'同梦'是梦现象中一种更为奇特的类型，表现为相同的梦境出现在至少两个不同的人物身上。这在现实生活中极为罕见，然而正是这种奇异、神秘的性质却使其在文学作品中找到了发挥的空间。"[2]平重盛和濑尾兼康[3]，在同一个夜晚，都梦见平清盛被春日大明神枭首示众，梦境无分毫差别。二人"同梦"，不仅发挥了双重预叙的功能，强化了作品的预叙效果；而且为重盛对清盛命运的预见提供了另一个层面的佐证，让读者和听众更加趋向于认同重盛乃至作者本人的价值取向。

第6项是《平家物语》中唯一一个有解梦的预叙。第五卷第三节〈物怪之沙汰〉先叙述了迁都福原后，平家一门经历的种种怪异事件。随后，详细讲述了一位年轻武士的梦境和他人对此的解梦。

武士梦到：

> 好像是大内神祇官所在的地方，有许多正冠束带的元老，在议定事情，末座的像是平家的人，从里边被斥退出去。那个年轻武士在梦中问："那些元老是什么人？"一

---

① 朗咏是指在笙、横笛等乐器的伴奏下，吟唱汉诗、和歌。详见本书第5.1.4章节部分的论述。

② 王凌.《红楼梦》中"同梦"情节审美功能初探[J].红楼梦学刊,2008(2):268-276.

③ 濑尾兼康(1123—1183)，又写作"妹尾兼康"，平安时代末期平氏方面重要的一员武将。在《平家物语》中多次出场，俱梨伽罗大峡谷之战时被源义仲俘虏后假装投降，后来趁机逃脱，依然心甘情愿地为平家效命，最终命丧沙场。

老翁答曰:“严岛大明神。”随后,坐在首座气势庄严的一位元老说道:“以前放在平家的那把节刀,现在给被流放到伊豆国的赖朝吧。”他身旁的另一元老说道:“以后交给我的孙儿吧。”武士梦里听见这一番言谈后,又询问其中原委。“说把节刀交给赖朝的,是八幡大菩萨,其后说给我孙儿的是春日大明神,对你说话的老翁乃是武内大明神。”①

入道成赖②解梦为:

“如此,平家的盛世就要完结了。说严岛大明神袒护平家,是有道理的。大明神原是沙羯罗龙王的三公主,被奉为女神。八幡大菩萨,说把节刀交给赖朝,也是合乎情理的。春日大明神说:‘以后给我的孙儿,’就有点费解了。或许是平家灭亡,源氏的时代过去之后,大织冠的后裔、摄政关白家的公子们,也要做天下的将军吧。”这样说道。③

武士的梦境显示了节刀的交接过程。节刀是将军的象征,所以,节刀的交接就意味着权力的更迭。成赖的解梦则详细说明了诸位大明神与各方势力的关系:严岛大明神是平家崇祀的神佛,八幡大菩萨是源氏的守护神,春日大明神是藤原家的家神。如此一来,天上神佛之间的节刀交接,就

① 参见附录28。

② 藤原成赖(1136—1202),藤原显赖三子,后白河院近臣。承安四年(1174),他39岁时,出家赴高野山修行,所以被称为高野宰相入道。

③ 参见附录29。

与人间的权势更替产生了对应性的关联。在天界是“严岛大明神→八幡大菩萨→春日大明神”的节刀交接，对应到人间，是“平家→源氏→藤原氏”的权力更迭。通过解梦，作者不仅更好地解释了豪强间权力交接的过程，还赋予了此种权力交接一层神秘的色彩，加强了作品因果报应、君权神授的思想。

为更好地说明，有必要交代这个梦境预叙在后文的应验。武士权力由平家交接到源氏手中，在作品中得到了印证；但作品没有明确的证据显示，权力又由源氏交到了藤原氏手里。要想回答这个问题，就必须了解镰仓幕府将军的人员交替。第1任将军，众所周知是源赖朝（1147—1199、1192—1199年在位）；第2任将军是赖朝长子源赖家（1182—1204、在位1202—1203）；第3任将军是赖朝次子源实朝（1192—1219、在位1203—1219）。源实朝英年早逝，且膝下无子。当时，掌握幕府实权的是赖朝夫人北条政子[①]，她本想选拔一位皇族子弟任将军，结果被后鸟羽院拒绝，只得改迎与赖朝有血缘关系的左大臣藤原道家之子——藤原赖经[②]（1218—1256、在位1226—1244）担任第4任将军。第5任将军是藤原赖经之子藤原赖嗣（1239—1256、在位1244—1252）。从第6任将军开始，直至最后一任将军，全由皇族子弟担任。

简言之，镰仓幕府先后共有9位将军：前3任将军是赖朝父子，第4、5任是藤原家族的子弟，后4任将军是皇族子弟。从这个角度解释，权力由源氏传到藤原氏手里的梦境就得到

---

① 北条政子（1157—1225），北条时政之女，源赖朝正妻，源赖家、源实朝生母。赖朝死后，政子相继辅佐自己的两个儿子担任镰仓幕府的第2、3任将军，后又辅佐摄关家的藤原赖经任第4任将军。因此，北条政子又被称为“尼将军”。

② 藤原赖经（1218—1256），藤原道家之子，源赖朝之妹的曾孙，所以与源赖朝之间有血缘关系。

了应验。据此是否可以大胆推测：原本《平家物语》的成书时间应该是镰仓幕府第4任、第5任将军在位期间，即1226—1252年。因为只有这27年，是藤原家的子弟在任将军，而这也成为政权落入藤原家族手里唯一可能的解释。

综上所述，《平家物语》的梦境预叙属于隐性预叙，暗示了现实中的人事变迁，特别是政治权力的更迭。此外，很多梦境中还出现了象征性的事物：比如第3、6项中的节刀是将军权力的象征；第9项中的槟榔车是公卿的象征；第10项的朝笏是古代朝会时，臣子手中所拿的狭长板子，乃朝廷官员的象征；第12项中的龙宫则被看作水中的宫殿，这也就暗示，跳入海底的安德天皇并没有殒命，而是到了另一个世界继续皇帝生涯。

2.2 占卜预叙

占卜预叙，也是常见的一种隐性预叙。占卜，又被称为占侯，“是通过观察日月星辰云气以及草木虫鱼五谷等异象的变化，来推测人间的吉凶祸福”。[①] 其中又包括很多分支，动物占、风占、占星、地震占、音调占等。古代日本人也信奉万物皆有灵性，相信动物、植物、星象、天气等的奇异变化，对人世能起到警示或暗示。上述这些占侯，在《平家物语》中俯拾皆是，且所有的占卜结果都在后文中得到了应验（表3.2）。

表3.2 《平家物语》占卜预叙一览表

序号	种类	章节	详细内容	预叙
1	动物占	1-12	三只山斑鸠互相啄咬而死，占卜：臣下有骚乱。	藤原成亲将有谋反之举

① 万晴川.中国古代小说与方术文化[M].北京：中国社会科学出版社,2005:165.

续表

序号	种类	章节	详细内容	预叙
2	同上	4–4	宫殿里黄鼠狼乱窜，占卜：三日内有喜有忧。	喜讯是法皇被解除软禁，噩耗是以仁王兵败被杀
3	同上	5–3	马尾里老鼠做窝，占卜：必须谨慎。	平家将遭遇动乱
4	同上	11–7	白、红鸡斗鸡，占卜：白方源氏取胜，应投靠。	源氏取胜
5	同上	11–8	海豚成群出现，占卜：平家必败。	平家输掉战争
6	风占	3–10	京都刮起大旋风，占卜：食厚禄的大臣需谨慎	平清盛、重盛等平氏家族的人需小心谨慎
7	地震占	3–15	发生地震，占卜：近日将有不好的大事发生。	法皇将被平家软禁
8	占星	6–12	金星侵犯北斗星，占卜：将有战事。	源平之间的大战即将打响
9	音调占	5–6	占卜：敌方为水、我方为火。	荆轲刺秦不能成功
10	同上	11–7	向新熊野神社献奏神乐，占卜：即挂白旗。	源氏将取胜，应该投靠
11	寻物占	11–13	宝剑沉到海底，占卜：无法找到。	宝剑已经无法找到
12	人事占	8–1	法皇占卜储君，占卜：立四皇子。	四皇子将被立为新的天皇

通过表3.2，可以总结出《平家物语》中占卜预叙的几个特点：第一，占卜往往发生在奇异现象出现时，换言之，《平家物语》基本上逢事必占，而且每占必应验；第二，《平家物语》中的占卜与人事的关联十分密切，表中除第11项与人事无直接关

联外[①],其他均涉及人事,有的是暗示人事的异变(如第1、2、3项),有的是预测人选(如第12项);第三,《平家物语》中的占卜与战争的关联十分密切,除第11、12项与战事无关外,其他均涉及战争,有的是暗示战乱即将发生(如第1、2、3、8项),有的是预测战事胜负(如第4、5、10项);第四,占卜的结果备受重视,甚至能够左右君主的候选人(如第12项),战争阵营的选择(如第4、10项)等。

2.3 异兆预叙

《平家物语》中还有一种隐性预叙,那就是异兆预叙。异兆包括自然界和人类社会中的各种奇异征兆,既可能是祥瑞,也可能是凶兆。而且,同梦境预叙和占卜预叙一样,《平家物语》中的异兆预叙也总是与人事变迁密切相关。这就意味着,异象的出现也是一种征兆,而且这些征兆基本在后面的情节进展中得到了应验。因此,《平家物语》中的异兆满足了预叙的特征,属于预叙的一种类型。

表3.3 《平家物语》异兆预叙一览表

序号	章节	征兆	寓意
1	1–3	鲈鱼跳入清盛船中	清盛和平家将发迹
2	1–12	雷劈大杉树	藤原成亲祈求官位纯属妄想
3	2–2	沙弥被附身、念珠悉数归还	延历寺僧众能够顺利夺回座主明云
4	2–16	树叶被虫子咬破显示出和歌	成经、康赖祈求回京都定能如愿
5	3–4	瓦甑滚错方位	安德天皇的未来或遭不测

① 表3.2中的第11项是寻找三种神器之一神剑下落的寻物占卜,虽然寻物与人事本身并无多大关联,但寻找神剑的目的还是为了后鸟羽天皇能够名正言顺地做天皇,所以本项内容与人事之间也有间接的关系。

续表

序号	章节	征兆	寓意
6	3–4	阴阳师乱了步法	同上
7	3–11	火团从重盛身上出来又消失	重盛的祈祷获神佛批准，将不久于世
8	3–11	维盛弄湿衬衣显出丧服之相	其父重盛将不久于世
9	3–16	尾张国第三神宫宝殿震动	藤原师长的音乐感动了神灵
10	5–3	一张大脸窥视屋里	清盛的迁都之举不合时宜
11	5–3	天皇寝宫传来异样的声音	同上
12	5–3	骷髅堆成一大头颅怒视清盛	同上
13	5–3	天智天皇时马尾里老鼠产仔	异国有凶贼蜂起造反
14	5–5	醍醐天皇时期鹭鸶接听圣旨	圣旨在古代的权威、在当代被轻视
15	5–6	马生角、乌白头、乌龟排队	燕太子丹的孝心感动神佛
16	5–6	白虹贯日	荆轲刺秦不能成功
17	5–7	十二月的瀑布飞落热水	文觉苦心修行打动神佛
18	5–9	文觉三十一天不进食仍强壮	同上
19	6–7	清盛体热如焚，可以把水烧开	清盛作恶多端、必定遭到神佛惩罚
20	6–10	乌龟救助被抛到海里的婴儿	如无僧都母亲救乌龟的善行得善报
21	6–11	狂风大作、乌云笼罩在助长身上导致其意外坠马而死	助长帮助平家乃助纣为虐，遭惩罚
22	6–12	为平家效力的人相继意外死亡；祷词竟成了祈祷失败	平家已经彻底失去了神佛的庇佑
23	7–3	白龙现身经正的袖子上	经正弹琵琶感动了明神
24	7–5	三只山鸠出现在盾牌前面	神功皇后讨伐新罗时祈祷，得到庇佑

续表

序号	章节	征兆	寓意
25	7–9	玄昉的头颅被卷入云中	怨灵之可怕
26	7–12	信封上竟然多了一首和歌	神佛已经彻底放弃了平家
27	7–13	童子衣袖上现出了“春日”	藤原家的春日 大明神提醒藤原基通
28	11–6	住吉神社的神殿发出响箭声	源氏定能战胜平家，扫除叛逆
29	11–8	白旗飘然而下	八幡菩萨显灵，源氏将取胜
30	11–14	神镜飞入衣袖	古代时神佛庇佑天皇； 如今已到末世
31	12–1	发生大地震	平家怨灵引发地震
32	13–5	妙香充溢庵室、空中传来仙乐	建礼门院成佛， 平家一门也得到超度

如表 3.3 所示，笔者从《平家物语》中梳理出 32 项异兆预叙，以章节顺序排列。从数量看，异兆预叙，明显多于梦境预叙和占卜预叙，这说明古代日本人对异兆的特殊关注。只要出现异常现象，人们就千方百计地把它们同人事变动关联起来。从性质看，《平家物语》中既有祥瑞也有凶兆，各占一半比例，第 1、3、4、9、14、15、17、18、20、23、24、27、28、29、30、32 项，共 16 项属于祥瑞。从应验程度看，虽然异兆预叙基本都应验了，但也有未能应验的。比如第 23 项，原文见于第七卷第三节〈参拜竹生岛〉，讲的是维盛、通盛、经正等人率领大军讨伐义仲的事情。进军途中，当经正来到岛上拜神、弹起琵琶时，一条白龙突然出现在经正袖子上，作者评论道：“怨敌必可击败，凶徒定当被俘。”[①] 但后文中，7 万平家大军却葬身俱梨伽罗大峡谷，白龙

① 大津雄一、平藤幸编 . 平家物語 覚一本 [M]. 東京 : 武蔵野書院 ,2014:229.

现身的吉兆并未得到应验。

2.4 相术预叙

《平家物语》中还有一种相术预叙，由术士为出场人物相面来预测其命运走向，也属于隐性预叙的范畴。相术预叙在《平家物语》中出现较少，通篇仅有两三次。

比如，第五卷第十节〈福原院宣〉中，文觉就曾为源赖朝相面道："如今源平两家，像您这样有将军相貌的，没第二个了。快谋反吧，日本国都会服从你。"[①] 如此这般，文觉拿将军相貌来做说辞，劝说赖朝举兵。后来，赖朝果真成为日本历史上首位征夷大将军，完全印证了文觉的相术预言。

《平家物语》中还有一个典型的相术，即藤原伊长[②] 为高仓宫相面预测未来。第四卷第三节〈源氏齐集〉中，当源赖政劝说高仓宫造反时，高仓宫想起藤原伊长曾经为自己预测过面相："您是登大位的相。天下事不可不管。"[③] 也就是说，高仓宫拥有天皇的相貌，终能问鼎宝座。只是，后文的情节发展却与相士的预言完全相反：高仓宫不仅没能当上九五之尊，反而命丧九泉。

但作者并没有批评伊长的相术不灵，他为此找了一个巧妙的解释："给高仓宫看相的少纳言看错了吗？中古的兼明亲王、具平亲王，又被称为前中书王、后中书王[④]，都是贤王圣主的皇子，但都未能即位。却没有因此要谋反。"[⑤] 这段话可以理解为：藤原伊长并没错。从身份说，兼平亲王、具平亲王，和高

---

① 大津雄一、平藤幸編．平家物語 覚一本 [M]. 東京：武藏野書院，2014:181-182.

② 藤原伊长(生卒年不详)，藤原季通之子。擅长为人看相，所以被称为“相少纳言”。

③ 大津雄一、平藤幸編．平家物語 覚一本 [M]. 東京：武藏野書院，2014:129.

④ 这两位亲王都兼任中务省的长官，相当于我国唐朝时的中书令，所以在此被作者称为了“中书王”。

⑤ 大津雄一、平藤幸編．平家物語 覚一本 [M]. 東京：武藏野書院，2014:155.

仓宫同为皇子;从才能来看,兼平亲王、具平亲王,远在其上;从行为看,他们都没有因为未能当天皇而造反,高仓宫却发动了造反;所以,最后的结果,两位皇子得以善终,高仓宫却自取灭亡。由此可见,高仓宫失败并不是因为相术,而是因为他心怀私欲,为当天皇竟然谋反,最终受到了应有的惩罚。

2.5 测字预叙

与相术预叙同样性质的测字预叙,即根据名字预测人的命运,在《平家物语》中也能看到。

首先,第二卷第一节〈座主被流放〉转述了阴阳寮的长官安倍泰亲[①]对明云的非难:"那样的智者取名为明云,真不可理解。上边并列着日月的光辉,底下却有云。"[②]也就是说,明云会为其名字所累,后文证实了这一预言。因为西光法师父子进谗,明云被后白河法皇停止一切职务,处以流放。虽然在平清盛的帮助下得以官复原职,但第八卷第十节〈鼓判官〉又陈述道:"天台座主明云大僧正,园城寺住持圆惠法亲王,也躲藏在院御所里,被黑烟所迫,骑上御马,急奔向河原。武士乱箭齐放。明云大僧正、圆惠法亲王,被射落马下,取了首级。"[③]一位德高望重的大法师竟然死于乱箭之下,而且一生遭遇解职、流放等多重危机,应证了安倍泰亲的预言。

另外,第七卷第九节〈还亡〉中,也有对人名的预测。有位玄昉僧正,曾经跟随遣唐使来过中国,被中国朋友提醒:"玄昉和'还亡',发音相同,你回国之后,恐怕会有不测。"[④]果不其然,玄昉回到日本后,虽然一如既往地拜神念佛,但最后也死于

---

① 安倍泰亲(?—1183),安倍泰长之子,时任天文博士、阴阳寮长官。

② 大津雄一、平藤幸编 . 平家物語 覚一本 [M]. 東京 : 武藏野書院 ,2014:40.

③ 同上 :289.

④ 同上 :241.

非命。

2.6 诗词预叙

《平家物语》中还有一种预叙，是诗词预叙，类似我国古代的谶语。用一些神秘的语言，如诗词、曲词、灯谜、酒令、顺口溜等，利用其中的谐音、双关等修辞手法赋予特殊的意义，以此来警示即将发生的事件，或预示人世的祸福。《平家物语》中虽然出现了大量的和歌、诗词等韵文，但大多是有感而发的抒情诗，具有预示作用的诗词并不多见。据笔者统计，共有6项(表3.4)。诗词以和歌为主，也有其他的韵文形式，如“今样”[①]。

表3.4 《平家物语》诗词预叙一览表

序号	章节	诗歌	预叙
1	1–12	さくら花　賀茂の河風　うらむなよ　散るをばえこそ　とどめざりけれ　樱花莫怨贺茂风，谁人能阻花飘零。	成亲祈求官职纯属妄想
2	2–16	よろづの仏の願よりも　千手の誓ぞたのもしき枯れたる草木も忽ちに　花咲き実なるとこそきけ　千手观音胜诸佛，枯草开花结硕果。	成经、法师祈求回京定能如愿
3	2–16	千はやふる　神にいのりの　しげければなどか都へ　かえらざるべき　祈神逾千遍，京师自得还。	同上
4	7–12	たひらかに　花さくやども　年ふれば西へかたぶく　月とこそなれ　花开平稳富贵家，岁增如月向西斜。	神佛已经放弃平家，祈祷也于事无补了
5	7–13	いかにせん　藤のすゑ葉の　かれゆくをただ春の日に　まかせてや見ん　无可奈何藤叶枯，但求春日大明神。	基通追随平家没有前途，留在京都，有神佛庇佑会发迹
6	8–3	世のなかの　うさには神も　なきものをなにいのるらむ　心づくしに　神明无力解烦忧，不必虔心去祈祷。	平家已被神佛唾弃，祈祷也无济于事

① “今样”，产生于平安时代中期，意即当世风的音乐，就是指当时的流行音乐。主要在宴会等场合演唱，注重歌词、表情。

第1项的诗词是藤原成亲为求官位参拜贺茂神社，满愿之夜的梦中所听到的。这首诗词中的“樱花”，指藤原成亲，“贺茂风”，指贺茂神社的大明神。“樱花莫怨贺茂风”，暗示藤原成亲，贺茂神社的大明神对此也爱莫能助。“谁人能阻花飘零”，是警示藤原成亲不要再有非分之想，否则会招来杀身之祸。

第2、3项中的诗词，是康赖入道和藤原成经二人祈祷还京时，在梦中所听到的。第2首诗词中的“千手观音胜诸佛”，是在盛赞佛祖的超凡能力，后面的“枯草开花结硕果”，则是在暗示两人，只要虔诚祈祷定能实现愿望。相对而言，第3首诗词意思更加明确，只要虔心祈祷超过千遍，就能够如愿以偿地回到京都。

第4首和歌，出现在平家送到延历寺请求协助的信封上。当时，身在京都之外的义仲，和身处京都之内的平家，都把视线瞄向了比叡山的延历寺。因为延历寺乃通往京师的必经之路，倘若比叡山与义仲同心，那么平家就岌岌可危；如果延历寺偏向平家，那么义仲就要吃些苦头。结果，义仲抢先致函比叡山，并取得了僧众的认可。虽然延历寺的座主明云此时仍有心偏袒平家，但当他拿出平家的信函时，却意外地发现信封上多了一首和歌，这就是第4首诗词。作者特意对它进行了解读：“意思是说，山王大师垂赐怜悯，叫三千僧众与之协力。但是，平家近年所为，与神意相悖，也违反人意，怎样祈祷也没用处，想劝导山门僧众协力已是无人听从的了。”①

第5首诗词是藤原基通打算跟随平家撤离京都时，路遇一童子听到的。这种诗词中的“藤叶”、“春日”都在暗指藤原

① 大津雄一、平藤幸編．平家物語 覚一本［M］．東京：武藏野書院，2014:247.

氏，“无可奈何藤叶枯”，指藤原氏曾遭过重创，而“但求春日大明神”，意味着只要有春日大明神的庇佑，藤原家一定能够再创辉煌。诗词预叙的第6首，是平家统帅宗盛带领平家撤离京都后，在宇佐神宫暂住时，梦中听到的。该首诗词意思比较直白，就是告诫平家众人不要再费力祈祷了，已经无济于事。

从结果看，6首诗词中除第5首，其他都在后文的情节发展中得到了印证。第5首诗词是预测藤原氏前途命运的，由于情况复杂，需要详细说明。从整个藤原家族的命运来说的话，那么唯一可能的解释，同上文所述，应该指镰仓幕府第4任将军藤原赖经、第5任将军藤原赖嗣任职一事。如此，就为推测原本《平家物语》的成书时间提供了另一个证据。

倘若，此处所指并非整个藤原家族，而特指基通个人命运的话，那么这首诗词，在作品内就得到了应验。第八卷第一节〈临幸山门〉交代了藤原基通的动向，由安德天皇的摄政摇身一变，成为后鸟羽天皇的摄政。第九卷第五节〈樋口被诛〉进一步叙述道：“同月廿二日，新摄政殿被免，原摄政复职。”[①] 原来，木曾义仲在法住寺合战后撤免了藤原基通，但仅仅过了60天，由于义仲命丧黄泉，京都的大权重回后白河法皇手中，基通也得以官复原职。

不过，值得注意的是，《平家物语》的作者给予藤原基通的评价却并不高。这从第十二卷第六节〈吉田大纳言之事〉中也可以看出：

朝中大有人在，镰仓宫却偏要委托吉田大纳言经房卿转奏。因为据说这位大纳言人品正直。过去攀附平家

① 大津雄一、平藤幸編．平家物語 覚一本［M］．東京：武藏野書院，2014:307.

的人，在源氏得势后，或献书，或献使，种种谄媚阿谀，唯独此人没有……人之善恶，有如锥在囊中。他确是世间少有的贤人。[1]

要想领会这段话的内涵，就必须了解藤原基通与平家的关系。第一卷第五节〈吾身荣华〉中，作者交代了清盛女儿婚嫁的情况。其中一人是普贤寺公，即藤原基通的夫人。第三卷第十五节〈法印问答〉中，平清盛指责后白河法皇的过失，有一条涉及基通。原来，藤原基通和藤原师家都想升任中纳言，基通的靠山是平清盛，师家的靠山则是法皇，结果，后白河法皇提拔师家引发清盛不满。同卷第十六节〈大臣被流放〉交代："故中殿藤原基实之子、二位中将基通，乃入道女婿，升任大臣关白。……如今这次更为破格了。二位中将而非参议，不经过中、大纳言，就做大臣关白。"[2] 意即基通仰仗平家的权势，直接升任关白，招致诸多非议。安德天皇即位后，基通荣升摄政，统领朝中大权。可是，这位平家一手提拔、与平家有着姻戚关系的摄政，却在最关键的时刻背弃了安德天皇和平家，转而为后白河法皇和源氏卖命。即使妻子作为俘虏被押回京都后，他也没有表现出丝毫的人情味。如此一位忘恩负义、卖主求荣的人物，难怪《平家物语》的作者都忍不住予以奚落和责难。

3. 预叙效果及其成因

《平家物语》的预叙效果如下：第一，预叙使作品首尾呼应，结构更为严谨。"预叙通常是预叙结尾，然后再用顺叙叙

① 参见附录 30。
② 大津雄一、平藤幸编．平家物語 覚一本 [M]. 東京：武藏野書院，2014:112-113.

述事件发生的过程，照应开头，前呼后应，形成一个完整的结构。”[①] 第二，预叙传达出天命有归的佛教思想，为作品蒙上了一层神秘色彩。特别是隐性预叙，多用梦境、占卜、异兆预示人物命运，令人感觉冥冥之中都是天命。第三，在“预叙—应验”的过程中，预叙突出了作品的主题。总之，预叙不仅在行文布局上打破了顺叙的局限，摆脱了时空的限制，还增添了跌宕起伏的叙事效果，强化了作品的文学色彩。如前所述，与西方文学作品相比，中日古代文学作品的预叙尤为发达。究其成因，首先是受到了佛教因果报应思想的影响。“因果轮回所包含的巨大时空观念为小说的预叙提供了广阔的表现空间。在时间上可以在前世、今生、来世中循环；在空间上则可以在天堂、人间、地狱中轮回，艺术时间、空间都得到极大拓展延伸。”[②] 最典型的例子是平清盛。在《平家物语》中，他前世上过天堂，来世下过地狱，还在人间生活了 64 年。

第 6 卷第 9 节〈慈心房〉交代了平清盛的来历——乃慈惠僧正转世。慈惠僧正，是日本第 18 代天台座主，名良源，比叡山中兴之祖。或许正因如此，平清盛才能在人间享受荣华富贵。因为清盛在人世为非作歹，同卷第 7 节〈入道死去〉又暗示了清盛的来世：“堕入无间地狱底层。”[③] 可以说，《平家物语》借助佛教的因果报应思想，在时间上贯穿前世、今生、来世，在空间上连接天堂、人间、地狱。“为了适应轮回报应观念，佛教创造了地狱、天堂与三世因果、六道轮回等虚拟时空观念，小说家们借用过来，使得小说具有了更大的表现空间。历史上、生活中

---

① 刘卫华.《史记》中的预叙及其叙事效果 [J]. 渭南师范学院学报，2004（1）:7-10.

② 白艳玲.因果报应思想与中国古代小说中的常见结构模式 [J]. 江西科技师范学院学报，2008（4）:89-93.

③ 大津雄一、平藤幸編.平家物語 覚一本 [M]. 東京：武藏野書院，2014:211.

有那么多的不尽如人意之事，历史已然无法更改，生活又总是不如人愿；但小说家则可以驰骋想象，上天入地，把人间的不公在另一个世界得到解决，获得圆满结局。”①

预叙发达的第二个原因是史传传统的影响。我国的《左传》、《史记》，日本的《古事记》、《日本书纪》都很关注解梦、占卜、异兆、相术等神秘文化。实际上，巫、史不分，巫、舞同源，文起源于巫，举凡卜筮星历及灾异感应都属于史观记录的范畴，也成为文学作品钟爱的题材。

> 另外，史传的劝惩示鉴目的，也导致了史传屡屡预言祸福，这对古代小说产生了重大影响，从而使其说教色彩非常浓厚，为更好地实现劝惩目的，古典小说便也像史传一样而经常采用预叙方式。因为，劝惩看重的就是结果……而结果本身就是对叙述世界的道德裁判，没有裁判就不成为结局。知道这一点，也就会明白为什么古典小说总喜欢预先把情节发展的结果告诉读者了。②

这一特点，在《平家物语》的评论性预叙中表现得尤为突出。比如，〈祇园精舍〉就开章明义，点明主题。作者首先列举了中国古代几位乱臣贼子，随后又列举了日本历史上的反臣乱将，总结了其共同点在于骄奢之心、强梁之事，最后叙述的则聚焦于平清盛一人身上，说他的所作所为，比之前面诸位，实乃有过之而无不及。平清盛的结局自然也就不言而喻了。然后，

① 白艳玲 . 因果报应思想与中国古代小说中的常见结构模式 [J]. 江西科技师范学院学报 ,2008（4）:89-93.

② 陈才训，时世平 . 古典小说预叙发达的文化解读 [J]. 西华师范大学学报（哲学社会科学版）,2006（2）:26-30.

作者又花费了前6卷篇幅叙述平清盛的恶行，花费了后6卷内容来叙述恶行所招致的恶果。统观整部《平家物语》，作者都在讲述平清盛的恶因恶果，试图以此说教后人，告诫后世。

综上所述，《平家物语》中大量运用了预叙手法，取得了良好的叙事效果。它不仅满足了受众的结果期待心理，也使得全篇的行文布局前后呼应，张弛有度。而《平家物语》之所以能有如此发达的预示性叙述，与佛教因果报应思想的影响、史传文化的影响密不可分。

第二节　有心插柳的插叙

"在一件事件之中叙述另外一件事，则为插叙。"[①] 即在叙事过程中离开主线插入另一段叙述，它在作品中通常起到解释（人名、地名、概念）、说明（来龙去脉、前因后果）、交代（原因、理由）、补充（人物逸事、事件结局）等作用。另外，插叙在作品中的表现形式也不拘一格。比如，"利用文章中的人物的语言插叙；人物内心回忆的插叙；作者直接交代性的插叙；情节复杂的作品中为适应情节发展需要随时插入一些场景的插叙，等等"[②]。

1. 语言插叙

所谓语言插叙，即借助出场人物的话语进行插叙，在《平

① 董小英．叙述学 [M]．北京：社会科学文献出版社，2001:120.
② 田乃如．追叙·带叙·补叙 [J]．鞍山师专学报，1989（1）:58-62.

家物语》中并不多见，但作用却十分明显。比如，第二卷第三节〈西光被斩〉。该章节的叙述主线是鹿谷阴谋的泄露和后续处理，包括多田藏人行纲的告密，清盛的愤怒，藤原成亲等主犯被抓。及至西光法师被清盛审问时，他却说了如下一段话：

入道才行事过分。别人不知道，据我西光所知，就不胜枚举。我在后白河上皇身边供职，执事别当成亲卿以钦旨召集军兵之事，自然知晓。也参与其中了。我还有话非说不可。尊驾乃故刑部卿忠盛之子，十四五岁尚未出仕，只出入于故中御门藤中纳言家成卿宅邸，被京中青年人称为高平太。保延年间奉大将军命，作为捉拿三十余人海贼头目的奖赏，升任四品，四位兵卫佐，连这都有人说太过分了。公卿们羞与为伍的人的儿子，竟官至太政大臣，才真是过分呢。[①]

西光法师虽然起初承认了自己知晓鹿谷阴谋，但随后，他反戈一击揭开了清盛老底。《平家物语》的作者并没有尽述清盛年轻时的情况，而是从其 50 岁左右开始写起。所以，西光法师叙述的情况，为充实清盛形象提供了重要补充。当然，即使没有这段插叙，也不会影响全篇的主题，但这段插叙还是有助于读者和听众了解到清盛的另一面。同样的例子，还见于第十卷第十一节〈熊野参诣〉中。这一章节叙述了平维盛出家后在熊野山拜神的情况，最后一段内容如下：

那智修行的僧侣中，有认识三位中将的，对同伴们

① 参见附录 31。

说:“知道这位修行者是谁吗?是小松大臣的嫡子、三位中将殿下。据说他还是四位上将的安元年间的春天,在法住寺举行后白河法皇五十大寿庆典……这三位中将,头饰樱花跳着青海波舞,从人群中缓缓而出,朝花带露的风姿,随风翻舞的衣袖,为天地增加了光辉。”[①]

如此这般,《平家物语》的作者借助某位僧侣之口叙述了平家昔日的辉煌以及平维盛曾经的荣耀。这段插叙与主线的叙述并无多大关联,却可以让维盛一生的命运形成鲜明的对比,增强读者和听众对维盛的同情。

2. 作者的交代性插叙

另一种插叙方式,是作者直接交代性的插叙,作品中颇为常见。比如,第一卷第二节〈殿上暗袭〉中,叙述者讲述的主线是平忠盛智斗公卿。该章节共5段内容,第1段交代忠盛获准登殿引发他人不满,第2段叙述忠盛带刀入宫威震公卿,第3段描述了忠盛被羞辱的情况,最后的第5段陈述了五节会后的事件进展。而第4段,却暂时离开了忠盛这条叙事主线,讲述了其他人在五节会上被公卿们捉弄的先例。如此一来,全篇的叙事结构就十分明朗了。第1、2、3、5段为主线,第4段虽为插叙,却起到了关键的过渡作用。一方面,把插叙的内容和主线连接起来;另一方面,把读者和听众的注意力从插叙重新导向叙事主线上来。即使没有第4段内容,也不影响叙事主线的完整性,但插叙对主线的补充作用,方便了读者和听众更好地了

① 参见附录32。

解五节会的历史。

再比如,第四卷第十节〈僧众齐集〉中,作者运用插叙介绍了以仁王珍爱的笛子——蝉折的来历;第七卷第十八节〈青山琵琶〉中,作者通过插叙交代了青山琵琶的来历;第八卷第一节〈临幸山门〉中,作者以插叙交代了四皇子的母亲、外祖父等人的情况;同卷第三节〈绪环〉中,作者运用插叙说明了绪方维义的先祖,并以此解释了绪方维义的性格。类似的例子,作品中还有很多,不再一一赘述。

3. 场景插叙

还有一种插叙,是插叙场景、风景描写。第十卷第六节〈押解东海道〉,叙事主线是俘虏平重衡被押解镰仓。第二段穿插了风景描写:"鸣海潮干潟,泪水徒然沾湿衣袖……寒风吹松梢,浪水拍海岸,即使并非身陷囹圄,也甚觉悲伤。"[①] 一之谷战役中,平重衡是唯一的俘虏,先被押解京都游街示众,后又成为朝廷意欲交换三种神器的人质,结果遭到平家拒绝。如此,重衡也就等于彻底被家族抛弃了。然后,他的悲剧并未就此终结,赖朝命令押解重衡前往镰仓受审,僧众也要求押解重衡至奈良受罚。了解这些相关背景,再去研读这段景物的插叙,便会发现,虽然它们与主题并无多大关联,却极好地反映了重衡内心的悲伤。

第四卷第一节〈临幸严岛〉插叙了后白河法皇被软禁在鸟羽宫殿的凄凉景象:"人影稀疏,树荫阴沉,住所如此萧条,令人顿感凄凉。春已迟暮,夏木繁盛。枝头花色褪尽,宫中莺声苍

① 大津雄一、平藤幸編.平家物語 覚一本[M].東京:武蔵野書院,2014:354.

老，”[①] 愈发映衬法皇的悲惨遭遇。第5卷第7节〈文觉苦修〉，插叙了12月份熊野山的寒冷：“盖因积雪已成冰，谷中小溪默不作声。山顶吹来刺骨寒风，瀑布凝成冰柱，到处一片雪白，四周不见树梢。”[②] 以此彰显文觉的道心坚定。

综上所述，《平家物语》的插叙表现为三种形式：人物的语言插叙，作者交代性的插叙，以及场景插叙。虽然它们与叙事主线没有密切关联，但插叙却有助于读者和听众更好地了解人物，把握事件的来龙去脉。《平家物语》的插叙看似平淡无奇，实则是作者有心插柳的叙事行为，是作者巧妙运用的叙事技巧之一。

第三节　刻意所为的补叙

补叙，指“叙述基本事件的发展过程中，作者有意安排漏掉其中某个片段，然后在适当的地方加以补足的叙述方式。……这样，可以制造波澜，形成悬念，引而不发，如同相声的‘抖包袱’，不到一定的时候不亮相，但一亮相使读者如梦方醒、恍然大悟，于豁然贯通之际获得美的愉悦”。[③]

第四卷共16节。第三节〈源氏齐集〉大段转述了源赖政唆使高仓宫起兵的话语。第四节〈黄鼬之事〉中，谋反被觉察，平家命令搜捕高仓宫，派出的判官之一竟是源赖政的次子源兼纲。叙述者似乎也担心受众会产生疑问，特意做出说明：“之

① 大津雄一、平藤幸编．平家物語 覚一本[M]．東京：武蔵野書院，2014:123.
② 同上:176.
③ 田乃如．追叙·带叙·补叙[J]．鞍山师专学报，1989（1）:58-62.

所以让他参与追捕，盖因此时平家尚不知晓，高仓宫谋反乃是受三位入道撺掇。”[1] 直至第六节才详细叙述了宗盛与赖政父子之间的纠葛，说明了源赖政唆使高仓宫造反的原因，这便属于补叙。

源赖政父子与宗盛结怨、撺掇高仓宫谋反在前，但作品叙述过程中刻意隐瞒了这一情节。直到第六节才补叙了个中原委，解开了读者和听众内心的困惑，令大家在恍然大悟的同时，感受到叙述者行文布局的精妙之处。

同样的例子，还现于第五卷。第四节借大庭景亲之口引出了赖朝谋反，第五、六节叙述了日本历代造反者的情况，以及中国荆轲刺秦的故事。第七节补叙了赖朝谋反的背景，第10节补叙了文觉如何前往福原请求法皇圣旨。倘若没有这两段补叙，受众便会对赖朝举兵的意图感到困惑，也无从理解赖朝如何获取令旨的。

《平家物语》的叙事方式是先讲平清盛的骏马：（平清盛宅邸里有）“一匹被精心照料之骏马……这匹骏马，乃相模国住人大庭三郎景亲特地敬献入道相国的，据说是东八国第一骏马。”[2] 用骏马引出大庭景亲。随后，叙述景亲报告赖朝谋反：“相模国住人大庭三郎景亲，派快马到福原报说：‘前番八月十七日，伊豆国流人右兵卫佐赖朝，连同其岳父北条四郎时政，夜袭伊豆代理国司和泉判官兼高。’”[3] 由景亲引出赖朝谋反。然后，将赖朝谋反归结为文觉怂恿，以此引出文觉。紧接其后，通过文觉与后白河法皇的交涉引出后白河法皇。

---

① 大津雄一、平藤幸編 . 平家物語 覚一本 [M]. 東京 : 武藏野書院 ,2014:130.
② 同上 :168.
③ 同上 :170.

平清盛→骏马→大庭景亲→源赖朝→文觉→后白河法皇

图 3.1 《平家物语》第 5 卷叙事结构图

这些看似毫不相干的人和物，就被一只无形的线索串联了起来，如同环环相扣的九连环，一环套一环，一事引一事（图 3.1）。“上一情节单元为下一单元提供准备和支持、下一阶段则是上一阶段的直接发展或结果，从而造成叙述逐级深入，渐逼高潮的效果。这种结构方式往往能够非常明确地体现出情节单元之间的某种承接、递进关系”，[①] 极大地增强了整篇作品的连续性和紧张感。

此外，《平家物语》中还有一种补叙手法，是叙事过程中，补充性地交代某位出场人物或者某个重要事件的后续发展。比如，第三卷第七节〈少将都归〉，叙述了藤原成经、康赖法师二人回到京都之事。随后，作者又补充道：“康赖入道在东山双林寺，有一所自己的山庄。据说就隐居于此，边追忆辛酸的过去，边撰写《宝物集》。”[②] 这样就交代了康赖法师后来的情况。

同样的例子还见于第四卷第五节〈信连〉中，作者首先叙述了信连武斗、智斗官军一事。然后，在结尾处补叙道：“入道相国另打主意，把他流放到伯耆的日野去了。后来，源氏当权，信连东下镰仓，通过梶原平三景时，将事件始末一一上述，镰仓公听了不胜称赞，便赏赐能登国的领地。”[③] 这样的补叙与其说是故事发展的需要，不如说是叙述者个人感情，或者是迎合受众群体感情的需要。对于信连这样一位有勇有谋的武士，《平家物语》的叙述者给予了相当高的正面评价，并获得读者和听

① 王凌．形式与细读：古代白话小说文体研究 [M]．北京：人民出版社，2010:307.

② 大津雄一、平藤幸編．平家物語 覚一本 [M]．東京：武蔵野書院，2014:97.

③ 同上 :134.

众的认同。所以,作者才特意为信连的故事续上了一个完美的结局。

再如,第七卷第十六节〈忠度离京〉先叙述忠度将自己所撰和歌拜托俊成一事。后来,补叙道:"后来世道安稳,奉命编纂《千载集》时,想起忠度当时的情形,记起他的言语,万分感慨。他留下的一卷歌集里,有不少佳作,但因他是钦犯,不便公开姓名,便选了一首题名'故乡花'的歌,标上作者佚名。"[①] 通过这段补叙,作者讲述了忠度和俊成二人之间关于和歌的后续结局,既给了酷爱和歌的忠度一个交代,也给了读者和听众一个交代。为了强化叙事效果,使之引人入胜,《平家物语》的作者确实可谓煞费苦心。

在这部通篇以编年体为叙事主线的文学作品中,作者敢于主动打破叙事顺序,故意隐藏某些重要的环节,制造一个短暂的叙事空白,再于后文适当的地方进行补充性叙述。如此,不仅克服了顺叙形式平直、沉闷的弱点,而且加强了作品的生动性和吸引力,让读者和听众在恍然大悟时,由衷地为作者的精心布局拍手叫绝。从打破叙事的时空顺序这一点来看,补叙和插叙的效果有异曲同工之妙,形式却不尽相同。插叙的内容属于叙事主线之外的某个枝节,可有可无;补叙的内容属于叙事主线之内的某个环节,不可或缺。具体到上述两段补叙来看,无论是赖政唆使高仓宫谋反还是文觉怂恿源赖朝举兵,都是《平家物语》中乃至日本历史中的大事件,倘若删除这两段补叙的话,不仅会影响作品的连贯性,也势必会影响读者和听众对作品的理解。

① 大津雄一、平藤幸编 . 平家物語 覚一本 [M]. 東京 : 武蔵野書院 ,2014:255.

第四节　匠心独运的倒叙

倒叙，又称追叙，“是站在某一叙事时间点上讲述以往发生的事件的叙事方法。由于所叙述的事件发生在当前叙事之前，因此，与自然时间的流向相比，追叙带有向前回溯的意味。”[①] 倒叙同插叙、补叙相通之处在于：它也是一种“时间倒错”，即作品的叙事时序打乱了故事发展的先后顺序。不同之处在于：插叙和补叙的内容既可能发生在过去，也可能发生在将来，而倒叙的内容只能是过去发生的。这就意味着，倒叙部分的内容，发生在叙事主线之前的某个时间段里，但作者并没有按照线性方式讲述事情，而是刻意颠倒了“话语”的先后顺序。

比如，第九卷第十九节〈小宰相投河〉中，就有3处倒叙。第1处倒叙，作者借助一个名为君太泷口时员的下级武士传达。战争结束后，时员来到小宰相的船上，告知通盛在一之谷被害的经过。他回忆道：“时员本应追随殿下，一同战死，但事先就多次被嘱咐：‘通盛一旦遭遇不测，你决不可轻生。要设法活下去，找到夫人，转告我已离世。’因此，我就苟且偷生，厚着脸皮逃回来了。”[②] 通过这段倒叙，可以看出通盛对夫人的一往情深，在自己性命攸关的生死时刻，还惦记着派属下找寻夫人的下落。

第2处倒叙，出现在小宰相的追忆性话语中：

① 尚继武.《聊斋志异》故事情境的追叙艺术 [J]. 明清小说研究，2011（1）:158-170.
② 大津雄一、平藤幸編.平家物語 覚一本 [M]. 東京：武蔵野書院，2014:335.

即将交战的前夜,他和我作短暂的会晤,异常不安地愁叹道:"明日交战,我有一种不祥的预感。倘若我有个万一,你可怎么办呢?"……我的身子已不同寻常,平日未曾说起,那天想着不要让他觉得我不体谅人,便如实告知了。他登时欣喜非常:"通盛我已年届三十,尚无子嗣。是个男孩就好啦。作为尘世的留念吧。几个月了?感觉如何?没完没了地在海上漂泊,置身船舱,一旦需要安安稳稳分娩的时候,该如何是好呢?"此番话语竟成为不能兑现的遗言了。[①]

通过小宰相的追忆,读者和听众可以知晓通盛在战前的不良预感,通盛听闻夫人怀孕时的激动心情以及通盛对夫人的悉心关怀。最后1处倒叙,出现在该章节的倒数第2段里,作者用了一整段内容介绍了通盛和小宰相两人的恋情。

总而言之,该章节的3处倒叙虽出自不同人物之口,但都是证明了通盛和小宰相夫妇俩的伉俪情深。因此,当得知通盛被害的消息后,虽已身怀六甲,但小宰相却断然选择投海自尽,为夫殉葬也就在情理之中了。

综上所述,《平家物语》虽然是一部以编年体为叙事主线的文学作品,但作者并未囿于叙事先后顺序的僵化格局中,而是恰到好处地采用了插叙、补叙、倒叙等手法,打破了叙事时空的限制,营造出了不拘一格、富于变化的行文特征。无论是作者有心插柳的插叙,还是刻意所为的补叙以及匠心独运的倒叙,都体现了作者在谋篇布局方面的独特用心。另一方面,从读者接受视野来看,这些叙事手法的运用,也增强了作品的趣

① 参见附录33。

味性和吸引力，调动了读者和听众的欣赏情绪，又满足了他们的期待心理。

第五节　独树一帜的分叙

所谓分叙，是指对于同时发生的多个事件，采用分而叙之的叙事形式，相当于我们传统叙事中的“花开两朵、各表一枝”。由于现实生活中，几个事件一般会同时发生，作品中叙述故事的时间大多也是多维的，但由于叙事话语的局限性，叙述者不得不打破这些事件的自然顺序，把它们有先有后地排列起来，这就形成了分叙。分叙既可以先叙述一件事情，再叙述另一件事情；也可以把几件事情进行交叉叙述；其作用是把错综复杂的事情叙述得有条不紊。我国清代学者李绂（1675—1750）在《秋山论文》（1703）中就曾提到分叙：“分叙者，本合也，而故析其理。”[1] 意即，分叙的部分本应是一个整体，所以，在分别叙述时，不能忽视其整体的一贯性，而应关注作品中叙事的连贯性与条理性。

1. 平家撤离的分叙

《平家物语》中的分叙独树一帜。第七卷第十三节至第二十节，讲述了平家撤离京都。叙述者既没有面面俱到，也没有一概而论，而是采用分叙的形式，有主有次、有粗有细地进行

① 李绂著．秋山论文[A]．王水照编．历代文话（第四册）[C]．上海：复旦大学出版社，2007．

了讲述。

第十三节〈主上离京〉属于笼统式的略写,叙述了平家奉戴安德天皇出行的情景。第十四节〈维盛离京〉,对平维盛[①]给予了特写,讲述了维盛对妻儿的感情。第十五节〈圣主临幸〉通过今夕景物的对比,概括描述了平家一门的落魄。第十六节〈忠度离京〉、第十七节〈经正离京〉属于特写镜头,分别叙述了平忠度和平经正离开京都的场景。第十九节〈一门离京〉可分为三个部分:第一部分特写平赖盛[②]的背叛,第二部分概写平氏一门撤离,第三部分特写平家武士贞能。第二十节〈弃福原〉也是概括式描写,叙述了平家一门撤离福原的整体状况。

第十三节曾经记录时间,七月二十四日夜半时分决定出行,翌日卯时动身。第二十节结尾处再次强调了时间:"寿永二年七月二十五日平家撤离京都了。"[③]由此可见,第十三节至第二十节全部发生在同一天,属于一个整体。只是叙述者对维盛、忠度、经正、赖盛、贞能等人进行了特写,对其他人物则采用了笼统式的略写。

经过这番梳理,分叙的脉络便凸显出来了,特写性的镜头属于分叙。为何选择维盛等人进行特写,笔者认为与全篇构思密切相关。首先,解读平维盛这一角色。《平家物语》前三卷是其生涯的辉煌期,他与父亲忠盛如影随形,备受长辈宠爱。第四、五、六、七卷是转折期,维盛作为大将出征,几场战役均以惨败收场,遭受了沉重的打击。第八、九、十卷则是没落期,对妻儿的思念,对自我的否定均让他无心恋战。最终,维盛只能

① 平维盛(1158—1184),平重盛嫡子、平清盛嫡孙、平六代之父。平资盛、清经、有盛、师盛等人的兄长。

② 平赖盛(1133—1186),平忠盛五子、平清盛异母兄弟。母亲是忠盛正妻池禅尼,在一族中地位很高。

③ 大津雄一、平藤幸編.平家物語 覚一本 [M].東京:武藏野書院,2014:263.

用自杀结束痛苦的人生。

关于平忠度与平经正，如前所处，二者有诸多共同点。作为附庸风雅的平家公子，他们的悲剧命运也引发了受众的无限同情。第十九节〈一门离京〉有两处特写，一处关于平赖盛，另一处关于平贞能。赖盛乃清盛异母兄弟[①]，母亲池禅尼是平忠盛正妻。换言之，清盛虽为长子，赖盛却是名副其实的嫡子。赖盛的地位举足轻重，这从《平家物语》中也能略知一二。第三卷第三节〈御产〉记述："御产所设在六波罗池殿"[②]，池殿乃赖盛府邸。第五卷第一节〈迁都〉写道："池中纳言赖盛卿之府邸，临时充当皇宫。"[③] 皇妃的产房、天皇的临时宫殿，均选择赖盛府邸，足见赖盛的实力。第七卷第十二节〈平家联名致信山门〉中，平家公卿联名签署文书，顺序由低到高排列，列最后、身份最高的是"从一位平朝臣宗盛"；排在倒数第二、身份仅次之的，是"正二位行权大纳言兼出羽陆奥按察使平朝臣赖盛"[④]，再次显示了赖盛的地位。

中宫和安德天皇入住赖盛府邸，是清盛在世之时；联名签署文书则是清盛过世两年后。由此可见，无论清盛在世之时还是过世之后，赖盛的地位都相当重要。如此举足轻重的人物，却在家族最落魄之际，背叛了平家。笔者认为，叙述者正是出于上述思考，才在〈一门离京〉中特写了赖盛的背弃。

最后一位被特写的是平贞能。其父家贞乃忠盛近侍，贞能则是清盛、重盛麾下的重要武士。第二卷第三节〈西光被斩〉中，闻知鹿谷阴谋后，"入道首先召见贞能：'想要打倒我平家之

① 按照长幼顺序，平清盛兄弟分别有平家盛（早逝）、平经盛、平教盛、平赖盛、平忠度。详见附录1。

② 大津雄一、平藤幸编. 平家物語 覚一本 [M]. 東京：武藏野書院，2014:88.

③ 同上：161.

④ 同上：247.

辈,布满京城也。即刻通知一门中人。集合武士。'"[①] 此处,贞能扮演的是上传下达的角色,清盛的命令传达给贞能,再由贞能转告他人。第二卷第七节〈烽火〉中,清盛担心重盛对自己不利,贞能从中调解父子关系。

第二卷第四节〈小教训〉中,重盛未带一兵一卒时,贞能上前道:"有此等大事,为何不带军士?"[②] 话语中包含着担心、指责,以贞能的身份去指责重盛,足见其地位。同样的指责还见于第三卷第十一节〈医师问答〉中,维盛在河水中嬉戏,弄湿的狩衣显得如同丧服。贞能指责道:"怎么能这样?将狩衣弄得看上去不吉祥。快换上吧。"[③] 平家决定撤离京都时,贞能公然反对,遗憾的是宗盛并未采纳。叙述者之所以对贞能进行特写,一方面源于其重要地位,另一方面也是讽刺平家新统帅目中无人,最终犯下错误。

综上所述,在被分叙的人物中,维盛代表平家嫡派,忠度和经正代表附庸风雅的平家公子,赖盛代表地位显赫但背叛家族的叛徒,贞能则代表平家武士。由此可见,看似平淡无奇的章节,实乃经过精心布局。叙述者巧妙地安排了几个特写镜头,通过以点代面的方式,叙述了平家撤离京都的整体画面。这种分叙手法的运用,既突出了重要人物,也使行文显得主次分明,富于变化。

2. 平家战败的分叙

同样典型的分叙,还见于第九卷第十三节至第十九节中。

---

① 大津雄一、平藤幸编 . 平家物語 覚一本 [M]. 東京 : 武蔵野書院 ,2014:46.
② 同上 :50-51.
③ 同上 :104.

该部分内容借助分叙，讲述了平家一门在一之谷战役中遭受的重创。第十三节〈越中前司之死〉对平家武士大将平盛俊[①]进行了特写。第十四节〈忠度之死〉讲述了平忠度战死疆场。第十五节〈重衡被俘〉叙述了平重衡被俘。第十六节〈敦盛之死〉和第十七节〈知章之死〉分叙了两位少年战死。第十八节〈落水〉分述了平师盛、平通盛的阵亡。第十九节〈小宰相投海〉讲述了通盛之妻、小宰相为追随亡夫决然投海。

平盛俊在《平家物语》中出场次数很少，却是一员重要的武士大将，自幼跟随其父平盛国，参与平息保元之乱、平治之乱。一之谷战役中，盛俊守备三草山，孰料敌方翻越悬崖，眼见大势已去，平家兵卒争先逃命，盛俊却勒马伫立，欲做最后一搏。猪俣则纲前来挑衅，假装投降骗得盛俊手下留情，后又卑鄙地置盛俊于死地。与平贞能类似，盛俊亦是平家武士大将的代表。叙述者之所以选取盛俊作为首位特写人物，应该是源于对盛俊武勇的赞赏以及对其在平家重要地位的考量。

第二位被分叙的人物是平忠度。他托付和歌一事也曾被特写。一之谷战役中，忠度负责守备西阵，被敌方从卒偷袭。忠度被斩首后，对手尚不知其身份。直至一首落款处写着“忠度”的和歌被发现后，始知平忠度遇害。第三位被分叙的人物乃平清盛五子平重衡。清盛共有七子：重盛、基盛、宗盛、知盛、重衡、知度、清房。应保二年（1162），基盛病逝；治承三年（1179），重盛病逝。寿永二年（1183）五月，知度战死。一之谷合战中，清房战死，重衡被俘。

其余被分叙的人物是平敦盛、平知章、平师盛、平通盛、通盛妻小宰相。敦盛是经盛之子，通盛乃教盛之子，同为平清盛

---

① 平盛俊，生年不详，卒于 1184 年。平盛国之子，平盛纲、平盛嗣之父。日本平安时代末期，平家方面一员重要的武士大将，祖孙三代皆追随平家。

侄子。虽然经盛和通盛在一之谷合战中幸免于难,但都要面对白发人送黑发人的悲剧。知章乃知盛长子,师盛是重盛末子,均为平清盛孙子,本是平家政权寄予厚望的第三代,却不幸少年殒命战场。敦盛与知章、师盛,辈分有别,但一之谷合战时,三人同为16岁。“十六岁是力量尚未长成的阶段,十六岁也是初上战场的年龄。…… ‘十六’象征的是最容易成为战争牺牲品的‘少年’,物语便是以这个年龄的少年为代表展开的。”[①]

可以说,一之谷合战给平家带来了致命的打击。祖孙三代均被迫开赴战场,而且战死疆场的多是年轻小将。祖辈的平忠度战死;父辈的平清房、敦盛、教盛战死,平重衡被俘;第三代的平知章、平师盛战死。《平家物语》之所以选取上述人物作为分叙的对象,应该也是在为平家的悲剧扼腕长叹吧。

3. 平家败亡的分叙

平家败亡的分叙比较零散,见于第十一卷第九节〈先帝投海〉、第十节〈能登守之死〉、第十一节〈神镜返京〉、第十六节〈副将被斩〉、第十八节〈大臣被斩〉、第十九节〈重衡被斩〉、第十二卷第九节〈六代被斩〉等章节。

第十一卷第九节〈先帝投海〉拉开了平家败亡的大幕。安德天皇乃高仓天皇和建礼门院之子、后白河法皇嫡孙、平清盛外孙,治承四年(1180)即位为帝。安德天皇的出生和即位,标志着平家权势达到巅峰。与此同时,安德天皇也同母亲建礼门院背负起与平氏荣辱与共的命运。自此以后,无论平家迁都福原,还是撤离至屋岛,都拥戴着安德天皇和建礼门院。因此,元

① 日下力.《平家物语》的历史意蕴[J].日本研究,2005(2):64-68.

历二年(1185)三月,坛浦合战接近尾声之际,平知盛眼见大势已去,急忙奔至御前,告知真实战况。

闻听战报的安德天皇年仅八岁,不可能知晓战败的真实意味。平清盛夫人二位尼显然心有所悟,即刻怀揣玉玺和宝剑,怀抱安德天皇跃入海中。二位尼作为清盛正妻、宗盛生母,在平家的地位和分量自然也举足轻重。因此,安德天皇和二位尼投海自尽,意味着平家的败亡已经伤及核心层面。虽然一之谷合战时,平家也损兵折将,但当时战死沙场的多是年轻小将(敦盛、知章),或是清盛庶弟庶侄(忠度、通盛),并未触及平家的核心力量。

第十节〈能登殿绝命〉叙述了建礼门院、平时忠等被生擒,平教盛、经盛兄弟携手赴死,以及平资盛、有盛、行盛手足同沉海底一事。随后,笔锋一转:

> 一门贵胄相继投海自尽,唯有大臣宗盛父子不能自决,惊慌失措。众武士耻之,佯装从其身旁经过,将大臣撞入海中。其子右卫门督见状,随即跃身入海。其他人矢志求死,跳海时皆着铠甲负重,入海即沉。大臣父子无意寻死,又擅游泳。大臣心想若儿子沉没,自己也沉没,若儿子存活,吾也存活。右卫门督亦作此打算,二人四目相望,正浮游之际,伊势三郎义盛驾舟而至,先将右卫门督生擒。大臣见状,愈发不忍就死,终于也束手被擒。[①]

平家统帅宗盛居然在平氏一门相继自尽后,连自杀的勇气都没有,做了俘虏。随后,作品又叙述了平教经[②]的阵亡。

① 原文见附录34。

② 平教经(1160—1184),平教盛次子,平通盛之弟。详见附录1。

教经，乃教盛次子，素以骁勇善战闻名。平家撤离京都后，教经多次率兵出征，逐步收复失地。可以说，教经的战死，令平家失去了武力方面的最后一丝希望。

如果说平教经乃平家武力方面的希望，平经盛则是平家智慧方面的依靠。第十一节〈神镜返京〉篇首叙述知盛目睹一门败亡之后，决然跳海自尽。宗盛继任为一门统帅后，经盛便多番出谋划策。可惜，宗盛屡次拒绝采纳知盛主张，终至败亡。

第十六节〈副将被斩〉和第十八节〈大臣被斩〉，讲述了平宗盛父子被斩之事。副将，乃平宗盛幼子，年仅八岁，但源氏方面为斩草除根依然痛下杀手。宗盛、清宗[①]父子被俘后，最终也被处以斩首。

第十九节〈重衡被斩〉叙述了一之谷合战中被俘虏的平重衡被斩。虽然后白河法皇曾经一度试图将重衡作为人质，交换被平家带走的三件神器，但当平家坛浦合战失利，满门败亡之后，平重衡失去了被利用的价值，终被处决。第十二卷第九节〈六代被斩〉先叙述了在高僧文觉周旋下，六代出家，暂时保住性命一事。随后，插叙了源赖朝搜查平家遗族，先后斩杀了平忠房、宗实、知忠等人。篇末又将叙事主线拉回至平六代，交代了六代被斩首的结局。六代，乃平维盛嫡子、平重盛嫡孙、平清盛曾孙，是平家最后的希望。六代被处决后，叙述者也不无叹息地总结道："自此之后，平家子孙就永久断绝了。"[②]

综上所述，平家败亡的分叙，始于平家象征——安德天皇和二位尼，终于平家嫡系——平六代，涉及平家武力支撑——平教经、智慧支撑——平知盛，以及被俘被杀的平宗盛父子、平重衡等人。他们是平家势力的核心层面，标志着平家的彻底

① 平清宗（1170—1185），平宗盛长子。官至正三品右卫门督，被称为"右卫门督"。

② 大津雄一、平藤幸编．平家物語 覚一本 [M]. 東京：武蔵野書院，2014:459.

败亡。

可以说,《平家物语》所选取的分叙对象,均具有典型的代表性。叙述者没有面面俱到地着墨所有人物,也没有自始至终只关注某一人,而是根据叙事的需要,巧妙地选择了几位代表人物,有主有次地叙述了平家逐渐走向灭亡的历史。

第四章

《平家物语》的叙事文体

文学文体学，是近年来新兴的研究领域，乃连接语言学与文学批评的桥梁，“它集中探讨作者如何通过对语言的选择来表达和加强主题意义和美学效果”。[①]“在小说家的叙事活动中，文体的重要并非在于它是小说家表情达意的一种工具，恰恰相反而是它本身便是作家所欲‘创达’给我们的那种意义的创作者。”[②]

本章主要探讨《平家物语》中的韵文，作为叙事话语的特殊成分，在与小说本体、小说艺术统一或融合方面发挥了哪些作用，取得了何种叙事效果。“小说中的诗歌不同于一般独立的诗歌，而应包容并从属于小说本体，可以说是‘两栖艺术’；衡量其艺术价值、审美价值如何，不能仅仅着眼于诗歌本身，就诗论诗，更应着眼于小说艺术的角度，看其与小说叙事文本的关系如何。关系越密不可分、有机统一，即诗词曲赋是属于小说叙事话语特殊的有机成分，其在小说艺术上的价值也越高”。[③]

《平家物语》运用了大量的诗词、诗歌等韵文类的文体，主要表现为五种形式：和歌、连歌、狂歌、歌谣、汉诗。韵文有抒发情感、寄托哀思等审美意义，同时也承担着叙事方面的功能。本书的主要着眼点即在于此。

---

① 申丹．叙述学与小说文体学研究 [M]. 北京：北京大学出版社，1998:81-85.
② 徐岱．小说叙事学 [M]. 北京：商务印书馆，2010:95.
③ 李庆信．红楼梦叙事论稿 [M]. 北京：社会科学文献出版社，2011:190.

第一节　浑然一体的韵文体与散文体

文学是以语言为媒介和载体的艺术，要想综合考察一部文学作品，语言和文体方面的研究必不可少。《平家物语》虽然属于散文类的文学作品，但也出现了大量的诗词、诗歌等韵文类的文体。作品中的韵文主要表现为五种形式：和歌、连歌、狂歌、歌谣、汉诗。虽然韵文有抒发情感、寄托哀思等审美意义，但它同时也承担着叙事方面的功能。本章的重点考察对象就在于此。

1.《平家物语》的和歌

关于《平家物语》的和歌，虽然前文曾经分析过几首，但当时主要探讨的是和歌在预叙方面所起的作用。实际上，和歌不仅有预示性叙述的功能，还有修辞、抒情等其他功能。《平家物语》共有 93 首和歌（表 4.1），远远超过其他韵文的数量。和歌的大量运用，与日本人特殊的情感体验密切相关。“和歌能够最充分地表达日本人的内心活动和精神，最恰当地表达日本人的所思所感和喜怒哀伤，最准确地表达日本人的敏锐嗅觉和纤细情感，最富有抒情美和韵律美”。[①]

① 宿久高．日本古典诗歌的种类与形式 [J]. 日语学习与研究，2003（3）:41-45.

表 4.1 《平家物语》和歌一览表

卷数	和歌(首)	和歌数目、出现章节
1	7	2（1–3）、1（1–6）、2（1–7）、1（1–12）、1（1–15）
2	6	1（2–9）、1（2–13）、1（2–15）、3（2–16）
3	2	2（3–7）
4	10	5（4–2）、1（4–6）、2（4–12）、2（4–15）
5	11	2（5–1）、3（5–2）、2（5–11）、4（5–12）
6	7	3（6–1）、1（6–3）、2（6–4）、1（6–10）
7	10	1（7–3）、1（7–12）、1（7–13）、1（7–16）、4（7–17）、2（7–19）
8	7	2（8–1）、1（8–2）、4（8–3）
9	6	2（9–7）、1（9–11）、1（9–14）、2（9–19）
10	12	1（10–1）、4（10–2）、4（10–6）、2（10–8）、1（10–14）
11	7	3（11–11）、1（11–12）、1（11–17）、2（11–19）
12	1	1（12–3）
13	7	1（13–1）、1（13–2）、1（13–3）、4（13–5）

第一卷第三节〈鲈鱼〉记载了平忠盛的一首和歌，这也是《平家物语》中出现的第一首和歌。

明石残月流光白，海风推浪夜色寒。①

这首和歌属于短歌，共 31 个音节，“五七五七七”的形式。五句歌如下：“有明の 月も明石の うら風に 浪ばかりこそ 寄るとみえしか。”前三句是“上句”，后两句是“下句”，属于“三

① 有明の月も明石のうら風に浪ばかりこそ寄るとみえしか。大津雄一、平藤幸编 . 平家物語 覚一本 [M]. 東京 : 武蔵野書院 ,2014:4.

句切”。另外,这首和歌运用了两处双关语。第一处是“明石”,该词的日语读音为“あかし”,既可以理解为日本有名的风景胜地——明石的地名,也可以理解为形容词“あかい”。如此,首句、二句的名词“有明の月”,就有了谓语“明亮”。第二处双关语是末句中的“寄る”,读音为“よる”,既可以理解为动词“靠近”,也可以理解为名词“夜晚”。

紧随平宗盛的和歌,作品又引用了一位女官的和歌,并且说明了女官的身份——平宗盛之妾、萨摩守平忠度的母亲。这首和歌如下:

云井漏月色,朦胧不可言。君问何所自,酬答岂等闲。[①]

与上述宗盛的和歌相同,这首和歌也属于“三句切”,也运用了多处修辞手法。首先,“发句”中的“雲井”(くもい)一词,原指天空,此处被借用来指地位尊贵的皇宫。其次,第二句“ただもりきたる”,是一个双关语。既可以指“ただ漏れてくる”,意即“月光泄漏出来”;也可以指“忠盛来る”,意即“忠盛来了”。与此相呼应,下半句“おぼろけにては”自然产生了两种含义:一是“月のおぼろな様”,意指“朦胧的月色”;二是“いいかげんなことでは容易に言うまい”,意思是“此等事情,不可言说”。

以上,仅就和歌内容本身进行了解释,倘若想真正体会这两首和歌的含义,还必须结合上下文,了解它们被吟诵时的背景。关于第1首和歌,作者是这样交代的:有一次,忠盛从任职

① 雲井よりただもりきたる月なればおぼろけにてはいはじとぞ思ふ。大津雄一、平藤幸編.平家物語 覚一本[M].東京:武蔵野書院,2014:4.

的备前国回到京都，鸟羽上皇询问他，明石的海边怎么样，才思敏捷的宗盛就以歌作答，博得了上皇的欣赏。第 2 首和歌的产生，也显得别有风情："忠盛在上皇御所，有一相爱的女官，时常相会。一次，在女官的房里，遗忘了一把画着月光的扇子。旁边的其他女官调笑道：'这是哪来的月光？出处可疑哩。'"[①] 于是，这位女官赋歌一首，含蓄巧妙地回答了友人的疑问。对于这样一对诗情画意的夫妇，作者也极尽赞美之词："俗话说，趣味相投，忠盛爱风流，女官也优雅。"

通过这两首和歌的背景，可以推测作者引用的动机。第一卷第二节〈殿上暗袭〉，讲述的是忠盛如何以胆量和谋略化解危机、反败为胜的。随后，同卷第三节〈鲈鱼〉中的这两首和歌，又重点突出了忠盛文思敏捷、风流倜傥的形象。概括而言，〈殿上暗袭〉塑造了一位胆量过人、有勇有谋的武士忠盛的形象，〈鲈鱼〉刻画了一位风流潇洒、文采出众的文人忠盛的形象，将它们合二为一的时候，就为读者和听众呈现出一位文武双全、文韬武略式的理想人物。 父母都有如此雅兴和才情，孩子平忠度自然也耳濡目染。因此，作者也多次渲染，着力突出了忠度对和歌的热爱。第五卷第十一节〈富士川〉中，忠度被任命为讨伐赖朝的副将军，临行前，相好的女官以歌作别：

东国草露湿衣袖，更叹闺中泪沾襟。[②]

忠度也以歌应答：

---

① 大津雄一、平藤幸编．平家物語 覚一本 [M]．東京：武藏野書院，2014:4．下同。

② あづまぢの草葉をわけん袖よりもたたぬたもとの露ぞこぼるる。大津雄一、平藤幸編．平家物語 覚一本 [M]．東京：武藏野書院，2014:184．下同。

劝君莫愁离别路，先人足迹遍关山。[①]

《平家物语》第2次引用忠度的和歌，在第七卷第十六节〈忠度离京〉中。追随天皇撤离京都时，唯一令他念念不忘的是和歌，于是特意返回将自己撰写的和歌集拜托给藤原俊成。后来，俊成奉命编纂《千载集》，从中选载了一首《故乡花》。

志贺荒凉无踪觅，山樱依旧笑春风。[②]

第3次引用，在第八卷第三节〈绪环〉中。平家被迫撤离太宰府，走投无路时，一门子弟纷纷作歌表达对故都的思念。忠度也赋歌一首：

去岁今夜同赏月，思我还须故人情。[③]

《平家物语》最后一次引用忠度的和歌，是第九卷第十四节〈忠度之死〉。当忠度被源氏军兵杀害之后，《旅宿花》从其箭筒中被发现了。

旅途日暮宿樱下，今夜主人是樱花。[④]

无论是征战东国前，与爱人以歌作别；还是撤离京都时，

---

① わかれ路をなにかなげかんこえてゆく関もむかしの跡と思へば。

② さざなみや志賀の都はあれにしをむかしながらの山ざくらかな。大津雄一、平藤幸編 . 平家物語 覚一本 [M]. 東京 : 武蔵野書院 ,2014:255.

③ 月を見しこぞのこよひの友のみや都にわれを思ひいづらむ。大津雄一、平藤幸編 . 平家物語 覚一本 [M]. 東京 : 武蔵野書院 ,2014:272.

④ ゆきくれて木のしたかげをやどとせば花やこよひの主ならまし。大津雄一、平藤幸編 . 平家物語 覚一本 [M]. 東京 : 武蔵野書院 ,2014:328.

把对世间唯一的牵挂——和歌,郑重托付给信赖的友人;抑或是走投无路之际,以和歌排遣郁闷;最后驰骋沙场时,仍不忘时刻把和歌带在身边。可以说,在《平家物语》里,和歌成了忠度的情感寄托。因此,和歌在作品中不仅发挥预叙、暗示等功能,还增添了行文的美学韵味,彰显了人物的独特个性,渲染了作品的悲剧氛围。从忠盛、忠度父子,也能窥探作者所推崇的武士形象——文武双全、智勇兼备。从这个角度说,作者还是对平家寄予了颇多同情。全篇 93 首和歌中,平家所作 37 首,贵族所作 34 首,中下等僧侣和女官所作 7 首,源氏所作 4 首,作者不详 8 首,另外,还有神明赐歌 2 首,记纪歌谣 1 首。从数量来看,平家所作和歌占了 40%,不仅让源氏一族望尘莫及,也超越了公卿贵族。平家所作 37 首和歌,前 6 卷出现 4 首,后 6 卷加〈灌顶卷〉有 33 首。换言之,平家越接近衰败、灭亡时,作者引用他们的和歌就越多。这也反映了和歌排遣抑郁、抒发感情的功能。

从吟诵者说,平重衡 6 首,建礼门院 4 首,平忠度 4 首,平经正 4 首,其他人基本是一两首。上述四人,可谓平家悲剧命运的典型代表。重衡是一之谷战役唯一的俘虏,被辗转押解到京都、镰仓、奈良,所到之处受尽审判和指责。建礼门院是坛浦会战的俘虏,失去了儿子及亲人,在孤苦伶仃中度过了痛苦的后半生。平忠度和平经正是平家年轻的公卿,虽然都不爱武装,可最终难逃命丧沙场的结局。平家一门所经历的巨大悲痛和他们的纤细情感,或许只能借助和歌表达出来。正如建礼门院临终绝唱:

子规一鸣肠寸断，浮世唯有泪潸然。[①]

2.《平家物语》的连歌

“连歌是一种闲赋诗，兴起于文人之间，是两人以上共同创作的诗歌体裁。短连歌的手法是：一人用五、七、五的形式吟出上句（日文称‘发句’），另一人用七、七的形式和出下句。一唱一和，充满了智慧、趣味与情趣。”[②] 还有一种长连歌，是五、七、五的上句和七、七的下句反复出现，可以多人唱和。《平家物语》没有长连歌，短连歌出现的次数也不多，只有两个地方，一处是第四卷第十五节〈怪鸟〉中，另一处是第六卷第十节〈祇园女御〉中。

先看〈怪鸟〉中的短连歌：

主上十分高兴，特赐御剑师子王。宇治左大臣殿接过宝剑，意欲转给赖政，走下御殿台阶一半时，正值四月十余日，恰逢杜鹃鸟连叫两三声飞了过去。这时，左大臣：

杜鹃一声达九霄，赖政扬名在今朝。（杜鹃一鸣达九霄）吟唱之后，赖政屈右膝，展左袖，侧目眺望月亮：扬名全赖一支箭，夜色飞矢月如弓。（月下飞矢任飘飘）对答之后，接过御剑，退了出来。“不仅弓矢绝伦，歌道也很擅长呢！”君臣无不赞叹。[③]

---

① いざさらばなみだくらべん時鳥われもうき世にねをのみぞ鳴く。大津雄一、平藤幸編．平家物語 覚一本 [M]. 東京：武蔵野書院，2014:472.

② 宿久高．日本古典诗歌的种类与形式 [J]. 日语学习与研究，2003（3）:41-45.

③ 参见附录 35。

这首短连歌由藤原赖长[①]（1120—1156）和源赖政两人共同创作，赖长用五、七、五的形式吟诵上半句，赖政用七、七的形式和出下半句。故事的背景如下：仁平年间（1151—1153），近卫天皇每夜都有可怕的梦魇，赖政被选派前去箭射妖怪，果真不辱使命。天皇高兴之余，赏赐一柄御剑。负责转交的是时任左大臣的赖长，他在《平家物语》中出现得虽不多，但当时也是风口浪尖上的风云人物。赖长学问优秀，所以，听见杜鹃鸟鸣后，就想借机展示自己的文采，顺便调侃赖政。

赖长吟诵的上半句"ほととぎす名をも雲井にあぐるかな"中，巧妙地运用了双关语"雲井"（くもい）一词。该词原指天空，此处指地位尊贵的皇宫。这句话有两层意思：表层意思是"子规的叫声能够直达九霄"，描写了当时的客观场景；深层含义是"赖政你这漂亮的一箭让自己在皇宫里声名远播"，借子规指赖政，借子规的一鸣惊人指赖政的一箭成名。与此相呼应，赖政对答的下半句"弓はり月のいるにまかせて"，也有双重含义。第一层的意思是，"弓張月が入るのに任せて（任凭弦月出没云间）"，回复赖长的表层描述；第二层意思是"弓を射るのに任せて（全凭一张弓箭）"，应答赖长的深层所指。武士出身的赖政，竟能如此才思敏捷，自然博得了近卫天皇及众位公卿的一致喝彩。

而〈祇园女御〉中，连歌的吟诵背景是：为了嘉奖忠盛的武勇，白河上皇将宠爱的祇园女御赏赐给他。

且说那宫女，已身怀龙种，"生女则朕收之，男则汝养

① 藤原赖长（1120—1156），藤原忠实次子、藤原忠通同父异母的兄弟。日本平安时代后期的公卿、学者。保元之乱时，站在崇德上皇一方，与兄长忠通所维护的美福门院一方争权失败被杀。

为子,让他拿弓矢吧。”上皇如此吩咐道。结果生下一男孩。忠盛欲奏其状,总未得便。有一次白河院临幸熊野,过纪伊国的丝鹿坂,停住御舆暂作休息。看到草丛中有许多山药豆,忠盛便摘了几个放入袖中,参拜道:

幼嫩山芋子,爬蔓复攀枝。

上皇立即心领神会:

但取山芋子,养儿正所宜。

如此嘱托。忠盛遂养为子。①

这首短连歌的上半句乃忠盛所作,巧妙地运用了“一语双关”的修辞手法。“いもが子”原指山药豆,此处指“妹が子”,意即祇园女御所生的儿子;“はふ”原指山药豆的枝蔓爬满山野,此处指祇园女御所生的儿子已经会爬了。这句话有两层意思:表面意思是“山の芋の子はつるがはうほどにたくさんになっている(山药豆真多啊,如同爬遍山坡的蔓草一样)”;深层意思是“妹すなわち祇園女御の生んだ子は這うほどに成長しました(祇园女御生的儿子现在都会爬了)”。白河上皇对答的下半句,也是双重含义。表层含义是“ただその山の芋の子をたくさん取って、養いの糧にせよ(那就多采摘山药豆,以此来养生)”;深层含义是“忠盛あなたが引き取って養子にせよ(忠盛你就把孩子当作你的儿子抚养吧)”。前文分析过忠盛在和歌方面的才华,此处再次展现了他的才思敏捷,用连歌的形式巧妙地汇报了祇园女御所生孩子的近况。这么做,既可以巧妙地避人耳目,又可以表达对白河上皇的尊敬。

① 参见附录36。

3.《平家物语》的狂歌

狂歌,是“以滑稽、诙谐为宗旨的一种短诗。……狂歌的形式与和歌相同，五、七、五、七、七五句三十一音。内容诙谐，多用俗语、白话写成。往往用幽默、诙谐、平俗的语言,说明或隐喻一种事物或道理。……在战乱时期,狂歌曾经以其他文学形式少有的幽默与诙谐,驱走人们心中的不安和痛苦,得到片刻的慰藉和愉悦。……狂歌的另一个特点是它的讽刺性。以隐喻的方式讥讽时弊,发泄心中的不平,成为狂歌的一种很重要的社会功能”。①

《平家物语》有 6 首狂歌,分别出现在第四卷第八节〈南都牒状〉、第五卷第 12〈五节之事〉里。〈南都牒状〉中出现两首狂歌:

可叹丝绸绢衣薄,难将法师丑态遮。②
我等未得绢一匹,贪婪丑态担不起。③

当时,三井寺公然与平家作对,平家方面为争取延历寺支持,采取了物质攻势,捐赠大米和丝绸。但物品分配不均,就出现了上述两首狂歌,揭露僧侣们的丑态。这两首狂歌通俗易懂,且有先后顺序。第 1 首狂歌讽刺延历寺的全体僧侣,身为出家入道之人,竟然抵制不住物质诱惑,即使再名贵的绢衣都无法掩盖其丑态。第 2 首狂歌,应是没分到衣服之人所写,是在为

① 宿久高．日本古典诗歌的种类与形式 [J]. 日语学习与研究 ,2003（3）:41-45.

② 山法師おりのべ衣うすくして恥をばえこそかくさざりけれ。大津雄一、平藤幸编．平家物語 覚一本 [M]. 東京：武蔵野書院 ,2014:140。下同。

③ おりのべを一きれもえぬわれらさへうすはぢをかくかずに入るかな。

自己辩解：我们一件衣服也没分到，你们骂我们身着华服也难掩丑态，我们可当不起这个骂名。

《平家物语》多次、真实地反映出僧侣们的丑态。第一卷第八节〈立匾之争〉、同第九节〈清水寺被烧〉中，兴福寺和延历寺因排名纠纷，大闹二条天皇葬礼，后者为了报复，更是做出了火烧对方寺院的暴行。第二卷第十二节〈堂众合战〉、第十三节〈山门灭亡〉，讲述了延历寺和三井寺为争名夺利，不惜刀兵相见，延历寺内部的堂众[①]与僧侣之间也大打出手。寺院不仅内部矛盾重重，与贵族、武士之间也是摩擦不断。第一卷第十三节〈俊宽之事鹈川军〉、至第十六节〈内里被烧〉，第二卷第一节〈座主被流放〉、第二节〈一行阿阇梨之事〉等章节，集中描述了后白河法皇及其近臣与延历寺的矛盾。至于寺院与武士间的矛盾，更是充斥着全文。

实际上，无论是寺院与贵族之间的矛盾，还是寺院与武士之间的冲突，都与寺院尤其是高等僧侣的切身利益密切相关。换言之，他们之所以选择出家入道，并非源于对佛教的虔诚，而是为了寻找一条追求利益最佳的、最方便的捷径。这样，就能理解为什么亲王、公主、贵族子弟出身的人会如此热衷遁入佛门。

〈五节之沙汰〉中的4首狂歌，分别是：

平家栋梁忙慌乱，失去支柱徒悲叹。[②]
富士河的穿岩水，不敌伊势平氏腿。[③]

---

① 堂众，指跟随僧侣的童子出家成了法师，或是在寺院里服杂役的法师。他们地位低下，成分复杂，经常聚众闹事。

② ひらやなるむねもりいかにさわぐらんはしらとたのむすけをおとして。大津雄一、平藤幸編．平家物語 覚一本 [M]. 東京：武藏野書院，2014:189. 下同。

③ 富士河の瀬々の岩こす水よりもはやくもおつる伊勢平氏かな。

铠甲既弃富士河，穿上袈裟求诸佛。[1]

忠清骑着骏马跑，上总马具也徒劳。[2]

为了更好地理解这4首狂歌，必须弄清楚它们的背景。平家派出维盛为大将，忠清[3]为总领，率领7万大军讨伐赖朝。结果，开战前夜，却被水鸟吓跑，招来一片嘲笑。第1首狂歌讽刺的是平宗盛和平维盛，一个是平家的总指挥，另一个是亲征的大将军，本应是平家栋梁，但行事都不成体统，自然免不了被奚落。这首狂歌，运用了多处双关语。首句、二句中的“ひらやなるむねもり”，既可指“平屋の棟守（平房里看守栋梁的人）”，又可理解为“平家の宗盛（平宗盛）”。后两句“はしらとたのむすけをおとして”中的“すけ”，明指“助柱（支撑房屋的柱子）”，暗指“亮（维盛官职‘权亮少将’的简称）”。此首狂歌暗含的意思是：作为栋梁的平宗盛着慌了，因为，他赖以依靠的平维盛战败了。

第2首狂歌，写得比较直白，借“富士河的穿岩水，不敌伊势平家腿”，嘲讽平家闻风丧胆、不战而逃的狼狈形象。第3首狂歌中有一处双关语，在第4句“衣ただきよ”里。它既可理解为“衣をただ着よ（穿着衣服）”，也可理解为“忠清（平家武士统领的名字）”。这首狂歌是在讽刺忠清：身为平家武士统领，为了逃命竟把铠甲丢到河里，既然如此在意性命，倒不如穿上袈裟去念经拜佛好了。最后1首狂歌也是讽刺忠清的，最精彩处在于谐音的运用。因为，“二毛”和“逃げ”两个词，是同音词，在日语中都念作“にげ”。所以，第2句“にげの馬にぞ”

① 富士河に鎧はすてつ墨染の衣ただきよ後の世のため。

② 忠清はにげの馬にぞ乗りにける上総しりがいかけてかひなし。

③ 藤原忠清（？—1185），平家武士，藤原景家之兄，平维盛的乳母父。

中的“にげの馬”，既可以指“二毛の馬(黑白两色的花马)”，也可以指“逃げの馬(逃跑的马)”。

综观上述6首狂歌，都采取了隐喻的形式，表达嘲讽之情。前两首嘲讽的对象是延历寺僧众，表面是冠冕堂皇的出家入道，却在几件衣服面前原形毕露。后几首讽刺了平家在富士川战役中的表现，堂堂的东征大军被一群水鸟吓得落荒而逃。这6首狂歌都没有作者，符合狂歌的性质。因为，狂歌通常讽刺当政者、权势者，所以，只能采取匿名的方式。但无论作者是否留下姓名，也无论作者究竟何许人物，狂歌本身都恰到好处地表达了民众的心声，让大家能够借机排遣内心郁闷，于嬉笑怒骂之间挥笔成文，于茶余饭后之际聊以慰藉。

4.《平家物语》的歌谣

歌谣，有广义和狭义两种概念。广义的歌谣，指包括和歌在内的韵文诗、童谣、民谣、流行歌曲等；狭义的歌谣，是文学范畴的歌谣，伴随音乐演唱的韵文形式。日本的歌谣，又包括“神乐歌[①]”、“催马乐[②]”、“朗咏[③]”、“今样”、“白拍子[④]”等众多种类。

“朗咏”，是为汉诗、和歌谱上曲子，在笙、横笛等乐器的伴奏下，进行吟唱。藤原公任(966—1041)，于1012年编撰《和汉朗咏集》，收集了587首汉诗、216首和歌。其中，汉诗部分，

---

① 神乐歌是伴随着神乐演唱的歌谣，主要用于祭祀等盛大场合，现存37曲。

② 催马乐是日本平安时代盛行的古代歌谣，是在当时各地的民谣基础上，加上外来乐器伴奏而产生的歌谣。主要是用于宴会、娱乐等场合。

③ 朗咏是指在笙、横笛等乐器的伴奏下，吟唱汉诗、和歌。

④ “白拍子”指歌舞的拍子或者跳舞的舞女。因为这些舞女通常都是女扮男装，穿着白色的绢衣，所以被称为“白拍子”。

既有我国诗人的作品，也有日本人创作的汉诗。张卓识在其学位论文中专门考察了《平家物语》的日本汉诗，从文字阅读的角度进行了分析。本书则把朗咏归到了歌谣的范畴，更倾向于从真实的吟唱场景探讨。

从数量看，《平家物语》多处引用“朗咏”，既有全句引用，也有部分摘引，还有只引用个别单词。由于篇幅所限，以第十卷第七节〈千手前〉为例进行分析。该章节叙述了重衡被押解至镰仓后，在赖朝的安排下，与一位名为“千手前”的女官共同饮酒，排遣积郁一事。

> 千手递过酒盏，唱道：“罗绮不胜重兮，怨织女之无情”。唱了一两遍后，三位中将说道：“凡唱此朗咏者，北野天神一日三次飞到空中予以守护。可重衡，我今生已被见弃。不能助唱。若罪孽稍轻，尚可随唱。”千手前又唱了一首朗咏道“虽犯十恶，神佛渡之”，随后唱了四五遍今样道：“想进极乐界，就该诵佛号。”此时，重衡一饮而尽。千手前接过酒盏，递给狩野介宗茂。宗茂饮酒时，千手前弹起琴来。三位中将道：“此曲虽被称为《五常乐》，但对重衡说，莫如视为《后生乐》。索性再弹一首往生曲吧。”遂取过琵琶，调好琴弦，弹起《皇獐急》。夜渐深，心渐稳，重衡道：“真没想到，东国也有如此风雅的人，请再唱一支歌吧。”于是，千手前又唱道：“同宿一树荫，同掬一河水，皆是前世缘。”唱得情韵俱佳，沁人心脾。中将也唱道：“灯暗兮，数行虞姬泪；夜阑兮，四面楚歌声。”[1]

① 参见附录37。着重号为笔者所加，标注的是“朗咏”、“白拍子”。

上文出现3首"朗咏"。第1首"羅綺の重衣たる、情けない事を機婦に妬む(罗绮不胜重兮,怨织女之无情)",出自《和汉朗咏集下·管弦》,原作者是菅原道真。第2首"十悪といへども引摂す(虽犯十恶,神佛渡之)",出自《和汉朗咏集下·佛事》,原作者不明。第3首"燈闇うしては数行虞氏が涙(灯暗兮,数行虞姬泪;夜阑兮,四面楚歌声)",源于《和汉朗咏集下·咏史》,原作者是橘广相。

先分析第1首、第3首"朗咏"的作者——菅原道真和橘广相。两人都以学问和文采著称,都遭人陷害被免官职,死后引发种种灾难,最后迫使当权者为其平反,追赠谥号。此番经历,与平重衡有颇多相似之处。首先,重衡的风度翩翩在作品里是公认的,即使他身陷囹圄之时,依然有多位女子甘愿为其削发为尼。其次,重衡的罪名有所争议,虽然作品反复强调他是焚毁寺院的罪魁祸首,但是,一方面,前文已经分析过当时僧侣们的实况,另一方面,重衡也曾明确说明事端乃是寺院的恶僧挑起。

上引重衡和千手姬所唱的几首"朗咏",与其说确有其事,不如说是《平家物语》的作者想象添加的。之所以选取了菅原道真和橘广相的汉诗,与作者对平重衡的同情、对整个平家的同情密切关联。有观点认为:重衡的罪过众人皆知,作者引用橘广相的诗歌是在讽刺重衡[①]。笔者对此难以认同,倘若作者旨在讥讽重衡,又怎么会反复引用赖朝、梶原景时的话语,对重衡表示欣赏和敬佩呢?例如,"景时拜听后,掩泪道:'了不起的大将军!'当时在座诸人,全都泪湿衣袖。"[②]"源赖朝道:'的确

① 张卓识.『平家物語』における日本漢詩——朗詠された日本漢詩を中心に[D].上海:上海交通大学,2008.

② 大津雄一、平藤幸編.平家物語 覚一本[M].東京:武蔵野書院,2014:356.

风流倜傥。’至于琵琶的音调，歌咏的声韵，赖朝认为后人难以赶上。”[①] 重衡如此有魅力，以至于赖朝自称，站在雨里听了一夜。另外，从这段引文，我们还可以了解到“朗咏”被吟唱时的场景。这段文章描写的是宴会，狩野介宗茂负责看守重衡，被赖朝命令必须好好照顾，所以，特意找来千手姬及多位属下陪同。换言之，千手姬的两首“朗咏”，实乃劝酒词，目的是陪伴重衡借酒消愁、排解郁闷。为了完成职责，千手姬不仅唱了多首曲子，还演奏了古琴、琵琶等乐器，这也反映出“朗咏”的特点——演唱诗歌时配有乐曲伴奏。

以上，以〈千手前〉为例，分析了《平家物语》中的“朗咏”。其实，这段引文中，还出现了另外两种形式的歌谣：一是“今样”，二是“白拍子”。“今样”，意为流行曲风，其歌词是七、五、七、五、七、五、七、五的形式。平安时代末期开始盛行，《平家物语》中的权势人物——后白河天皇，非常爱好这种歌谣，特意编纂了《梁尘秘抄》收录当时的“今样”。“今样”在《平家物语》中多次出现，第一卷第六节〈祇王〉，就有两首。第 1 首是阿佛参见清盛时，所吟唱的：

初次见君颜　小松活千年
池中龟岗上　仙鹤成群团[②]

第 2 首是祇王被逼来到平家为阿佛解闷时，当着众人之面所唱：

---

① 大津雄一、平藤幸編．平家物語 覚一本 [M]．東京：武蔵野書院，2014:359.

② 君をはじめて見る折は 千代も経ぬべし姫小松お前の池なる亀岡に 鶴こそむれゐてあそぶめれ（字面意思为：我是一棵小松树，见到您似乎可以活到千岁了；在您前面水池里的龟山上，仙鹤在成群游戏）。大津雄一、平藤幸編．平家物語 覚一本 [M]．東京：武蔵野書院，2014:10.

仏も昔は凡夫なり　我等も終には仏なり

佛本是凡夫　凡夫终成佛
身都具佛性　差别徒伤悲[①]

上述两首“今样”,第1首是阿佛赞美平清盛,祝愿清盛长寿的;第2首是祇王表达自己不满,并借机讽刺清盛、阿佛等人的。第五卷第二节〈月见〉中,也有一首“今样”:

来到故都看,茅草成野原。
月光无缝隙,秋风袭心间。[②]

这首“今样”,是德大寺实定吟唱的。当时,平家迁都福原,京都日益荒芜,实定趁着中秋回到旧都赏月,拜访妹妹藤原多子[③]。结果,映入眼帘的却是一片荒凉,于是有感而发,吟唱了这首“今样”。

从上引这三首“今样”,可以了解到这种歌谣的特点:歌词比较灵活,要求演唱者能够随机应变,临场发挥。另外,祇王、阿佛、实定等人的身份也很好地反映了“今样”的另一个特点:它来源于民间。本是在平民百姓之间传唱,为普通民众所喜爱的歌谣形式,属于“口承文学”,后来逐渐被贵族接受,并被文

① いづれも仏性具せる身を　へだつるのみこそかなしけれ(字面意思为:佛原来本是凡夫,我们也终将成佛;彼此都具有佛性,可悲的是竟有这些差别)。大津雄一、平藤幸编.平家物語 覚一本[M].東京:武蔵野書院,2014:13.

② ふるき都をきてみれば　あさぢが原とぞあれにける月の光はくまなくて　秋風のみぞ身にはしむ(字面意思为:来到故都看一看,浅茅原野净荒烟。月光无处不照遍,秋风袭人透心间)。大津雄一、平藤幸编.平家物語 覚一本[M].東京:武蔵野書院,2014:166.

③ 第一卷第七节〈二代皇后〉的主角,本是近卫天皇皇后,后入二条天皇后宫。平家迁都福原时,近卫天皇、二条天皇早已病逝,藤原多子无依无靠地留在了京都。

字记录下来。

“白拍子”也是平安时代末期开始流行的，其表演形式为：女扮男装的歌女和童女，一边吟唱“朗咏”、“今样”，一边跳舞。〈祇王〉中出场的祇王、阿佛，出身即是“白拍子”。所以，该词既指表演的歌女，也指她们载歌载舞的表演形式。

《平家物语》只有一首“白拍子”。上引〈千手前〉里，双下画线标示的即是。“白拍子”吟唱的歌词本就源自“朗咏”、“今样”，所以，单从文字角度说，并没有多少研究价值，但其载歌载舞的形式值得探讨。因为，巫、舞同源，这种表演很可能源自巫术。《平家物语》多次出现巫女，比如严岛神社的内侍们。高仓上皇前去参拜时，她们就载歌载舞取悦神灵。换言之，源自巫术、取悦神灵的歌曲表演，后来逐渐世俗化，开始为权势者表演，并以此谋生。这个时期，历史上也确实出现过多位有名的“白拍子”，例如，源义经的爱妾“静御前”，后白河法皇的宠妃“龟菊”等。

以上，分别探讨了和歌、连歌、狂歌、歌谣等韵文体。当然，作品中还有其他一些韵文体。第一卷第八节〈立匾之争〉中，兴福寺的僧徒就曾吟唱过一首歌词：

瀑布水多更欢腾，照着太阳流不停。[1]

市古贞次为《平家物语》所做的注释本中，把其解释为“延年舞”的歌词，也即延历寺和兴福寺的僧众在法会后表演的歌舞。[2] 这种歌舞表演，很大程度是为了感谢佛祖，和上述巫女

---

① うれしや水、なるは滝の水、日はてるともたえずとうたへ。大津雄一、平藤幸編．平家物語 覚一本 [M]. 東京：武蔵野書院，2014:19.

② 市古貞次校注．平家物語 一 [M]. 東京：株式会社小学館，1988:72.

们通过歌舞表演取悦神灵有着异曲同工之妙。

另外，第一卷第九节〈清水寺被烧〉中，还曾引用过两处《法华经》的偈语：

念彼观音力，火坑变成池。①

历劫不思议，力所不能及。②

第二卷第十六节〈卒都婆漂流〉中，也出现了一首“佛歌（仏歌）”：

千手观音胜诸佛，枯草开花结硕果。③

这几首歌谣有一个共同点：都与佛教、神道教、巫术等宗教信仰和神秘现象密切相关。这反映了两方面的问题：一方面，当时的日本民众普遍敬畏神佛、鬼魂，所以竭尽所能希望通过歌舞表演取悦神佛，安抚亡灵；另一方面，佛教、神道教、巫术的宣扬者为了推广各自的信仰，也借助了歌谣这种文学形式。这不仅因为它朗朗上口，容易记忆，还因为它拥有相当广泛的群众基础，早已成为百姓喜闻乐见的文学形式。

5. 韵文体和散文体的衔接

《平家物语》还有其他的韵文形式，比如押韵、对仗、排比

① 観音火坑変成池はいかに。大津雄一、平藤幸編．平家物語　覚一本 [M]. 東京：武藏野書院，2014:20. 下同。

② 歷劫不思議力及ばず。

③ よろづの仏の願よりも　千手の誓ぃぞたのもしき枯れたる草木もたちまちに花ェき実なるとこそきけ。大津雄一、平藤幸編．平家物語　覚一本 [M]. 東京：武藏野書院，2014:78.

等。〈祇园精舍〉就极具代表性。

> 祇园精舍钟声响，诉说诸行本无常。沙罗双树花失色，盛者必衰理不亡。骄奢主也不长久，好似春夜梦一场；强梁者终须殄灭，恰如风前尘土扬。远察异朝，秦之赵高，汉之王莽，梁之朱异，唐之禄山，是等皆不守旧主先皇，穷尽欢乐，不思诤谏，不悟天下将乱，不恤民间愁苦，不能长久，很快灭亡。近观本朝，承平的将门，天庆的纯友，康和的义亲，平治的信赖等，此等骄奢心强梁事，虽各不相同，近世的六波罗入道前太政大臣平清盛公的所作所为，仅就传闻，远非言语所能及。①

首句“祇園精舎の鐘の声、諸行無常の響あり”，是典型的“七五调”。“七五调”，指每句由上半句的七个音节和下半句的五个音节组成。这种语调，朗读起来节奏分明，波澜起伏。“七五调”和“五七调”②，本来都是和歌的节奏，《万叶集》时代以“五七调”为主，其特点是韵律庄重深厚；平安时代之后，逐渐向“七五调”过渡，韵律流畅优美。“在卷头诗‘祇园精舍钟声响……’之后，紧接着就是几句七五调的骈文，然后天衣无缝地转入散文语调，其衔接之妙，韵味之深，读起来令人陶醉。原书本是平曲的台本，现在通行的十三卷本，文中雅语俗语杂陈，汉语词、汉文故事繁多，特别是各卷中多有整段完美的‘七五调’。”③

---

① 参见附录 38。

② “五七调”刚好和“七五调”相反，上半句是五个音节，下半句则是七个音节。

③ 申非．译本序 [A] 无名氏著．周作人，申非译．平家物语 [M]. 北京：人民文学出版社，1984:8.

第十一卷第九节〈先帝投海〉的最后一段，几乎整段都采用了对仗工整、韵律流畅的韵文形式：

> 悲哉，无常春风吹落花；可叹，无情海浪浸玉体。有一殿名长生，意在长栖久住；有一门号不老，意在永葆青春。但不满十岁，便沦为海底水藻。十善帝位的果报，也冷酷无情似霜。云上龙忽成海底鱼。大梵高台之阁上，释喜喜见之宫内，昔日栖身槐门间，亲族姻戚从玉辇；而今御舟沉浪下，转瞬断送至尊名。悲哉。①

实际上，散文体和韵文体在《平家物语》中，巧妙地融合在一起，达到了你中有我、我中有你的理想境界。第一卷第四节〈秃发〉开篇叙述道：

> 如此，清盛公于仁安三年三月十一日，时年五十一，被病魔侵袭，为存命倏忽出家入道了。法名静海。此举就也许应验了，宿疾顿愈，得全天命。为众人尊敬，有如草木之迎春风。为世间仰慕，有如国土之遇甘霖。说起六波罗一家的公子，无论什么名门华族，都不能与之比肩。②

这段文章的前几句是散文体，介绍了清盛生病、出家、痊愈等情况，中间是两句对仗工整的韵文体（单下画线处），用韵文体衔接两段散文体，顺利地实现了内容的过渡。无论是和歌、连歌、狂歌、歌谣等韵文文学，还是七五调、对仗、排比等韵文形式，都极好地体现了话本《平家物语》的独特风格。换言之，正

① 参见附录39。
② 参见附录40。

因为觉一本是供琵琶法师弹唱讲演的底本，所以，才会在文中大量穿插韵文体。韵散相间意味着说唱结合，这种特殊的讲说方式，“有利于调整演出的现场氛围，造成张弛有序、抑扬顿挫的表演效果；而当它形成文字、供人阅读时，则产生一种快慢有致的叙事节奏，体现了铺叙抒情相结合的叙事张力”。[①]

另一方面，“虽然小说文体与诗歌文体存在着差异性，但是文学总的来说是以抒情为首要任务，并且，抒情要以特定的事实为基础，叙事在目的上又是为抒发某种情感服务，二者之间的辩证关系为其融合奠定了文学创作论上的合理性基础”。[②]这意味着，觉一本中韵文体的运用，不仅是叙事的需要，也是为了满足作者、琵琶法师乃至广大听众的情感诉求。《平家物语》之所以会在几百年内，有多个版本的再创作，也是作者们抒发情感、寄托哀思、追忆岁月的一种方式。

综上所述，《平家物语》的叙事文体有着鲜明的特色：通篇以编年顺序的散文体为主，点缀着和歌、连歌、狂歌、歌谣等韵文体，押韵、对仗、排比等韵文形式与散文形式巧妙地糅合在了一起。这不仅体现了日本古典文学的独特之处，还同话本《平家物语》有着密不可分的关系。《平家物语》作为中世的军记物语，虽然题材和形式均有别于早期的“创作物语”“和歌物语”，但从散韵结合的文体形式来看，它依然继承了日本文学的独特传统。另一方面，“觉一本”属于话本，由琵琶法师传唱，这也要求散文体与韵文体的内在结合。散文体贯穿全篇，可以保证叙事的完整性，信息的大量提供；韵文体穿插其间，为作品增添了文学色彩，调节了作品的韵律。

---

① 俞晓红．佛教与唐五代白话小说研究 [M]. 北京：人民出版社，2006:224.

② 李志艳．中国古典小说叙事话语的诗性特征——以四大名著叙事话语中的诗歌为例 [J]. 世界文学评论，2009（2）:288-289.

第二节 话本《平家物语》的叙事话语

《平家物语》的叙事话语主要有二：一是作者（含叙述者）的叙事话语；二是作品中出场人物的叙事话语。"叙述者在讲述故事时有两种语言方式，一是运用自己的口气说话，把人物的话语用间接引语的形式转述出来；二是用人物的口吻说话，把人物的话语用直接引语的形式展示出来。这便是叙述语言体式的问题，两种话语形式的叙述效果是迥然不同的。它们之间的变化转换，不但可以调节叙述的行进速度，还可以改变叙述者与人物之间的关系，甚至是调节叙述者、人物与接受者三者之间的关系。……所以，作家们往往利用这种语体形式的变化创造不同的文体效果"。[①]

1. 作者的叙事话语

《平家物语》的作者在叙事时，既没有平铺直叙，也没有大肆渲染，而是巧妙地运用了直笔与曲笔相结合的手法，时而直截了当地对出场人物进行评价，时而采用春秋笔法，婉而成章。直笔与曲笔，是我国古代的文论思想，相当于西方文艺理论所说的直叙和婉叙。直笔是直截了当的记述，对出场人物、事件给予明确的评价。曲笔则不直接表明作者的观点和意见，而是在字里行间给予含蓄性的暗示，利用语言的启发性，让听众和读者自己去体会其中的深意。

① 祖国颂．叙事的诗学 [M]．合肥：安徽大学出版社，2003:360.

直笔和曲笔在《平家物语》中都有具体表现。《平家物语》的秉笔直书，主要体现在作者对历史人物、历史事件的真实记述，敢于批判历史人物的负面因素。前文曾介绍过《平家物语》的作者，应该是中下等贵族出身。不过，作品并未一味袒护贵族，而是敏锐地捕捉到了他们身上的某些缺点，毫不留情地给予了批判。

第八卷第十节〈鼓判官〉中出场的几位贵族，就成了作者抨击的对象。鼓判官知康，被后白河法皇任命为使臣，前去命令源义仲平定京都的混乱局势。可仅仅因为义仲几句玩笑，知康就径自回去，鼓动法皇讨伐义仲，全然不顾双方的实力悬殊。结果，战争就在知康的添油加醋下，一触即发了。

> 木曾奔到法住寺西门，但见鼓判官知康正指挥战事。知康穿着红色战袍，特意没穿铠甲。只戴头盔，上画四天王。他站在御所靠西墙上，一手持矛，一手拿金刚铃，不停摇动，还不时地做出舞态。年轻的公卿们笑道："不像样！知康被天狗附身了吧！"知康大声道："从前宣读圣旨，枯草枯木也要开花结实，恶鬼恶神也要驯服听命。如今虽是末世，怎么可以对十善帝王引弓放箭！你们放出的箭，定会回射自己。你们拔出的刀，定会砍伤自己！"……战斗指挥知康，率先逃之夭夭。主将一逃，两万多官军，也争先恐后逃命去了。[①]

从这段描写，我们可以看出知康之流的缺点。第一，自高自大，他不仅错估了敌我双方的实力差距，而且在战前并没有

① 参见附录41。

做好准备；第二，自命不凡，从骨子里鄙视武士等中下层人物，仅仅因为义仲态度不好，知康就无法忍受，并且主动挑起战事；第三，迷信佛教，知康竟然以佛法作为保护君王、庇佑自己的道具，还以此为理由训斥前来进攻的武士；第四，自私自利，战争真正开始后，知康不顾后白河法皇、后鸟羽天皇等人的性命，第一个逃跑了。

该章节中出场的其他贵族，也有着相似的缺点。主水正[①]亲成、天台座主明云大僧正、三井寺住持圆庆法亲王都在战争中死于非命。作者不仅描写了他们骑马逃跑的场景，还讽刺道："本是明经道博士，不该换上武装。"[②]如此，他们的死就非但不值得同情，反而是应该遭到批判的。最后一位出场的贵族是藤原赖资，他在疲于逃命时被扒光了衣服，还装出一副自尊自大的样子。此处的描写蕴含着明确的讽刺和调侃，知康等人表面的冠冕堂皇与行动的卑鄙自私，两相对比产生了一种强烈的反讽意味，传统贵族所极力标榜的光辉形象被彻底解构。

接下来让我们聚焦于《平家物语》中的曲笔手法。最能体现这一手法的，莫过于跨越时空最广、出场次数最多的后白河法皇这个角色了。如前所述，后白河法皇在62节中登场亮相，占据章节主角达11次[③]。统观整部《平家物语》，虽然作者几乎从未公开指责过后白河法皇，但这并不意味着绝对肯定或者由衷赞赏。首先，探讨鹿谷事件、山门事件所描述的后白河法皇形象。鹿谷事件，在《平家物语》中被定性为藤原成亲谋位不成，泄私愤之举；山门事件，被归因于西光法师父子进谗言。实际上，"无论是鹿谷事件还是山门事件，后白河法皇都应该是

① 主水正是日本皇宫中主管水司的长官，负责管理樽、冰、冰室等事务。
② 大津雄一、平藤幸編．平家物語 覚一本 [M]. 東京：武藏野書院，2014:288.
③ 参见《平家物语》主要出场人物一览表。

幕后主使，但是，《平家物语》把鹿谷事件的批判性矛头指向了藤原成亲，又把山门事件叙述成了西光父子进谗言所致。……不仅如此，山门的直接对象也是西光法师，他们诅咒西光法师父子，却并没有对后白河法皇表示不忠。"[①] 非但如此，作者还把朝中大臣都批评了一番："所谓大臣重禄而不谏，小臣畏罪而不言，所以都缄默不语。"[②] 换言之，《平家物语》的作者在讲述鹿谷事件和山门事件时，不仅批评了直接参与人——藤原成亲、西光父子，还公开指责了朝廷官员们的不谏言，唯独没有非议后白河法皇的举止。

《平家物语》第三、四、五、六卷，集中讲述了平家对后白河法皇的无礼以及后白河法皇的悲惨生活。其中，第六卷第四节〈小督〉，对法皇的悲剧遭际进行了总括式的叙述：

> 法皇连续发生多起愁叹之事。永万年间，第一皇子二条天皇驾崩。安元二年七月，皇孙六条天皇晏驾。在天愿作比翼鸟，在地愿为连理枝，对着银河双星海誓山盟的建春门院，也为秋雾所侵，化为朝露了。岁月虽在流逝，但泪眼一直未干。治承四年五月，第二皇子高仓宫又遇害。今世后世所瞩望的高仓上皇又先他而逝，唯有流泪而已。[③]

如前所述，作品前半部分出场的后白河法皇，宛若一位备受欺凌、饱经沧桑的老人，完全失去了作为九五之尊的气势。

---

① 早川厚一．平家物語を読む—成立の謎をさぐる—[M]. 大阪：和泉書院，2000:51-61.

② 大津雄一、平藤幸編．平家物語 覚一本 [M]. 東京：武藏野書院，2014:30.

③ 参见附录 42。

但是，此番情形在作品的后半段得到了彻底扭转。第七卷第十三节〈主上离京〉开始，后白河法皇就摆脱了平家的控制，重新展现了他作为政治家的出色权术。第八卷第一节〈临幸山门〉中，后白河法皇先命令义仲追缴平氏一族，又不顾安德天皇尚在人世让四皇子登基。作者却让平家承担了这一责任："常言道：'天无二日，国无二主。'只因平家恶行，竟出现了京城和辟地两个天皇并存的局面，"[①] 再次显现出避免正面抨击后白河法皇的倾向。

虽然作者尽量避免直接批判后白河法皇，但字里行间依然流露出对法皇的不满。〈临幸山门〉叙述道："同年九月二日，法皇派公卿为敕使祭祀伊势神宫。敕使是参议脩范。太上天皇派公卿为敕使之事，虽有朱雀、白河、鸟羽三代先例，但那都是在出家之前。至于在出家之后，这还是头一回。"[②] 如前所述，当时日本凡事都会遵循先例。所以，"没有先例"一词，基本都是批判当事人所作所为。后白河法皇破坏祖制，自然会成为被攻击的对象。如果说此处的批评显得比较隐蔽，那么下一个例子就更加明显了。第十二卷第五节〈判官都落〉陈述道："上月二日，准义经所奏，宣布放弃赖朝，本月八日又准了源赖朝奏请，下达了追讨义经的御批。朝三暮四，世上不安，实在可悲！"[③]

以上，以知康等贵族为例分析了直笔手法，又通过后白河法皇的例子探讨了曲笔手法的运用。直笔手法，能够更加酣畅淋漓地表达作者的褒贬之意，更好地契合听众和读者的情感需求；曲笔手法则既满足了避讳的需要，又通过另一种方式实

① 大津雄一、平藤幸编．平家物語 覚一本 [M]. 東京：武藏野書院，2014:269.

② 同上 :271.

③ 同上 :439.

现了与受众的交流和沟通。这两种叙事手法的巧妙结合，共同构筑了作者的叙事话语。它们不仅营造出灵活多变、富有层次感的叙述文体，也有效地调节了叙述者、出场人物与受众的距离，很好地体现了话本小说的语言风格。

2. 出场人物的叙事话语

如上所述，作品的叙事话语，不仅包括作者的叙事话语，也包括出场人物的叙事话语。其中，“人物话语是小说的重要组成部分。很多小说家注重用人物的言辞和思想来塑造人物，推动情节发展。在传统文学批评中，人们一般仅注意人物话语本身——看其是否符合人物身份，是否具有个性特征，是否有力地刻画了人物等。随着文体学和叙述学的兴起，批评家愈来愈关注表达人物话语的不同方式。这是文体学和叙述学在研究领域的一个重要重合面。”①

出场人物叙事话语的特色，集中体现在敬语和称谓语方面。笔者参照奥村和子的研究成果，梳理了“觉一本”中武士将领的称呼（表 4.2）。

表 4.2 《平家物语》武士将领敬语使用一览表

出场人物	称呼总次数	敬语使用次数	所占比例
平清盛	149	132	88.6%
源赖朝	75	66	88%
源义经	120	89	74.2%
源义仲	85	27	31.8%

① 申丹．叙述学与小说文体学研究 [M]. 北京：北京大学出版社，1998:306.

由此可见:《平家物语》对平清盛和源赖朝这两位武士将领,使用敬语的频率很高。这反映出叙述者以及当时的日本贵族乃至普通民众,均认可二人身份。源义经和源义仲两人身份相当,但叙述者对义经使用敬语的比例明显高得多。究其原因,应该是源于对源义经的同情。叙述者、传播者、受众,都对这位悲剧人物充满同情,他们将感情寄托于敬语表现里。

另一位学者伊藤一重,根据人物所属的阶层,对《平家物语》中的敬语使用频率进行了划分:

Ⅰ天皇·皇族·摄政·关白·法亲王·外国的王·佛祖

Ⅱ大臣·大纳言·中纳言·大将·中将·僧侣(僧正·法印)·宫廷的女官

Ⅲ国司(包括五位以上的殿上人)·僧侣(僧都)·武将

Ⅳ上述第三类群体中没有被尊称的人员、身份低下的宫廷杂役、武士、下级僧侣、庶民

第1类人群,都被尊称,而且作者使用了尊敬程度相当高的敬语;第2类人群,通常被尊称;第3类人群,多数情况被尊称;第4类人群没有被尊称。①

上述两位学者统计的敬语,不仅包括作者所使用的敬语,也包括其他出场人物对他们所使用的敬语。要全面分析出场人物叙事话语的特色,就不能仅仅研究如何称呼他人,还必须研究他们是如何使用自称语的。为了更好地说明出场人物自称语的使用以及自称语与人物身份的关联,以第九卷第十六节〈敦盛之死〉里,熊谷直实与平敦盛之间的对话为例进行分析。

① 伊藤一重.平家物語における人を示す表現について[J].豊田工業高等専門学校研究紀要,2004(1):141-154.

熊谷喊道:"那位貌似大将军。怎能临阵脱逃呢。请回来。"……"您到底是何许人? 请通报姓名,我可以救您。"熊谷问道。"你是谁?"那位少年反问道。"鄙人,算不上什么,乃武藏国住人熊谷次郎直实。"[1]

通过这段对话,能够感受到熊谷直实与平敦盛在用语方面的明显差异。第一,熊谷直实称呼对方时,全部使用了尊敬语,如单下画线处;第二,熊谷直实在称呼自己时,使用了自谦语,参见双下画线处;第三,平敦盛恰恰相反,称呼对方时没有使用敬语,而是用了略带不屑的"汝(なんぢ)"一词。称谓语和敬语的差异,极好地反映了两人身份和地位的悬殊。熊谷直实虽然武艺高强,却不过一介普通武士,敦盛却是平家贵公子。战场上的胜负,并不能改变两人身份的差距。同时,这也意味着,作者和听众对失败方的平家寄予了较多同情。

3. 众声喧哗的"复调"特征

苏联著名的文学理论家巴赫金[2],提出了"对话"与"复调"的理论。他认为:"在一部作品中能够并行不悖地使用各种类型的语言,各自都得到鲜明的表现而绝不划一,这一点是小说、散文最为重要的特点之一。"[3] 而且,这些各种类型的语言,"有着众多的各自独立而互不融合的声音和意识,由具有充分价值的不同声音组成真正的复调。"[4] 巴赫金还将"复调"称为"多

---

① 参见附录 43。

② 巴赫金 Mikhail Mikhaĭlovich Bakhtin(1895—1975),苏联著名文艺理论家、批评家,结构主义符号学代表人物之一,其理论对文艺学、民俗学、人类学、心理学都有巨大影响。

③ 巴赫金著,白春仁,顾亚铃译.巴赫金全集第五卷 [M]. 石家庄:河北教育出版社,1998:266.

④ 同上:4-5.

声部”或“众声喧哗”。

“复调小说的一大特征，在于它并不表现作者的统一意识，而是表现矛盾的、相互对话的思想。”[①]《平家物语》也是如此，作品中充满了人物与人物之间、集团与集团之间的对话、冲突或交锋。第二卷第四节〈小教训〉、第六节〈教训状〉、第七节〈烽火之事〉，记录了清盛、重盛父子的对话，体现了贵族与武士思想的冲突。重盛一再主张平家的荣华富贵都源于君恩，无论何种情况，都必须忠于法皇；清盛则反复强调平氏一族的勤王之举、救驾之功，把法皇要消灭平家的行为看成忘恩负义之举。父子俩冲突的实质是两种价值观的差异，传统的贵族价值观强调君王的绝对权力以及臣子的绝对服从；新兴的武士价值观重视实际利益，以是否对自己有利，作为行动的准则。

这一点，在源义仲与后白河法皇的冲突中也得到了体现。法皇派人指责义仲部下在京城抢夺财物时，义仲反驳道：“即使是十善帝王，我也不会卸甲驰弓，前去请罪。担任京都守备，能连一匹战马也不喂养吗？即使割田里的青苗，法皇也不该降罪。”[②]可以看出，武士出身的源义仲，在处理与贵族的关系时，特别是在对待后白河法皇的态度上，与清盛有着颇多相似之处。他们都相信自己的武力，不迷信贵族的权威，采用暴力的手段对付试图欺压他们的贵族。

以上，以重盛与清盛父子的对话、后白河法皇与义仲的对话为例，分析了贵族与武士两种意识形态的冲突和对峙。实际上，在贵族集团内部、武士集团内部也存在着多种声音。第二卷第一节〈座主被流放〉记载：“在加贺国有明云座主的私有地

---

① 周建渝.多重视野中的《三国志通俗演义》[M].北京：中国社会科学出版社，2009:108.

② 大津雄一、平藤幸编.平家物語 覚一本[M].東京：武蔵野書院，2014:287.

产，国司师高曾要予以没收，因为有了宿怨，所以蛊惑僧众，和朝廷争讼。”[①] 这段话指出了明云的过错：拥有私有地产本已不对，又为报私仇给朝廷施加压力就是错上加错。但在同第二节〈一行阿暗梨之事〉中，作者又让明云自己说道：“身无过错。蒙受冤屈，被判流放，于世于人，于神于佛，并无怨恨。”[②] 此时的明云，不仅毫无过失，而且能够以大局为重，甘愿承受冤屈。如此一来，两段文字就自相矛盾了。根源在于意识的差异：后白河法皇及其近侍强调君权，打着“普天之下莫非王土”的口号扩张自己的土地；明云及其他僧众则举着神佛的招牌，也在争夺土地。而作者，对于他们之间的冲突并没有给出明确的评判。

这鲜明地体现了众声喧哗的特色：“小说中各种人物的说话声音不可能都与小说叙述人的声音相一致。小说人物并非在表现叙述人的一贯性立场，叙述人亦并非为表达自己的某一思想来设置情节、人物与事件。因此，作为作者的代言者，叙述人的意识便与作品中人物的意识之间产生距离。由于这样的距离，叙述人与小说中的人物之间就存在着对话关系。这种对话关系的前提与特征之一是，叙述人所持的意识及立场，与作品中人物的意识与立场并不相同。”[③]

实际上，后白河法皇与明云之间的冲突，不仅体现了贵族与僧侣的矛盾，也体现了儒教与佛教两种思想意识的对抗。后白河法皇强调儒家的“君君臣臣”，认为君主可以无偿占有属下的利益；明云大僧正则强调佛教中神权的至高无上，神佛可

---

① 大津雄一、平藤幸編．平家物語 覚一本 [M]. 東京：武藏野書院，2014:39.

② 同上：42-43.

③ 周建渝．多重视野中的《三国志通俗演义》[M]. 北京：中国社会科学出版社，2009:117-118.

以庇佑勤政爱民的君主，也可以讨伐为所欲为的君王。如前所述，作者并没有明确评判冲突双方孰是孰非，而是让它们在同一部作品里各自呈现自己的声音，并在两者的互动中产生对话关系。同时，任何一方的意识，都不能左右、改变、消解对方所持有的意识形态。这就说明，《平家物语》并非由单一的儒家伦理观念所支配，也没有片面地强调神佛的权威，而是让儒释道等意识形态形成对话关系，并且让这些思想通过各自的代言人，在作品中发出不同的声音，并在彼此对话过程中形成众声喧哗的场面。

第五章

《平家物语》的叙事文本

第一节　叙述文本与中国文学的互文性

“互文性”，又被译为“文本互涉”，由符号学家、文论家朱莉娅·克莉丝特娃提出。她认为：“每一文本的文字乃是诸种文本的文字之交织，从中至少可读到另一文本的文字。……任何文本都是以引文摘句的镶嵌方式构成；任何文本均是对另一文本的吸收与转化。”[①] 台湾学者廖炳惠也曾指出：“一旦在文本中读到其他作品，或看出作品依赖其他作品，将它们吸收、变化，我们便迈入了文本互涉的空间。”[②] “文本互涉”概念的引入，打破了传统的文本乃封闭式系统的观念，因为，任何文本都是一种互文，我们从中都可以读到其他文本。

“谈到‘文本互涉’，容易使人联想到传统文学批评中对作品源流、影响的研究。然而，‘文本互涉’并不停留于指出作品与其他前人作品的关系，也不仅仅对作品与其他作品作表面文字的排比对照。所谓‘互涉’并非仅是历时性比较，以看前者对后者的影响，而是从空间的、共时的角度出发，论述此作品与彼作品的‘互涉’关系，因为当早前的作品影响到后出作品时，从后出作品中便能读到早前的作品，两者间有相互发明的关系。……不同于传统的来源与影响研究，‘文本互涉’批评

① Julia Kristeva, Desire in language:A Semiotic Approachto Literature and Arts,ed. LeonS.Roudiez,trans. Thomas Goraetal[M]. NewYork:Columbia University Press,1980:64-66.

② 廖炳惠 . 解构批评论集 [M]. 台北 : 东大图书股份有限公司 ,1985:270.

关注的是：作品然后以‘风格模仿’、‘戏拟’或‘隐含的内在争论’等方式，对待所用到的其他文本；作家在自己的文本中，怎样运用其他人的文字，既保留其原有之意义，又赋予其新的意义”[①]。也就是说，互文性的研究并不是简单地追根溯源，说明两部作品的相似之处，而是侧重于分析新作品是如何对原有作品进行模仿和创新的。

关于《平家物语》所受中国文学的影响，到目前为止，已经有多位中日学者进行过研究和讨论。这些研究虽然都从不同的角度探讨了《平家物语》与中国文学的互文性，但缺乏整体把握，因此，十分有必要对《平家物语》与中国文学的互文性进行探讨。

这种互文性主要可以概括为以下几点：其一，直接从中国文学中吸收创作素材；其二，《平家物语》的人物造型受到了中国文学的影响；其三，《平家物语》的叙事母题和中国文学息息相关；其四，《平家物语》的叙事原则也明显地受到了中国文学的影响；其五，《平家物语》中儒道佛的叙述主题、作者的历史观和政治观也受到了中国文学的影响。其中，第四个方面的影响，即叙事原则的影响，上文已经阐释过，此处不再重复。第五个方面的影响，也即叙述主题的影响，将在下一个章节另行展开分析，在此也不再赘述。如此一来，本章节的研究就将集中在三大方面：一是《平家物语》如何借鉴和改造中国素材；二是《平家物语》人物形象的互文性；三是叙事母题的互文性。

① 周建渝.多重视野中的《三国志通俗演义》[M].北京：中国社会科学出版社，2009:8-9.

1. 借鉴和改造中国题材

首先，让我们把目光聚焦于《平家物语》对中国题材的借鉴和改造方面。这又分为两种形式：其一，直接大篇幅地讲述中国故事；其二，借用中国知名人物、历史典故，间接地评论作品中的出场人物和事件。《平家物语》中直接以中国题材命名的章节有三节，分别是第二卷第七节〈烽火之事〉、第二卷第十七节〈苏武〉以及第五卷第六节〈咸阳宫〉。

1.1《平家物语》中的“烽火戏诸侯”

在中国的史书中，周幽王与褒姒[①]被视为乱国殃民的典型，背负着昏君、女祸的恶名。据《史记》记载，幽王为博褒姒一笑，不惜烽火戏诸侯，终于失信于民。公元前771年，申后之父申侯联合鄫国、犬戎起兵，幽王举烽火示警，诸侯以为又是骗局而不愿前往。最终，幽王遭犬戎所杀，褒姒亦被劫掳。诸侯共立前太子宜臼为平王，周王室东迁。自此，西周灭亡，褒姒也被《诗经》定性为亡国之祸根：“赫赫宗周，褒姒灭之。”[②]

不仅《诗经》、《史记》，《国语》、《楚辞》、《列女传》等也都记录了幽王与褒姒的故事。这些典籍先后传入日本，据《日藏汉籍善本书录》考证，公元604年，日本推古朝圣德太子制定的《十七条宪法》曾多处引用《诗经》，由此可见，《诗经》传入日本，甚为古远[③]。而《史记》约在八世纪初期传入日本，吉备真备于750年九月担任第十一次遣唐使团副大使，再来中国时曾携带《史记》入日本[④]。另外，天平胜宝三年（751）完成的日本第一

① 褒姒，又写作褎姒、襃姒、褒妣、褒似等。本书正文中统一使用“褒姒”，引文则如实引用典籍原文中的名字。

② 王秀梅译注．诗经[M]．北京：中华书局，2016:427.

③ 严绍璗．日藏汉籍善本书录[M]．北京：中华书局，2007:59.

④ 同上书:320.

部书面文学集《怀风藻》,是日本古文献中最早运用《楚辞》的记录①。

幽王褒姒的故事传入日本后,延伸出了一些新的传说。室町时代(1336—1573)的御伽草子②《玉藻的草纸》③中,褒姒的原形则被设定成白面金毛的九尾狐,几经转世,来到日本后变身成妖妇"玉藻前"诱惑鸟羽上皇。江户时代(1603—1867)的读本④《三国恶狐传》,讲述了九尾狐先后化身为妲己、印度班足太子的王妃——华阳夫人、褒姒、玉藻前,成为危害中国、印度、日本三个国家的恶狐。即使在当代日本,幽王褒姒的故事依然不断被改编。井上靖的短篇历史小说《褒姒的笑》(1964),描写了褒姒两次发笑,第一次是幽王烽火戏诸侯时,第二次则是犬戎攻入王宫时。在作者眼中,褒姒宛若一部时间的机器,象征着左右幽王命运的无形之手。

与这些典籍相比,《平家物语》中的幽王褒姒故事,篇幅比较长,内容也很详细。

> 重盛招来主马判官盛国,吩咐道:"重盛我听闻天下将有大事发生,你通告下去,凡是英勇好汉,披挂整齐,立即来此参见。"盛国传令,众人皆道:"像小松殿下这样素日沉稳之人,发出如此命令,可见事情非同寻常。"各地武士都迅速武装,飞奔前来。淀、羽束师、宇治、冈屋、日野、劝修寺、醍醐、小黑栖、梅津、桂、大原、静原、芹生里等

① 严绍璗.日藏汉籍善本书录[M].北京:中华书局,2007:1387.

② 御伽草子,日本室町时代出现的大众文学的统称,作品取材于民间故事传说,题材多为神鬼传奇、武术冒险、启蒙教化、佛教宣传等。

③ 草纸,又名草子,是日本文学中的一种体裁,指日本中世和近世的一种群众读物,多为带插图的短篇小说。《玉藻的草纸》,意即"玉藻的故事"。

④ 所谓读本,是日本江户时代后期流行的传奇小说,受到当时中国白话小说的影响而诞生。

地的武士，匆忙间或只着铠甲未戴头盔；或带了箭却忘了弓；或只踩了一个马镫，便疾驰而来。

听闻小松殿下发出通告，聚集在西八条的数千骑军兵，也未及禀告入道公，便都高声呐喊着，来到小松殿下府上。但凡能拿弓箭的，无一人落下。此时，入道公大惊，招来贞能询问："内大臣如此召集人马，意欲何为？难不成如他刚才所言，是要讨伐入道我吗？"贞能流泪道："内大臣绝非此种人，必不会做出忤逆之事。虽然他今早说了一些狠话，但如今一定在后悔呢。"入道公觉得与内大臣翻脸并非好事，便放弃了幽禁法皇的打算，脱下铠甲，换上素绢衣，披上袈裟，心不在焉地捻起了念珠。

小松殿下命令盛国清点到的人数，有一万多。众人参见后，内大臣走出中门，向众武士高声道："诸位不违誓言，及时赶来，实在可嘉。异国中有这样的例子。周幽王最爱的后妃褒姒，乃天下第一的美人。但是，褒姒从未笑过，幽王为此颇为烦心。异国有惯例，天下发生战事时，便在各处点火，击大鼓，召集军兵。此乃烽火。有一次，天下发生战乱，点燃了烽火，褒姒见状，说：'真不可思议，火竟然可以这样点燃'，终于露出笑容。此后妃一笑百媚生，幽王大喜，此后即使无事，也经常点燃烽火。诸侯前来，才发现并无敌人，只得徒劳而返。久而久之，再无诸侯前来。有一次，邻国有凶贼来袭击幽王都城，虽然点燃了烽火，但众人皆以为又是为讨褒姒开心，便无人前来。结果都城沦陷，幽王终于灭亡。而这位后妃，则变成狐狸，不知所踪了。因此，今后倘若再有此种事情，诸位也要像今天这样，立即赶来。重盛本是听到了不可思议之事，才召集诸位。不过，再次询问后，发现乃是误报。诸位可以回去了。”众人皆离去。实际上，并非什么误报，内大臣想劝诫父亲，试探一下有多少武士肯听命于己。虽然并未打算对父亲兵戈相向，但倘若能够借此缓和入道相国的谋反之心，也不失为良策。

内大臣遵从了文宣公的教诲：“君虽不君，臣不可以不臣；父虽不父，子不可以不子。为君尽忠，为父尽孝。”法皇听闻此事，感慨道：“内大臣素怀忠义，以恩报怨。”当时的世人也都赞叹道：“正因为有如此善报，才能以大臣兼大将，仪表风度胜于常人，才智才学举世无双。”“国有谏臣，其国不亡；家有谏子，其家不败。”真是上古、末代都罕见的大臣呐！[①]

这段记载与中国故事原型大体相同，只是在结尾处表现出一些差异。褒姒变成狐狸，不知所踪了。众所周知，中国故事中狐狸变身的美女是妲己，并非褒姒。而褒姒故事传入日本后，在流传的过程中逐渐“变形”，最终也成了狐狸精。这种“变形”背后的原因，值得我们探讨。承续李暹注《千字文》的《纂图附音增广古注千字文》中，有“周发殷汤”的注释，明确出现了妲己乃九尾狐的记载。伴随着李暹注《千字文》等书籍以及佛教与道教思想的东传，狐能变化、妲己乃九尾狐等观点也传入日本。编纂于平安时代中期的日本第一部辞典《和名类聚抄》记载道：“狐：考声切韵云狐。音胡、和名(木豆禰)。兽名射干也。关中呼为野干。语讹也。孙愐切韵云狐能为妖异，至百岁化为女也。”[②]平安时代后期的学者大江匡房，收集了与狐有关的怪诞传说，写作了《狐媚记》：“嗟呼，狐媚变异，多载史籍。

① 参见附录44。

② 倭名類聚抄20卷本.毛群類第二百三十三.

殷之妲己为九尾狐,任氏为人妻。到于马嵬,为犬被获。或破郑生业,或读古冢书,或为紫衣公。"[①] 由此可见,受到中国狐文化的影响,日本也改变了上古神话中将狐视为神的传统观念,到了平安时代,已经开始出现了"妖狐"、"恶狐"等看法。

笔者认为:在这样的文化背景下,白居易的《古冢狐——戒艳色也》最终促成了褒姒狐精形象的生成。众所周知,白诗很早便传入日本。据《文德实录》仁寿元(851)年九月条记载:承和五年(838),藤原岳受从唐人货物中得到了"元白诗笔",呈献仁明天皇。元仁的《慈觉大师在唐送近录》记录了白诗于承和六年(839)被带至日本。藤原行成在其日记《权记》中写道:"临摹了新乐府上下二卷"进献给一条天皇。由这些记载可见,白诗在日本备受推崇,得到了从天皇到公卿贵族的广泛喜爱,更是被文人才子视为创作的规范。

《古冢狐——戒艳色也》描写了狐媚女子的迷惑性和危害性:忽然一笑千万态,见者十人八九迷……女为狐媚害即深,日长月增溺人心。何况褒妲之色善蛊惑,能丧人家覆人国。因此,白居易直指褒姒、妲己以色祸国,实乃狐媚女子,其危害性远甚于狐妖。虽然白居易的《古冢狐》并不认为褒姒与妲己是真正的狐精,而是讽刺她们以美色蛊惑君心,不过,这首诗歌传到日本时,妲己乃九尾狐的说法已经广为流传,而《古冢狐》将褒姒与妲己并列,或许导致了日本人误认为褒姒也同样是狐精。

《平家物语》中幽王褒姒的故事,是平重盛讲述的,目的在于告诫属下服从命令,不要效仿周幽王的部下。与此同时,他也想借这个故事劝诫父亲平清盛,希望父亲打消与后白河法皇对抗的念头。显而易见的是,《平家物语》关注的焦点并非

① 山岸德平.日本思想大系8古代政治社会思想[M].東京:株式会社岩波書店,1979:56.

为君之道，而是为臣之道。换言之，《平家物语》着眼于为臣之道，对中国幽王褒姒故事的“女色祸国”、“昏君误国”的原型进行了置换变形，体现了日本民族对秩序的服从，尤其是对天皇至高权威的维护。“顺应社会秩序、服从社会权威就被认为是善，而反抗者则被称为恶”。[①] 平清盛的恶人形象之所以在很长的一个时期内根深蒂固，就在于《平家物语》反复强调他违背臣子之道。

日本这种君臣观的形成，有其特定的社会文化背景。从历史上看，日本没有异姓权贵篡位、地方势力问鼎、武士将军称帝等事件，天皇家族自古保留至今，没有经历过改朝换代。为了顺应天皇的统治，日本从一开始就改造了中国的正统论观念。“其中认可改朝换代的因素被完全排除，而汲取并强化了正统论中皇室血缘承袭的内容。为此目的，日本必须连儒学中‘皇天无亲，唯德是辅’的理念一并改造，于是构建了《日本书纪》内的创世神话，把‘皇天无亲’直接变成‘皇天有亲’，天皇就是天神的嫡系血胤。这样，原来正统标准的分歧已经基本化解，余下的正统观念成为维护天皇万世一系、血缘承袭的依据，在中国因多次发生改朝换代而产生的思想，到日本变成拒绝改朝换代的社会意识”。[②]

正是这种天命观的差异，使得《平家物语》改变了烽火戏诸侯的主旨，将批判矛头由幽王的为君之道转为诸侯的为臣之道。在日本的正统论观念中，天皇和贵族的统治权力是天赋神授、不可动摇的，而武士统领的地位则是变化不定的，取决于其个人德行尤其是“是否忠君”。《平家物语》中，严岛大明神

① 津田左右吉．文に現はれたる我が国国民思想の研究[A]．家永三郎．歴史家の見た日本文化[C]．東京：雄山閣，1987:74.

② 乔治忠．论中日两国传统史学之“正统论”观念的异同[J]．求是，2005（2）:109-116.

将象征武士权力的节刀赠予平清盛时，便反复强调："但凡有恶行，荣华不能及子孙。"[①] 虽然平清盛是当时武士的最高统领，官职上也已经是从一品的太政大臣，但在日本贵族眼中，他只不过是维护自身统治的一枚棋子。因此，平清盛试图与贵族乃至法皇抗衡的举动，自然就成了万恶不赦的"不忠"，应该被后世的臣子引以为戒。

与此相对，平重盛自然是《平家物语》着力塑造的理想形象。正如其结尾处所评价的：法皇虽然为君不君，平重盛依然恪守臣子之道，为君尽忠；平清盛虽然为父不父，平重盛也谨守为子之礼，为父尽孝。因此，《平家物语》认为平重盛遵从了文宣公孔子的教诲，真正做到了忠臣孝子。这种"君虽不君、臣不可以不臣"的君臣观显然更有利于君王，而且，父子关系应该从属于君臣关系，因为父亲本身也是臣。用此君臣观来衡量的话，在烽火戏诸侯的故事中，过错方当然在周幽王部下。因为周幽王虽然为了褒姒屡次戏弄诸侯，实属"君虽不君"，但作为部下，"臣不可以不臣"。当周幽王再次召集诸侯时，无论是真有敌情还是再次戏弄，部下都必须及时赶来。正是从这个角度上，平重盛特意讲述了幽王褒姒的故事，以此告诫众武士。当然，平重盛命令武士效忠的"君"，并非是天皇，而是指作为武士将领的自己。

武士这种效忠主君的观念，乃日本特色的"忠"，是在中世纪漫长的战乱中逐渐形成的。正如东晋太郎所说："平安朝后，军阵间形成的本分、规律、做法等行动原理，使日本原一君万民间的忠诚关系转化为武士阶级对直接蒙受恩惠的主君的

① 大津雄一、平藤幸編．平家物語 覚一本 [M]. 東京：武藏野書院 ,2014:93.

忠诚。”[①] 日本另一位学者河合正治也曾经指出:“在武者之道中,主从意识占据重要地位。……以从者对主人的忘我献身精神为核心。”[②]《平家物语》的部分描写,也能反映这种武士的“忠”。例如,第一卷〈与殿下争道〉中,平清盛命令手下袭击摄政大臣藤原基房的仪仗队,“这些乡下武士,粗鲁莽撞,除了入道公的命令外,谁的话都不听。”[③] 由此可见,日本中世纪的武士,只效忠自己的主君,即使对方贵为摄政大臣,只要主君有令,同样敢于公然对抗。

《平家物语》努力塑造了一个“忠孝两全”的平重盛形象,在作者看来,平重盛劝诫父亲乃至公然表示要与父亲作对,非但不是大逆不道的不孝,反而是至善至孝。从作品随后所言的“国有谏臣,其国不亡;家有谏子,其家不败”来分析,平重盛宁可背负不孝的罪名也要力谏父亲,实属真正的孝子。如此,原本“忠孝不能两全”的矛盾,便被成功地消解掉了。平重盛既为后白河法皇尽了忠,又为父亲尽了孝,成为《平家物语》所推崇的“忠孝两全”的楷模。

1.2《平家物语》中的苏武故事

苏武故事出自中国史书《汉书·苏武传》,其忍辱持节、忠孝报国的精神至今仍被广泛传颂。另外,中国古代的类书《琱玉集》、启蒙书《蒙求》等,也将苏武故事收录其中。据《日本国见在书目录》[④] 记载:《汉书》、《琱玉集》、《蒙求》等典籍都曾传入日本,也先后将苏武的故事东传开来。因此,《注好选》、《今

① 東晋太郎 . 近世日本経済倫理思想史 : 江戸時代前期に於ける日本儒家の経済倫理思想の研究 [M]. 東京 : 慶応出版社 ,1944:130-131.

② 河合正治 . 中世武家社会の研究 [M]. 東京 : 吉川弘文館 ,1973:26.

③ 大津雄一、平藤幸編 . 平家物語 覚一本 [M]. 東京 : 武藏野書院 ,2014:23.

④《日本国见在书目》是日本最早的汉籍目录,共收唐及唐以前古籍 1568 部,计 17209 卷。由日本学者藤原佐世于宽平年间(889—897)奉敕编纂。

昔物语集》、《蒙求和歌》、《和汉朗咏集》等作品也引用了苏武的故事，而且对中国原型进行了一些改变。这些改变主要包括：第一，增加苏武妻子的视角，例如《和汉朗咏集》的诗歌表达了妻子的相思之情，弱化了苏武故事的政治叙事。第二，着重突出鸿雁传书的天人感应，《新撰朗咏集》、《今昔物语集》与《蒙求和歌》均属于此类，它们无视《汉书》的记载，肯定了雁书对于苏武返乡的作用。第三，强调苏武的辛苦，《注好选》着眼于白发，以此象征苏武滞留匈奴所受的种种辛苦，宣扬了佛教的无常观。在此基础上，《平家物语》所记的苏武故事，也与中国原型不尽相同。

> 古时，汉王攻胡国，初以李少卿为大将军，统兵三十万。然汉军弱，胡国兵强，汉军惨败，几乎全军覆没，只剩大将军李陵被俘虏。汉王又拜苏武为大将军，率五十万大军二次出征，可叹汉军再次大败。大将军苏武等六百三十余人，各被砍去一足，放逐偏远之地。大部分人当即死去，余者不久便相继死去，仅有苏武活了下来。他以单足支撑，捡拾山果为食。如此，春采泽中根芹，秋拾田间落穗，苦苦支撑残命。渐渐地，田中鸿雁与其相熟，不再畏惧。苏武知道雁南飞过冬，会路过自己故乡，便将心怀故国一事写成书信，系于鸿雁翅膀，道："务必送呈汉王。"及至晚秋，鸿雁果然飞到汉都。彼时汉昭帝巡幸上林苑，时近黄昏，天色昏暗悲凉。一行鸿雁飞过天际，一只落下来，啄掉翅膀上的书信。侍卫拾起，送呈昭帝，但见信中写道："臣往昔困于岩窟，徒送三春；今朝又被遗弃荒野，失一足而不屈；纵使陈尸胡国，魂魄必归，再仕汉君！"这便是雁书、雁札的由来。汉王览信，叹道："确是苏武字

迹,原来尚存胡国。”乃命将军李广再率军,讨伐胡国。此番汉军势强,终于大获全胜。消息传来,苏武挣扎着找到汉军,道:“吾便是昔年苏武。”十九年岁月,只剩单足的苏武坐在车舆中,重返故乡。他初至胡国是十六岁,始终贴身收藏汉王御赐旌节,此时方呈交昭帝。君臣见旌节,皆感叹不已。昭帝感念苏武大功,赐予广大食邑。据说后来还任命其为典属国。

李少卿滞留胡国,始终难归。无论如何恳求胡王,都未获准返回汉朝。汉王不知内情,以为其对君不忠,遂掘处双亲遗骸,鞭尸凌辱;悉数惩戒了其余亲属。李陵闻知,虽然切齿深恨,却依然念念不忘故乡,便修书一封,向汉王表明心迹。信中陈述自己迫于无奈,绝非不忠。汉王览信后,叹道:“可怜,少卿也情有可原。”对鞭尸一事也感到十分后悔。

汉朝苏武,鸿雁传书归故里;本朝康赖,海浪传歌回故乡。彼为一封书信,此为两首和歌;彼为盛世,此为末代。胡国与鬼界岛虽相隔遥远,时代虽迥然不同,情形却甚为相似,实为难得。①

上引苏武故事比较简洁,只有三段内容。第一段讲述了李陵兵败、苏武率兵再出征、兵败被俘、历经艰难、鸿雁传书、再回汉朝、得享厚禄。第二段内容是关于李陵的,包括皇帝惩罚李陵家人、李陵修书诉说痛苦、皇帝有所悔恨等情节。第三段比对了苏武的鸿雁传书与康赖的海浪传歌。

从人物身份的设定来看,《平家物语》中的苏武是带兵出

① 参见附录45。

征的大将军;从后续的鸿雁传书来看,《平家物语》肯定了雁书的真实性。笔者据此推测:《平家物语》中的苏武故事,其来源并非《汉书》,而应该是《琱玉集》。《琱玉集》是中国古代的一部重要类书,具体成书时间不详。据西野贞治考察,《琱玉集》应该成书于七世纪末至八世纪初。[①] 按照北宋《崇文总目》、南宋《通志艺文略》类书部的记录,《琱玉集》原有二十卷。但根据《日本国见在书目录》,《琱玉集》只有十五卷。《经籍访古志》也认同十五卷的说法:"《琱玉集》零本二卷。原十五卷见存十二、十四两卷……天平十九年岁在丁亥三月写。"[②] 刘全波据此考证:"按天平十九年为唐玄宗之天宝六载(747),可知《琱玉集》早在唐玄宗时期已经流传到了日本。"[③]

《琱玉集》现存的第十二卷和第十四卷,为名古屋真福寺宝生院所藏的写本,1905 年被指定为日本国宝,1933 年由日本古典保存会出版了影印本。第十二卷共四篇,分别为:聪慧、壮力、鉴识、感应。苏武的故事就收录在第十二卷、感应篇第四,原题为"苏武雁通文字"。由排列和题名可见,《琱玉集》着重突出苏武与鸿雁之间的感应。

> 苏武前汉人也。为将北伐匈奴,乃为匈奴所执。匈奴重之,用为上相,以公主配之。武终不就,乃秃武头。于阴山下役作二年,形体损瘦,谗有余命。又往追武,更授前职。武亦不就,匈奴大怒,下狱饿之。值天雨雪,武以羊毛裹雪吞之。径由九日不死,匈奴怖之。与食令活,更

---

① 西野貞治.琱玉集と敦煌石室の類書:スタイン蒐集漢文文書中の琱玉集残巻をめぐって [J]. 人文研究,1957(1):60-69.

② 森立之.经籍访古志 [A]. 海王邨古籍书目题跋丛刊目录 (8)[C]. 北京:中国书店,2007:74.

③ 刘全波.论类书在东亚汉字文化圈的流传 [J]. 敦煌学辑刊,2011(4):121.

授前任，武终不就。乃谓武曰：上相不就，求死为何。武曰：授妻为相，理为不仁。委身受死，愿做忠臣。又使武牧羊于北海。经有余年、武乃仰天曰、北来之雁、南往之鸟、有过我故乡者也。天感其意，二雁落于石穴。武作书系雁颈，飞至长安汉帝殿庭。帝读其书，始知苏武不死。遣使卅人辑金赎之。其使未达，武已走还也。出前汉书。[1]

虽然卷尾明确标示故事“出前汉书”，但仔细对比，不难发现其与《汉书》的区别。首先，就苏武的身份和使命而言，《琱玉集》记载为：“为将北伐匈奴。”关于苏武被囚的原因，也与《汉书》不同，成了兵败被俘。另外，虽然《琱玉集》也记载了匈奴劝降、苏武坚韧不屈，但没有卫律、李陵等人出场。整个劝降的过程比较简单，包括匈奴三次利诱失败、苏武的三次拒绝与受苦。起初，匈奴以高官、公主利诱；苏武拒绝，被剃成秃头，服役两年。随后，匈奴再次授予官职；苏武仍然不受，被下狱、断绝食物。第三次，匈奴又授前任官职；苏武终究不肯接受，被流放至北海牧羊。

《琱玉集》与《汉书》最大的不同，体现在雁书的真伪上。根据《琱玉集》的讲述：两只鸿雁落下，苏武将书信系于鸿雁颈部，鸿雁将信传至汉朝皇帝。这封雁书，使得汉朝得知了苏武的消息，并遣使以钱赎救。而鸿雁相助，是因为“天感其意”，这应该就是《琱玉集》将苏武归入感应篇的出发点。也就是说，《琱玉集》虽然也刻画了苏武的忠君不贰、坚韧不屈，但这些描写是为了证明苏武感动上天从而得到鸿雁相助。

将《汉书》、《琱玉集》与《平家物语》中的苏武故事进行对

① 琱玉集零本（外三种）[M]. 上海：华东师范大学出版社，2017:50-52. 后文从《琱玉集》引用的苏武故事，皆出自该书。

照，我们会发现：首先，就人物身份、使命而言，《平家物语》将苏武设定为大将军、带兵讨伐匈奴。其次，就雁书的真伪而言，《平家物语》相信其真实性。这两点都只与《琱玉集》吻合，而明显不同于《汉书》、《蒙求》。实际上，正如《琱玉集》中的苏武故事，是作为感应篇的一个例证，《平家物语》引用苏武故事的目的，也正是为康赖虔诚祈祷得到应验寻找一个先例。

因此，在具体讲述的过程中，《平家物语》的作者会有意识地突出自己想要表达的主题，删除与之无关的其他内容。就苏武故事而言，《平家物语》需要的是一个与平康赖比较类似的人物形象。而《汉书》所塑造的爱国忠臣、坚韧不屈、持节不辱的苏武形象，显然与平康赖相去甚远，毫无可比性。与此相对，《琱玉集》一改《汉书》的说法，主张鸿雁传书是真实的，将苏武故事归入感应篇，使得苏武的天人感应、与康赖的神明感应有了相通之处。换言之，与《汉书》相比，《琱玉集》中的苏武形象显然更符合《平家物语》的叙事需要。因此，《平家物语》的苏武故事才会更接近《琱玉集》。

1.3《平家物语》中的“荆轲刺秦”

荆轲刺秦的英雄壮举，在中国流传了两千多年。他为大义挺身而出、勇于牺牲的精神，得到了世人的认同，成为侠士文化的代名词。荆轲的事迹见于《战国策》、《史记》等史书，《琱玉集》等类书，《燕丹子》、《烈士传》、《东周列国志》等小说。另外，陶渊明的《咏荆轲》、骆宾王的《易水送别》、陈子昂的《燕丹子》、柳宗元的《咏荆轲》等诗歌，也对荆轲进行了文化阐释。

燕丹与荆轲的故事，也随着上述典籍传入日本。关于《史记》、《琱玉集》等书籍的传播，前文已有说明。而在“平安后期一度任摄政的藤原赖长的日记《台记》中，出现过有关《燕丹子》、《续齐谐记》、《汉武故事》等中国杂史、杂传、志怪书的记载”。[1] 此后，《注好选集》、《将门记》、《今昔物语集》、《十训抄》、《平家物语》等日本作品中也都出现了燕丹，它们将视线集中在燕丹感天，弱化了中国故事里的政治色彩，增强了燕丹叙事中的个人情感色彩。这些作品为《平家物语》中的荆轲刺秦故事奠定了基础，尤其是对燕丹形象的变容。

又寻异国先例，有燕太子丹者，被秦始皇所囚禁长达十二年。太子丹流泪道：“本国还有老母，请恩准回去探望。”秦始皇冷笑道：“待马生角、乌白头之时，便许你归国。”燕丹仰天伏地祈祷：“唯愿马生角，乌白头。得归故乡，再见老母一面。”恰逢妙音菩萨参谒灵山净土，训诫不孝之辈，孔子、颜回在震旦宣扬忠孝之道。冥显三宝，怜悯孝养之心，遂使马生出角来到宫中，乌变白头栖于庭前之树。秦始皇对乌头马角之变大为吃惊，纶言如汗，遂赦免太子丹，许其归国。但始皇仍心有不甘，便又生一计。在秦国与燕国之间有一国曰楚国。楚国有条大河，河上之桥称为楚国桥。始皇派出官军，提前设下埋伏，欲令燕丹过河之时，让他坠入河中。燕丹上桥时，果然中计，落入河中，却丝毫没有被淹，反而如履平地，行至对岸。这是何故呢？他反身去看，但见不知多少只乌龟，并排浮在水面，将自己送过河。这也是因为孝心，得到冥显垂怜。

太子丹含恨，又不肯屈服于秦始皇。始皇派出官军，意欲讨伐燕丹，燕丹害怕，请来荆轲为大臣。荆轲又去劝说田光先生。先生道：“足下是听闻田光年轻强壮时之事，才特来相邀的吧？麒麟千里，老不及驽马。吾已年老，不

① 李时人，杨彬．中国古代小说在日本的传播与影响在 [J]. 复旦学报(社会科学版)，2006（3）:121-130.

堪重用。足下还是另请高明吧。”言罢欲归，荆轲又道：“此事决不可泄露。”田光先生慨然：“大丈夫之耻，莫过于遭人怀疑。若此事泄露，必定被疑”，遂在门前李树撞头自尽。

又有勇士曰樊於期，本是秦国人，其父母、叔伯、兄弟皆被始皇所杀，故逃到燕国避难。秦皇向四海宣旨，有提樊於期首级来见者，赏黄金五百斤。荆轲闻此，来至樊於期处：“在下听闻将军头颅值黄金五百斤，请借以献秦始皇。始皇高兴而亲自查看之时，在下将拔剑刺其胸，此事便容易得手了。”樊於期兴奋而起，长叹息道：“在下父母、叔伯、兄弟皆被始皇所杀，日夜痛彻骨髓，愤恨难忍。若能诛灭秦始皇，区区头颅，轻如尘芥，即刻便拿去。”遂刎颈自亡。

又有勇士曰秦舞阳，也是秦国人。十三岁杀人，后逃至燕国，是举世无双的勇士。他怒目相对之时，大男人也气绝而亡。他笑脸相对之时，婴儿也会投其怀抱。荆轲以秦舞阳为秦朝国都的带路者，二人在一处偏僻的山野露宿时，听闻附近传来管弦声，便以音调占卜。结果敌方为水，我方为火。此时已天明，又见白虹贯日而不通。荆轲叹道：“看来此行凶多吉少啊。”

然而此时已然无法回头，二人便来至始皇都城咸阳宫。他们奏闻要献上燕国地图与樊於期首级，始皇命手下来取。荆轲又奏：“无论如何也不便假手他人，万望能当面送呈。”如此，秦皇便命按节会规格，接待燕使。咸阳宫有一万八千三百八十里，宫殿建在离地三里高的平台上，有长生殿、不老门，以金为日，以银为月，铺满珍珠砂、琉璃砂、金砂。四方有高四十丈的铁壁，宫殿上方也同样铁网密布，这是为了阻拦阎王爷派来的冥使。不过，秋雁春天回归时，铁壁成了它们自在飞行的障碍，所以，在铁壁上开了一扇铁门，让大雁通过，名曰“雁门”。都城中又有阿房殿，始皇经常临幸，在此处理政事。阿房殿高三十六丈，东西长九百米，南北长五百米，长廊里立着的旗矛虽然高五丈，却依然够不到顶。殿上覆有琉璃瓦，下以金银装饰。荆轲手捧燕国地图，秦舞阳捧着樊於期首级，登上玉阶进殿。秦舞阳眼见宫殿如此辉煌壮丽，不由色变振恐，始皇臣下生疑：“舞阳有谋反之心。刑人不在君侧，君子不近刑人，近刑人则轻死之道也。”荆轲停下，禀道：“舞阳毫无谋反之心。只是乡野之人，从未见过皇宫，才惊慌失态。”群臣方才安静下来。如此，二人来到秦王身旁，呈上燕国地图与樊於期首级。秦始皇来看，等到装有地图的箱子底部，露出一把如冰的寒剑时，大惊失色。虽有数万兵士在宫廷之上，但秦皇却被拉住衣袖，众人想救也无计可施，只能徒然悲叹天子遭遇逆贼。始皇道：“望能稍缓片刻，寡人想再听一次最爱的王后的琴音。”荆轲暂时停手。始皇有后宫三千，其中有位华阳夫人，琴技最佳。但凡听到此王后的琴音者，无论多么凶猛之人都会心平气和，飞鸟也落地，草木也摇动。何况此番是为始皇送别，夫人垂泪弹琴，琴声格外深蕴。荆轲也垂首侧耳，一时放松了杀人。夫人再奏一曲道：“七尺屏风，虽高可越，一条罗縠，可裂而绝。”荆轲不解其意，始皇却心中明了，随即扯断衣袖，飞越七尺屏风，躲到铜柱背后。荆轲急忙掷剑。恰逢御前有一当班医师，扔出药袋，撞上荆轲之剑。剑插入直径六尺的铜柱中。荆轲别无他剑，无法继续攻击。秦王回身，拔出御剑，将荆轲斩成八块。秦舞阳也被杀死。始皇又派官军，灭了燕丹。苍天不佑，白虹贯日而不通。秦始皇逃过一劫，燕丹却终于灭亡。奉承平家之人皆曰："如今的赖朝，其下场必与燕丹无异。"①

这段故事的内容与《史记》的记载大体相同，但具体细节却有诸多差别，包括一些与真实历史有出入之处，包括樊於期与秦舞阳的姓名、楚国的地理位置等。关于燕丹请来协助的人，《平家物语》略过了《史记》中的出场人物——鞠武，直接从荆轲谈起。荆轲又推荐了田光，自己前往劝说。田光推辞后，因为荆轲叮嘱"此事决不可泄露"，田光遂在门前李树撞头自尽。田光整个被邀请、婉拒、被疑、自尽的过程，不仅与鞠武无关也完全没有涉及燕丹。实际上，从荆轲出场之后，除了最后交代燕丹被灭亡的结局之外，《平家物语》都没有提及燕丹，也完全忽视了高渐离等人物。整个刺秦的故事，似乎成了荆轲一人在独自谋划、实施。因此，《平家物语》也省略了易水送别的场面。

《平家物语》省略了部分情节的同时，也改编了一些内容。燕丹想归国的原因，由"秦王遇之无礼"，演变成思念母亲。这种改写弱化了中国荆轲刺秦故事中的政治因素，突出了燕丹的个人情感色彩，拉近了其与日本普通民众之间的距离。随后，《平家物语》开始讲述燕丹感天，出现了乌白头、马生角的内容。这些情节不见于《战国策》、《史记》，《燕丹子》中虽然有，但也很简单。《平家物语》则叙述了燕丹仰天伏地祈祷，其孝心打动妙音菩萨，从而得见乌头马角的异变。如此，《平家物语》将天意置换成神意，对燕丹感天进行了变容。

"天"，是中华民族文化的核心内涵，不仅代表着自然法则，也象征着天道公平。从这个意义上而言，中国的燕丹精诚感

① 参见附录46。

天，既体现了“天人合一”又反映了中华民族“善恶有报”的集体无意识。而《平家物语》中的神佛垂怜，则映射出日本民族的多神教信仰。在外来宗教传入之前，日本民众信仰的是原始的神道教。神道教是多神教信仰，据《古事记》记载，日本有八百万诸神。而无论是本土的神还是外来的佛，都具有足够令人信服的权威。

对于《燕丹子》中的“为机发之桥，欲陷丹。丹过之，桥为不发”，《平家物语》也加入了新的解释：“他反身去看，但见不知多少只乌龟，并排浮在水面，将自己送过河。这也是因为孝心，得到冥显垂怜。”原来，秦王设下的机关并非失效，而是乌龟搭救了燕丹。中国典籍里的乌龟报恩故事，出自《晋书·毛宝传》、《搜神后记·卷十·放龟》等，主人公乃东晋毛宝。毛宝放龟的故事传入日本后，得到了日莲宗开山大和尚日莲的宣传。日莲在其所著《开目抄》（1272）、《报恩抄》（1276）等教义中，多次提及白龟报恩，以此劝诫众人。而在毛宝放龟传入之前，日本就有乌龟报恩的故事，如童话中的浦岛太郎。《平家物语》之所以特意将乌龟报恩杂糅到燕丹的故事中，应该还是为了宣扬善有善报的宗教教义。

燕丹顺利归国后，便开始策划对秦始皇的复仇行动。故事的主角也随之变换为荆轲，对田光、樊於期、秦舞阳等人的劝说也成了荆轲的自发行为。荆轲与秦舞阳动身之后，遇到了两个凶兆：一是音调占卜的结果，敌方（秦始皇）为水，我方为火；二是天明时又见白虹贯日而不通。无论是五行原理中的“水克火”，还是白虹贯日而不通，都暗示了荆轲刺秦的失败。

果然，荆轲刺秦之时出现了一个重要人物——华阳夫人，从而扭转了整个事件的结局。《燕丹子》有“乞听琴声而死。召姬人鼓琴”的内容，但叙述比较简单。《平家物语》则对这个情节加以铺陈，描写得很详细。作品先是明确了弹琴者的身份与称呼："始皇有后宫三千，其中有位华阳夫人，琴技最佳。"又叙述了琴技的高超："但凡听到此王后的琴音，无论多么凶猛之人都会心平气和，飞鸟也落地，草木也摇动。何况此番是为始皇送别，夫人垂泪弹琴，琴声格外深蕴。"正因为如此，原本杀气腾腾的荆轲，也被琴声吸引。趁此机会，华阳夫人再奏一曲，鼓励秦始皇采取果断措施。皇帝随即扯断衣袖，飞越七尺屏风，最终躲过了此劫。

《史记》中虽有华阳夫人，但人物身份却不同："安国君有所甚爱姬，立以为正夫人，号曰华阳夫人……秦昭王五十六年，薨，太子安国君立为王，华阳夫人为王后，子楚为太子。"[①] 由此可见，华阳夫人是安国君（秦孝文王）王后，深得宠爱，收子楚为养子，子楚之子正是后来的秦始皇。所以，华阳夫人应该是秦始皇的祖母，而不是《平家物语》所描述的秦始皇王后。后宫夫人弹琴解救秦始皇的描写，虽然不见于《史记》，却记载于《史记正义》。张哲俊考察后认为："《史记正义》据《燕丹子》注了这一段故事。"[②] 换言之，小说中的这段情节被后来的《史记正义》收录。《平家物语》不仅增补了弹琴者，还增加了对其琴技、荆轲听琴后的状态变化、秦始皇心理变化等方面的描写，使得这段情节显得更加真实可信。

实际上，与中国故事相比，《平家物语》的最大一处不同，在于其结尾。作品总结道："苍天不佑，白虹贯日而不通。秦始皇逃过一劫，燕丹却终于灭亡。奉承平家之人皆曰：'如今的赖朝，其下场必与燕丹无异。'"燕丹由最初的精诚感天，变成了

① 〔汉〕司马迁．史记 [M]. 北京：中华书局，2016:2203-2206.

② 张哲俊．日本谣曲《咸阳宫》：历史的叙述与文学的想像 [J]. 解放军外国语学院学报，2005（2）:104-105.

此处的"苍天不佑",《平家物语》的作者将这个转变解释为了燕丹"忘恩负义"的结果。这就意味着,《平家物语》以荆轲、燕丹等谋反不成的人比拟源赖朝,以逃过危机的秦始皇比拟平家。照此推理的话,忘记平家恩情的源赖朝,也不会得到好下场。

史实却恰恰相反,源赖朝最终大获全胜,平家则家破人亡。笔者认为,《平家物语》之所以不顾史实,特意将源赖朝比附燕丹,并非作者理解有误,而是另有原因。如前所述,《平家物语》的最大特色在于成书过程,并非某一个作家完全的虚构,而是由多位讲述者共同参与创作,使得作品呈现出"众声喧哗"的基调。源平之乱结束后,平家的故事流传于整个日本,在此过程中,不断地被丰富、再创造,最大程度地凝聚了不同阶层的民众(包括贵族、武士、庶民)的共同情感。因此,《平家物语》的成书过程,可以被视作历史转型期中日本社会心理的投影,也是日本民众集体无意识的积淀过程。《平家物语》之所以在日本被称为能够反映国民思想的"史诗",原因也正在于此。

1.4《平家物语》对其他中国故事的变容

除了上述三个长篇幅讲述的中国故事之外,《平家物语》也在其他场合引用了许多中国故事。比如,第三卷第九节〈医师问答〉中,平重盛染重病之时,父亲平清盛想为他延请宋朝名医前来医治,此番好心却遭到重盛严词拒绝。他义正词严道:

> 延喜天皇虽是圣贤明君,却召异国相士入京都,此乃贤君之过错、本朝之耻辱。更何况重盛一介凡夫,若召异国医师入王城的话,更是对国家的侮辱。汉高祖……先

言在耳,今觉甚然。重盛忝列九卿,位登三台,命运如何,全凭天意。……若其医术能保我性命,岂不是说本朝医术不精?若其医术无效,面见又有何益?身为本朝三公大臣,会见异朝浪游的来客,既是国家的耻辱,也是政道的凌迟。即使重盛为此丧命,也不能对国耻无动于衷。[①]

为了证明所言在理,平重盛还特意讲述了汉高祖刘邦拒绝医治的故事,以此作为自己拒绝医治的先例。

汉高祖提三尺之剑治天下,征讨淮南黥布时,为流矢所中。皇后吕太后迎良医入见,医曰:"此病可治。但需给吾黄金五十斤,方可医治。"高祖道:"天命庇佑时,朕身经百战,虽有负伤,皆能痊愈。而今运数将尽,人命在天,纵有扁鹊再世,也无计可施。然,若如此说,又似朕吝惜钱财。"于是,赐给医师黄金五十斤,却不使治病。[②]

这个故事出自《史记·高祖本纪第八》,将《平家物语》与《史记》对照来看,虽然所记内容大体相似,但《平家物语》增加了医师索要黄金的情节(单下画线处)。然后,又特意解释了高祖赐金的原因:"若如此说,又似朕吝惜钱财。"换言之,刘邦拒绝医治,是因为觉得"人命在天"。平重盛在拒绝医治时,也提到了"人命在天"的观点,但这并非是他拒绝的主要原因。他之所以拒绝,有两个原因。其一,重盛"身为本朝三公大臣,会见异朝浪游的来客,既是国家的耻辱,也是政道的凌迟。即使重盛为此丧命,也不能对国耻无动于衷。"其二,此人乃中国名

① 参见附录47。
② 参见附录48。

医，“若其医术能保我性命，岂不是说本朝医术不精？”由此可见，平重盛持有“神国观”，对当时的先进国家——中国有比较强烈的排斥感。

综上所述，笔者认为《平家物语》对中国故事原型进行置换变形的根本原因，就在于要使之日本化，以更符合日本民族的价值观与审美趣味。无论是增加苏武、荆轲等人物的情感因素，还是为中国故事补充燕丹母亲等女性视角；无论是以“皇天有亲、万世一系”的神国思想取代改朝换代的意识，还是以神佛庇佑代替“天人感应”，都是在将外来文化逐渐日本化。在这个过程中，日本民族也力图将本时代、本国的价值观渗透进中国故事，从而实现“古为今用”、“中为日用”，这就促成了日本文化对中国故事的变形。

2. 人物造型的互文性

关于人物造型方面，《平家物语》与中国文学的互文性的问题，迄今为止，中日两国学者的研究基本集中于项羽与源义仲的惊人相似：都是血气方刚的青年英雄；都跟随养父长大；都曾是常胜将军；最后又都英雄末路；甚至于两人死后，“不肯过江东”的他们，仍在引发无数文人墨客扼腕长叹。

仔细研读《平家物语》会发现，除项羽与义仲之外，还有许多互文性人物形象。比如，刘邦与源赖朝也存在诸多共同点：都是起兵造反的领导人，刘邦反对秦王朝的暴政，赖朝也试图推翻平家统治；都能从善如流，刘邦先入函谷关后，接受张良建议而“财物无所取，妇女无所幸”，源赖朝则听从谋士安排，放弃入主京都，蛰居镰仓等待时机；都能忍辱负重，刘邦主动提出与项羽平分天下，赖朝也巧妙地周旋于后白河法皇、平家、义仲等多方势力中间;大权独揽后,两人又都对功臣大开杀戒,刘邦杀了韩信、彭越,源赖朝则先后逼死了自己的亲弟弟,也是立下赫赫战功的两员大将——范赖和义经;两人过世后又都是夫人掌握实权,吕太后和北条政子在丈夫死后都独揽朝政长达十几年。

平清盛与秦始皇也有颇多类似:身世都存在很多疑团,清盛暗地里被传是白河天皇的儿子,嬴政与吕不韦也有着千丝万缕的联系;年轻时都金戈铁马地打下江山,开创了中日两国的第一个封建政权,秦王朝自然毋庸置疑,平清盛建立的六波罗政权也已经具备了封建政权的雏形,为镰仓幕府奠定了基础;掌权后都用暴政限制言论自由,秦始皇焚书坑儒,平清盛命令秃童监视人们言行;死后都天下大乱,最终都落得个家破人亡的悲惨下场;更加难能可贵的是,两人在客观上都促进了社会的进步,秦始皇建立了中央集权的国家,平清盛大力发展宋日贸易,积极学习宋朝文化,坚决打击阻碍社会发展的贵族势力。

除了单一人物的互文性叙述外,还有一种人物叙述的文本互涉,即团体人物群像的文本互涉。《史记》中诸侯国相互兼并,《三国志》中三足鼎立,《平家物语》中也存在相互联系、相互利用的多方势力。平安时代末期,贵族属于传统的利益团体,新兴的武士则由平家、义仲、赖朝形成三足鼎立之势。在《平家物语》前四卷,贵族与平家关系密切,共同欺压源氏;从第五卷开始,贵族逐渐疏远平家,尝试与义仲、赖朝联手;到了第七卷,就借助义仲赶走了平家;在第八卷里,他们又仰仗赖朝打败义仲;第九卷到第十一卷主要讲述了贵族与赖朝联手对付平家的经过。

3. 叙事母题的互文性

实际上,《平家物语》的叙事母题与中国文学也存在着互文性叙述。比如,第一卷第三节〈鲈鱼〉中,作者就把平家的荣华富贵说成了熊野权现的庇佑,还特意引证了《史记·周本纪》中武王伐纣时"白鱼入舟"的故事,用以说明鲈鱼跳入清盛的船里是吉兆。从"白鱼入舟"到"鲈鱼入舟",都是用鱼来暗示天降祥瑞,预示故事的主人公将吉星高照、飞黄腾达。

另外,《平家物语》中的英雄叙事母题,也与中国文学有着千丝万缕的联系。例如,《史记》中项羽的乌骓马,《三国志》中吕布的赤兔马,与《平家物语》中名为"木下"、"生食"的宝马,一起构成了"骏马配英雄"的互文性叙述。《史记》中虞姬的自刎,与《平家物语》中小宰相的殉情,也形成了"美女爱英雄"的互文性叙述。更为典型的是"英雄末路"的叙事母题,无论是霸王别姬时的楚霸王,还是惜别美女阿巴的源义仲,以及后来被兄长追杀、与静御前忍痛离别的源义仲,都让人产生了无尽的同情。

与英雄叙事母题同样经典的,当属爱情叙事母题。《平家物语》的作者在创作过程中,也多次刻意提及中国历史上的经典爱情,由此引发听众共鸣。其中,在作品中反复出现的就是《长恨歌》、《长恨歌传》中描述的唐明皇与杨贵妃之间的爱情故事了。

第一卷第七节〈二代皇后〉就讲述道:"主上惟好色,偷偷下诏高力士,在宫外搜求美人。"[①] 如此一来,二条天皇就被比拟成了唐明皇,其手下也被戏称为"高力士"。同第十节〈立东

① 大津雄一、平藤幸編 . 平家物語 覚一本 [M]. 東京 : 武蔵野書院 ,2014:17.

宫〉则把李杨爱情,放置到了后白河法皇和建春门院身上:"国母,号建春门院,出自平家一门,乃入道相国夫人、二位殿的胞妹。另外,平大纳言时忠卿,是女院兄长,乃天皇外戚。由于和朝廷、清盛都关系亲密,所以,成了权臣。凡封爵授官,全凭时忠卿。正同杨贵妃得宠时,杨国忠掌权。"[①] 巧妙地借用杨国忠,讽刺平时忠作威作福的样子。第三卷第一节〈赦免文书〉再次改变了李杨故事比拟的对象:"唐朝杨贵妃,梨花一枝春带雨,芙蓉遇风花容失,郎花因露显萎靡。"[②] 此处描写的是高仓天皇的中宫、平清盛的女儿——平德子,换言之,作者又把高仓天皇和建礼门院描述成了另一个版本的李杨故事。综观上述三个版本的李杨故事,就会发现《平家物语》在讲述李杨故事时,将侧重点聚焦在了杨贵妃的美貌以及唐明皇对杨贵妃的宠爱两个点上,虽然其中也有一些嘲讽的意味,但讽刺的对象却并不在天皇身上,再一次显示出避免正面抨击天皇的倾向。

总而言之,从文本互涉的观点出发来分析,中国文学与《平家物语》并非仅仅是历时性的影响与被影响的关系,在人物叙述方面更是共时性的相互指涉的关系。因此,我们从《平家物语》中不仅可以捕捉到中国文学的叙事模式,也可以在两部作品的对照比较中感受到两国在历史转型时期的相似特征。可以说,无论是《平家物语》中的个体人物形象,还是团体人物群像以及叙事母题等都与中国文学构成了互文性叙述,达到了历时性的影响与共时性的指涉两个层面的高度统一。而《平家物语》的作者正是在充分借鉴、吸收了《史记》、《长恨歌》等我国优秀作品精华的基础上,才创作出如此灿烂辉煌、经久不衰的经典著作的。

① 大津雄一、平藤幸編 . 平家物語 覚一本 [M]. 東京 : 武藏野書院 ,2014:21-22.
② 同上 :84.

第二节 《平家物语》的叙述主题

对于《平家物语》叙述主题的研究，始终是学术界的热点。迄今为止，中日两国的学者都从各种角度展开了广泛的讨论。其中，代表性的观点主要有两种：一是单一主题论，意即整部《平家物语》都围绕着某一个主题展开；二是多主题论，认为《平家物语》内部存在着多元化的创作主题。笔者更倾向于后者的主张，即多主题论，接下来，将对此进行探讨。

1. 佛教之盛者必衰的叙述主题

《平家物语》以著名的〈祇园精舍〉开篇："祇园精舍钟声响，诉说诸行本无常；沙罗双树花失色，盛者必衰理不亡。"① 借助佛教宣扬了盛者必衰的思想。最后一卷〈灌顶卷〉的结尾是："大院念佛的声音渐次衰弱，只见西方紫云飘拂，异香充溢庵室，空中传来仙乐……她们学着龙女顿悟的先例，效仿韦提希夫人，实现了永归净土的夙愿。"② 又以佛教的救赎，结束全篇。如此，《平家物语》就是以佛教开始、以佛教结束，而且作品中多个事件、多个人物都曾反复体现盛者必衰的道理，宣扬皈依佛祖的教诲。

首先是清盛、平家以及与平家密切相关的一些人物，在作品中经历了由盛转衰的命运。保元之乱、平治之乱后，清盛一

① 大津雄一、平藤幸编．平家物語 覚一本 [M]. 東京：武藏野書院，2014:1.

② 同上：473.

路升迁，终至太政大臣，儿孙们的仕途也很顺利，女儿们相继嫁入豪门。特别是平德子入宫，外孙即位为安德天皇，更是把平家推向了权势的巅峰。然而，常言道“物极必反”，平家由此也开始走向了下坡路，建春门院、平重盛、高仓天皇相继病逝，后白河法皇、诸大寺院和各地的源氏又开始联手反对平家，危机四起之时，清盛又病逝了。之后，平家命运一落千丈，直至最后满门被斩。

平家众多子弟所经历的命运曲线，也是由盛转衰的。比如平重衡、平维盛二人，年轻时意气风发、令人称羡，重衡被比拟成牡丹，维盛则被形容为杨梅。但后来重衡被俘被斩，维盛投海自尽，都以一种凄凉的方式作别了人间。另外，与平家密切相关的平时忠也是由盛转衰的典型，建春门院得宠之时、清盛权盛之际，平时忠的权势也达到了巅峰。但伴随着建春门院过世、平家走向下坡路，时忠的地位也是急剧下降，最后在坛浦会战时被俘，被押解至京都游街示众，终难逃流放的处罚。

源义仲的命运也经历了由盛转衰的震荡。两岁时，其父义贤就被恶源太义平所杀，义仲被母亲送到木曾兼远那里。后来，义仲掀起了反抗平家的大旗，尚未成功之时，就招来了赖朝的猜忌。无奈之下，义仲只好把长子送给赖朝作为人质。或许是忍辱负重激发了义仲的潜力，在与平家交锋的过程中，他多次出其不意，以弱胜强，在短时间内就占领了京都。义仲的命运曲线在入主京都时达到了最高潮，被法皇亲封为“朝日将军”，不仅任意索要领地，还能够左右官员的任免。但是，好景不长，义仲的行为招来了贵族的抱怨，也损害了赖朝的利益，于是赖朝发兵。义仲自然招架不住法皇和赖朝的双重夹击，在内忧外患之时，命丧黄泉。

另外，义仲掌权期间依附他的贵族，以藤原师家[1]为首，也经历了水火两重天。《平家物语》详细记载了师家的官职变化："松殿公子师家，其时是中纳言中将，在木曾的斡旋下，晋升大臣摄政。"[2]"同廿二日，新摄政师家被免，原摄政基通官复原职。仅六十天就交卸了官职，真是黄粱一梦。"[3]如此这般，藤原师家等人的运势，也跟随着义仲起起伏伏，经历了由盛转衰的过程。

同样经典的例子还见于源义经，虽然包括《平家物语》作者在内的广大日本民众对义经寄予了深切的同情，但谁也无法重新书写历史，改变义经的命运结局。义经的童年和义仲十分相像，未满两岁便失去父亲，后在母亲等人的帮助下，辗转日本各地，饱尝了生活的磨难。当他听闻同父异母的兄长——赖朝起兵的消息后，就义无反顾地投奔麾下，积极参与多场战役。战场上的义经，从来都是身先士卒，不计较个人安危，出色地完成了追缴义仲的任务，又大败平家主力。义经的才华很快得到认可，后白河法皇为其加官晋爵，但这些举动却在无形之中触怒了赖朝。赖朝一怒之下罢免了义经的兵权，让另一个弟弟范赖担任追缴平家的总指挥。多次征讨未果的情况下，无奈之下重新起用义经。义经再次有了英雄用武之地，在很短的时间内就相继攻陷了平家在屋岛、坛浦的防御，彻底消灭了平家。但是，义经的出色表现和赫赫战功，不仅没能打消兄长的猜忌，反而促使赖朝痛下杀手。义经走投无路，只得踏上逃亡之旅，最终惨死异乡。

---

① 藤原师家（1172—1238），藤原基房三子。义仲娶了基房的女儿，因此师家也就成了义仲的大舅哥。

② 大津雄一、平藤幸編．平家物語 覚一本 [M]．東京：武蔵野書院，2014:293.

③ 同上：307-308.

综观上述几位人物的命运,很多人会认为“盛者必衰”在《平家物语》是一条铁律。但实际上,依然有例外存在,比如后白河法皇和源赖朝。虽然后白河法皇的政治命运并非一帆风顺,但仍在很长时间内左右着日本的政治局势。《平家物语》是如此记载后白河法皇的结局的:“建久三年三月十三日,法皇驾崩。终年六十六,其夜瑜伽铃音沉寂,次晨一乘暗诵声断绝。”①

源赖朝也避开了“盛者必衰”的命运纠葛。举兵成功的源赖朝不仅为父亲报仇了血恨,还成功地就任为日本第一任征夷大将军,开创了镰仓幕府。为了避免重蹈平家的覆辙,源赖朝对平氏一族的子孙斩尽杀绝。同时,对于为自己立下过汗马功劳的两位前线大将、两位同父异母的弟弟——范赖和义经,赖朝也丝毫没有念及手足情深。但是,《平家物语》却根本没有批评这样一位恩将仇报、过河拆桥的冷血人物,只是在第十二卷第九节〈六代被斩〉里记述了赖朝的官职升迁:“且说建久元年(1190)十一月七日,镰仓公上洛,同九日,晋为正二位大纳言。同十一日大纳言兼右大将。不久,辞去两职,于十二月四日东下关东。”②

2. 儒家之忠孝节义的叙述主题

以上,探讨了《平家物语》中佛教盛者必衰的叙事主题。虽然作品反复强调“盛者必衰”,但后白河法皇和源赖朝却是例外。因此,不能说该法则是贯穿作品始终的叙事主题。《平家物语》中还有其他的叙述主题,比如儒家之忠孝节义,也是

① 大津雄一、平藤幸编 . 平家物語 覚一本 [M]. 東京 : 武藏野書院 ,2014:455.

② 同上 .

作品的一个重要组成部分。最能体现这个叙述主题的当属平重盛和高仓天皇二人。

首先，探讨作品中的平重盛。第二卷第四节〈小教训〉里，当重盛得知鹿谷事件后，他为藤原成亲求情，陈述了如下几点理由：其一，成亲是法皇宠臣，而且并没有叛君之罪；其二，日本极少有死刑，贸然将人处死，未免太过苛刻了，并且"死罪兴，则海内谋反者不绝"，施行暴政的结果只能是不得人心、害人害己。平重盛陈述的这两点理由，与儒家的主张密切相关。一是"君为臣之纲"，判断成亲正确与否，是以后白河法皇为标准，并不是清盛他们所主张的以平家为标准；二是"仁政"，重盛提倡"以德报怨"，这也与清盛以武力解决问题的作风大相径庭。随后，重盛又把武士们批评了一番："经远和兼康，今早对大纳言无礼，不像话。要知道重盛我迟早会知道，应该有所顾忌。乡下武士，就是这个样子。"① 这实际是在宣传儒家主张的"礼"，并以具备礼仪作为武士的重要修养之一。

重盛所列举的这些儒家思想主张，在第二卷第六节〈教训状〉、同第七节〈烽火之沙汰〉中表现得更加突出。重盛指责父亲所作所为有违儒家教诲，大谈特谈自己对君王恩典的感触："首先世有四恩。天地之恩，国王之恩，父母之恩，众生之恩。其中尤以朝恩为重。"② "其恩之重，超过千颗万颗白玉；其恩之深，胜过一染再染红绸……悲哉，为君尽忠，便须忘却比须弥山还高的父恩；痛哉，要摆脱不孝之罪，便须成为陛下的逆臣。"③ 结果，如此一番"忠孝不能两全"的慷慨陈词，再次迫使父亲放弃软禁法皇的计划。重盛违背父亲心意的举止，在《平家物语》

① 大津雄一、平藤幸编．平家物語 覚一本 [M]. 東京：武蔵野書院，2014:24.

② 同上：59.

③ 同上：60.

作者眼里，非但不是不孝，反而是至孝的典范。因为，“家有谏子其家不败”，如此甘愿背负不孝罪名的言行，实属忠言逆耳，是真正的忠孝两全。所以，作者反复引用后白河法皇的赞词、世人的赞词、古训来称赞平重盛的举止，真可谓一咏三叹。

与平重盛相比，虽然高仓天皇的言行很少直接体现儒家主张，但他被反复称颂的也是“孝”和“仁”。第三卷卷尾，当听闻父亲后白河法皇被幽禁后，高仓天皇就不再进食，托病躺在寝室里。随后，作者又开始引经据典来称颂天皇：“唐尧尊重衰老的母亲，虞舜孝敬顽固的父亲。蹈行这些圣王贤王，主上的品德实在可贵。”[①] 随后，第四卷第一节〈严岛御幸〉中，作者推测了高仓上皇临幸严岛的真正目的，为了救助父皇被软禁之苦。为了证明自己的判断，作者还特意安排高仓上皇途经鸟羽殿，前去拜见后白河法皇，再次体现出上皇的孝道。

高仓天皇的“仁政”，集中体现在第六卷第二节〈红叶〉里，作者列举了两件事来证明天皇的仁德。第1件事发生在天皇10岁左右，因为酷爱红叶，每天都要前往一处名为“红叶山”的地方欣赏，孰料在一个寒冷的清晨，差役清扫了所有的落叶，还用它们来烫酒喝。但当高仓天皇知晓后，不仅没有责罚差役，还借用“林间暖酒烧红叶”的诗句来称颂他们的风雅。第2件事发生在安元年间（1175—1177），有一次天皇外出行幸，夜半时分听得有人哭泣，讯问后得知是衣服被盗了。高仓天皇送给她更好的衣服，还派卫士将其护送回家。正因为这些“孝道”和“仁政”，《平家物语》才反复歌颂高仓天皇。天皇过世时，作者感叹道：“在位十二年，德政千万端……御年廿一，内谨守十戒，外不乱五常，礼仪端正。真乃末世贤王，世人莫不叹息，日

① 大津雄一、平藤幸编．平家物語 覚一本 [M]．東京：武蔵野書院，2014:118.

月失去光辉。天不遂人愿，黎庶福薄，人间可叹。”①

虽然《平家物语》的作者大肆渲染平重盛和高仓天皇二人的“仁义礼智信”，但儒家的教义也并不是贯穿作品始终的主题。例如源赖朝，在打败了源义仲、平家之后，非但没有推行仁政，反而对平家的子孙赶尽杀绝，连一两岁的孩子也不放过。而且，他还无情地处死了两个为自己赴汤蹈火、冲锋前线的弟弟——范赖和义经。源赖朝如此不仁不义的行为，在《平家物语》中并没有受到公开的指责，也没有为自己招致厄运。

3. 社会变革的叙事史诗的主题

以上，探讨了佛教、儒教主题，但它们都不能涵盖全篇。所以，很多学者试图寻找新的主题，备受重视的就是反映社会变革的叙事史诗。“《平家物语》虽然表面上是写‘源平争乱’中平氏一族的兴亡史，但实际反映的却是构成日本社会巨大转折的历史。因此，作品的客观意义，要比作者的主观意图大得多”②。

这个主题，起初并未得到认可。佐佐木八郎解说鹿谷事件后，就曾公开批评道：“需要注意的是，《平家物语》诸本，都在〈鹿谷〉后，与本该紧随其后的〈西光被斩〉前，插入了〈俊宽之事鹈川军〉、〈许愿〉、〈抬神舆〉、〈大内被烧〉、〈座主被流放〉、〈一行阿暗梨之事〉等数节内容。上述章节都和小说主题没什么关联，……所以把鹿谷事件作为线索解读《平家物语》时，这些旁系的记述就干扰了主题的连贯性，也影响了读

① 大津雄一、平藤幸编．平家物語 覚一本 [M]．東京：武蔵野書院，2014:198.

② 刘振瀛．试评日本中世纪文学的代表作《平家物语》[J]．国外文学，1982（2）:14-34.

者的兴趣。”[①]

要想弄明白这个问题，就必须仔细分析被定性为旁支的上述内容。〈鹈川械斗〉、〈许愿〉、〈抬神舆〉、〈大内被焚〉等章节，主要讲述了后白河法皇为首的贵族和佛教势力之间的矛盾冲突。如果把《平家物语》的主题定为平家一门的兴衰，那么贵族与佛教的矛盾确实有些跑题。但问题是，作品果真如佐佐木八郎所分析，仅仅是围绕着平家展开的吗？对此，时枝诚记在《试论〈该如何解读平家物语〉》一文中，反驳道："上述观点实质上是把《平家物语》完全看成了记述平家一族兴衰的作品。……但如果我们今天重新来解读《平家物语》，就不免对上述立场的正确性产生怀疑。作者并没有把〈鹿谷事件〉看作平家灭亡的出发点，或者说是反平家的爆发点，而是规定它为寺院势力和法皇势力的对抗。进一步说，小说作者的本意并不是单纯叙述平家兴衰史，而是要绘制平安时代末期各方势力的此消彼长和角逐抗争。"[②]

笔者赞同上述时枝诚记的观点，也就是说，小说的作者并不只是讲平家，而是把视野置于整个日本的大环境里。平安时代末期，各方力量蠢蠢欲动、争斗不休，这其中当然也包括平家，但同时也包括源氏一族、贵族、寺院等诸多势力。所以，整部《平家物语》，并非单纯是平氏一族的兴亡盛衰史，而应该是一部反映社会动荡的时代画卷。

以上，结合实例，分别探讨了佛教盛者必衰的主题、儒家仁义礼智信的主题、社会变革的叙事史诗的主题。如前所述，《平家物语》应该是一部多元化的文学作品，包括上述三大主

① 日本文学研究資料刊行会．日本文学研究資料叢書 平家物語 [C]. 東京：有精堂，1977:172.

② 同上 :175.

题在内，多个主题都是作品的有机组成部分，是作者思想主张的重要体现。另一方面，笔者认为，导致《平家物语》多主题化的根本原因，在于它的成书过程。多位立场不同、阶层各异、经历有别的作者和讲述者的参与，都在不同程度上添加或者渲染了他们各自的思想主张，共同为《平家物语》编织了一张错综复杂的主题网络。

结论

本书的研究主要围绕着叙事学视域中的《平家物语》这一主题展开,重点考察了《平家物语》的人物形象、叙事策略、叙事结构、叙述文体、叙述文本等方面的诸多问题。

第一章分析了《平家物语》的人物形象与叙事手法。第一节"人物形象的主要特征",总结了人物形象的特征:出场人物阶层的广泛性;出场人物性格的独特性;出场人物命运的悲剧性。第二节"塑造人物的叙事手法",分析了《平家物语》中类比手法、对比手法、衬托手法的巧妙运用及其营造的叙事效果。第三节"圆形人物"和"扁平人物"的研究,以几个代表性的人物为例,分别探讨了他们的典型特征。援引作品中大量翔实的例子,注重于细微之处发掘作品的主题思想、管窥作者的叙事意图,尤其是侧重探讨《平家物语》文本内不同人物之间的横向关联以及同一人物在不同历史时期、不同章节间的纵向变化,力图从横向比较和纵向比较两个维度来加深对作品的理解和把握。

第二章从叙事策略的角度分析了《平家物语》的叙事特点。第一节"叙事原则"设定了两个研究角度:一是"写实与虚构的完美统一";二是"编年与纪传的纵横交错",分别结合作品的具体实例,进行了详细的阐述。第二节"叙事视角"的研究,具体分析了《平家物语》中全知视角的运用、限知视角的运用、视角的转换和流动,并通过具体例证总结了《平家物语》的叙事特点:通篇基本上采用全知视角;但在某些特定的场合下,为了达到某种特殊的叙事效果,作者也会选用限知视角;总体来说,在《平家物语》内部,全知视角和限知视角不断流动、交替运用,营造出了良好的叙事时空的转换。

第三章从叙事结构的角度分析了《平家物语》的特色,重点考察了打破时空顺序、造成时空倒错的几种叙事手法及其各自的叙事效果。第一节"预示性叙述"部分,借助表格的形式,对《平家物语》中大量运用的预叙手法进行了细致的梳理,在此基础上,总结了预叙发达的原因。预叙的发达不仅体现了佛教因果报应思想的影响,还与读者的结果期待心理密切关联。随后,分别探讨了插叙、补叙、倒叙、分叙等叙事手法的运用及其各自的叙事效果。《平家物语》虽然是一部以编年体为叙事主线的文学作品,但作者并没有囿于叙事先后顺序的僵化格局,而是恰到好处地采用了预叙、插叙等多种叙事手法,打破了叙事时空的限制,营造出了不拘一格、富于变化的行文特征。

第四章考察了《平家物语》的叙述文体和叙事话语。叙述文体方面,分门别类、详细梳理归纳了作品中出现的和歌、连歌、狂歌、歌谣等韵文体及其各自的特点,进而总结了整部作品中散韵结合、错落有致的叙述风格,并把这种叙述风格归因于"觉一本"《平家物语》作为话本的文体。随后,集中精力探讨了作者的叙事话语、出场人物的叙事话语以及整部作品中众声喧哗的"复调"特征。从中总结出了《平家物语》并非由单一的儒家伦理观念所支配,也不是片面地强调神佛的权威性,而是让道、佛以及其他意识形态之间形成对话关系,并且让这些不同的思想意识形态通过各自的代言人,在作品中发出不同的声音,并在这个对话过程中形成众声喧哗的场面。

第五章关注了《平家物语》的叙述文本,从叙事文本的互文性和作品的叙述主题两个角度展开了分析。叙事文本的互文性部分,探讨了《平家物语》对中国题材的借鉴与效仿、人物造型的互文性、叙事母题的互文性。作品的叙述主题部分，又进一步梳理了《平家物语》的多个主题及其成因，并据此得出结论：《平家物语》是一部多主题的文学作品。随后，又结合《平家物语》的成书过程，探讨了其中的原因所在：正是多位立场不同、阶层各异、经历有别的作者和讲述者的参与，才在不同程度上添加或者渲染了他们各自的思想主张，共同为《平家物语》编织了一张多综复杂的主题网络。

尤为有意思的是，《平家物语》虽然大量、长篇幅引用了中国故事，却也对它们进行了“变形”。平重盛讲述的幽王褒姒故事，将批判的对象由“为君之道”转为“为臣之道”。荆轲刺秦故事也是如此，它没有褒奖荆轲等人的侠义精神，而是将燕丹视为忘恩负义之人，忘却了秦始皇许其归国的恩情，同样表现出避免批评“为君之道”的倾向。这些置换变形的根本原因，就在于要使中国故事符合日本民族的价值观，特别是“皇天有亲、万世一系”的国体。如此，“日本化”后的中国故事，就成为作者宣扬日本价值观的道具。

综上所述，本书的研究主要遵循着由浅入深、循序渐进的研究思路，先分析《平家物语》中的人物形象，再逐步深入挖掘《平家物语》的叙事策略、叙事手法、文体特征、叙述文本等。概而言之，作为话本的觉一本拥有多位作者和讲述者，所以，作品的叙述呈现出多义性、多面性，作品的主题也存在着多重化的倾向。一方面，这为我们在今天重新解读、解构作品的意义提供了可能；另一方面，也要求我们更深入、更细致地挖掘材料，尤其是细读《平家物语》原典，在探讨作品的叙事效果的同时，注重于字里行间中窥探作者的主观叙事意图。当然，由于篇幅、资料以及笔者的个人能力所限，本书还有许多不够完备之处，有待今后的研究不断丰富其内涵。

参考文献

日文专著（按作者姓氏的五十音图顺序排列）

1. 青山学院大学文学部日本文学科編．国際学術シンポジウム 海を渡る文学——日本と東アジアの物語・詩・絵画・芸能——[C]. 東京：株式会社新典社，2007.

2. 赤松俊秀．平家物語の研究 [M]. 東京：法蔵館，1980.

3. 安西篤子，山本藤枝ら著．人物日本の女性史　第三巻　源平争乱期の女性 [M]. 東京：株式会社集英社，1990.

4. 家永三郎．日本文化史 [M]. 東京：株式会社岩波書店，1984.

5. 石母田正．平家物語 [M]. 東京：株式会社岩波書店，1985.

6. 市古貞次校注．平家物語 [M]. 東京：株式会社小学館，1973.

7. 市古貞次．中世文学点描 [M]. 東京：株式会社桜楓社，1985.

8. 市古貞次．中世小説の研究 [M]. 東京：東京大学出版会，1978.

9. 市古貞次．平家物語研究事典 [M]. 東京：株式会社明治書院，1978.

10. 板坂耀子．平家物語 [M]. 東京：中央公論新社，2005.

11. 井上光貞，永原慶二，児玉幸多，大久保利謙編．日本歴史大系普及版 3 貴族政治と武士 [C]. 東京：株式会社山川出版社，1995.

12. 井上光貞，永原慶二，児玉幸多，大久保利謙編．日本歴史大系普及版 4 武士政権の形成 [C]. 東京：株式会社山川出版社，1996.

13. 入間田宣夫．日本の歴史　⑦　武者の世に [C]. 東京：株式会社集英社，1991.

14. 上横手雅敬，元木泰雄，勝山清資．日本の中世 8 院政と平氏、鎌倉政権 [M]. 東京：中央公論新社，2002.

15. 大隅和雄．中世　歴史と文学のあいだ [M]. 東京：株式会社吉川弘文館，1993.

16. 大曽根章介，久保田淳，等．研究資料日本古典文学　第二巻　歴史·歴史物語·軍記 [C]. 東京：株式会社明治書院，1983.

17. 大津雄一，日下力，佐伯真一，櫻井陽子編．平家物語大事典 [C]. 東京：東京書籍株式会社，2010.

18. 笠原一男．物語日本の歴史·第八巻—おごる平家—[C]. 東京：株式会社木耳社，1996.

19. 笠原一男．物語日本の歴史·第九巻—崩れゆく平家—[C]. 東京：株式会社木耳社，1996.

20. 笠原一男．物語日本の歴史·第十巻—源平の戦い—[C]. 東京：株式会社木耳社，1997.

21. 笠原一男．物語日本の歴史·第十一巻—鎌倉びとの哀歓—[C]. 東京：株式会社木耳社，1997.

22. 小峯和明．『平家物語』の転生と再生 [C]. 東京：有限会社笠間書院，2003.

23. 梶原正昭．軍記文学研究叢書 6　平家物語主題·構想·表現 [M]. 東京：汲古書院，2001.

24. 梶原正昭．平家物語（古典講読シリーズ）[M]. 東京：

株式会社岩波書店 ,2001.

25. 梶原正昭 , 山下宏明校注 . 平家物語　上新日本古典文学大系 44[M]. 東京 : 株式会社岩波書店 ,1999.

26. 梶原正昭 , 山下宏明校注 . 平家物語　下新日本古典文学大系 45[M]. 東京 : 株式会社岩波書店 ,1998.

27. 梶原正昭 . 軍記文学の位相 [M]. 東京 : 汲古書院 ,1998.

28. 梶原正昭 , 梶原正昭先生古稀記念論文集刊行会 . 軍記物語の系譜と展開 [C]. 東京 : 汲古書院 ,1998.

29. 梶原正昭 . 鑑賞日本の古典 11　平家物語 [M]. 東京 : 尚学図書 ,1982.

30. 川合康 . 源平合戦の虚像を剥ぐ [C]. 東京 : 株式会社講談社 ,1997.

31. 神田より子 , 俵木悟 . 民俗小事典 [C]. 東京 : 株式会社吉川弘文館 ,2010.

32. 北川忠彦 . 軍記物論考 [M]. 東京 : 三弥井書店 ,1989.

33. 北川忠彦 . 軍記物の系譜 [M]. 東京 : 世界思想出版社 ,1985.

34. 北原保雄 . 日本の古典——名著への招待—— [M]. 東京 : 大修館書店 ,1986.

35. 日下力 . 平家物語転読 [M]. 東京 : 有限会社笠間書院 ,2006.

36. 黒田彰 . 中世説話の文学史的環境 [M]. 大阪 : 有限会社和泉書院 ,1987.

37. 国文学研究資料館 . 軍記物語とその劇化 [M]. 京都 : 株式会社臨川書店 ,2000.

38. 小島孝之 . 説話の界域 [C]. 東京 : 有限会社笠間書院 ,2006.

39. 小峯和明.『平家物語』の転生と再生 [M]. 東京：有限会社笠間書院,2003.

40. 小峯和明. 説話の言説——中世の表現と歴史叙述 [M]. 東京：株式会社森話社,2002.

41. 五味文彦. 日本の時代史　8　京·鎌倉の王権 [C]. 東京：株式会社弘文館,2003.

42. 五味文彦. 武士と文士の中世史 [M]. 東京：財団法人東京大学出版会,1992.

43. 五味文彦,櫻井陽子編集. 平家物語図典 [M]. 東京：株式会社小学館,2005.

44. 佐伯真一. 物語の舞台を歩く [M]. 東京：明和印刷株式会社,2005.

45. 佐伯真一,小秋元段. 日本文学研究論文集成 14　平家物語·太平記 [C]. 東京：若草書房,1999.

46. 榊原千鶴. 平家物語　創造と享受 [M]. 東京：三弥井書店,1998.

47. 清水賢一. 平家物語考察　続 [M]. 東京：株式会社近代文芸社,2001.

48. 白根靖大. 中世の王朝社会と院政 [M]. 東京：株式会社吉川弘文館,2000.

49. 杉本圭三郎. 平家物語　全訳注 [M]. 東京：株式会社講談社,1979.

50. 砂川博. 平家物語新考 [M]. 東京：株式会社東京美術,1982.

51. 説話と説話文学の会. 説話論集　第二集　説話と軍記物語 [C]. 大阪：清文堂出版株式会社,1992.

52. 増補「史料大成」刊行会. 増補「史料大成」山槐記

三 [C]. 京都 : 株式会社臨川書店 ,1965.
53. 高木市之助等校注 . 日本古典文学大系 32 平家物语上 [M]. 東京 : 岩波書店 ,1987.
54. 高木市之助等校注 . 日本古典文学大系 33 平家物语下 [M]. 東京 : 岩波書店 ,1988.
55. 高橋秀樹 . 古記録入門 [M]. 東京 : 東京堂出版社 ,2005.
56. 高橋昌明 . 清盛以前——伊勢平氏の興隆—— [M]. 東京 : 平凡社 ,1984.
57. 多賀宗隼 . 論集　中世文化史　上　公家武家篇 [M]. 京都 : 株式会社法蔵館 ,1985.
58. 田端泰子 . 日本中世の女性 [M]. 東京 : 株式会社吉川弘文館 ,1996.
59. 武久堅 . 平家物語発生考 [M]. 東京 : 株式会社おうふう ,1999.
60. 武久堅 . 平家物語の全体像 [M]. 大阪 : 和泉書院 , 1996.
61. 武久堅 . 日本文学研究大成　平家物語Ⅰ [C]. 東京 : 株式会社国書刊行会 ,1990.
62. 武久堅 . 平家物語成立過程考 [M]. 東京 : 桜楓社 ,1986.
63. 谷宏 . 古典とその時代Ⅳ　平家物語 [M]. 東京 : 三一書房 ,1985.
64. 谷宏 . 中世文学の達成 [M]. 東京 : 三一書房 ,1971.
65. 谷山茂 . 谷山茂著作集　六　平家の歌人たち [M]. 東京 : 株式会社角川書店 ,1984.
66. 棚橋光男 . 後白河法皇 [M]. 東京 : 株式会社講談社 ,1995.
67. 角田文衛 . 平家後抄(上)(下)[M]. 東京 : 株式会社講

談社，2006.

68. 富倉徳次郎．鑑賞　日本古典文学　第 19 巻　平家物語 [C]. 東京：株式会社角川書店，1983.

69. 中村吉治．武家の歴史 [M]. 東京：株式会社岩波書店，1970.

70. 永積安明．平家物語の構想 [M]. 東京：株式会社岩波書店，1989.

71. 永積安明．平家物語を読む [M]. 東京：株式会社岩波書店，1986.

72. 永積安明．図説日本の古典 9　平家物語 [M]. 東京：株式会社集英社，1979.

73. 永藤靖．中世日本文学と時間意識 [M]. 東京：株式会社未来社，1984.

74. 西口順子．中世女性と仏教 [M]. 京都：株式会社法蔵館，2006.

75. 西口順子．中世を考える　仏と女 [C]. 東京：株式会社吉川弘文館，1997.

76. 西田直敏．平家物語の文体論的研究 [M]. 東京：株式会社明治書院，1978.

77. 日本文学研究資料刊行会．日本文学研究資料叢書　平家物語 [C]. 東京：株式会社有精堂，1977.

78. 橋本治．院政の日本人　双調平家物語ノートに [M]. 東京：株式会社講談社，2009.

79. 早川厚一．平家物語を読む—成立の謎をさぐる—[M]. 大阪：和泉書院，2000.

80. 林屋辰三郎等編．史料大系 日本の歴史第 2 巻 [C]. 大阪：大阪書籍株式会社，1979.

81. 原田芳起 . 探究日本文学中古、中世編 [C]. 東京 : 株式会社風間書房 ,1979.

82. 春田宣 . 中世説話文学論考 [M]. 東京 : 株式会社おうふう ,1996.

83. 兵藤祐己 . 平家物語－＜語り＞のテクスト [M]. 東京 : 株式会社筑摩書房 ,1998.

84. 兵藤祐己 . 日本文学研究資料新集 7　平家物語・語りと原態 [M]. 東京 : 有精堂出版株式会社 ,1987.

85. 兵藤祐己 . 語り物序説——「平家」語りの発生と表現—— [M]. 東京 : 有精堂出版株式会社 ,1985.

86. 平田俊春 . 平家物語の批判的研究　上巻、中巻、下巻 [M]. 東京 : 株式会社国書刊行会 ,1990.

87. 福田晃 . 民俗民芸双書 66　軍記物語と民間伝承 [M]. 東京 : 岩崎美術社 ,1979.

88. 細川涼一 . 平家物語の女たち－大力・尼・白拍子 [M]. 東京 : 株式会社講談社 ,1998.

89. 本郷和人 . 人物を読む　日本中世史　頼朝から信長へ [M]. 東京 : 株式会社講談社 ,2006.

90. 正木信一 .「平家物語」－内から外から－ [M]. 東京 : 株式会社新日本出版社 ,1996.

91. 増田欣 . 中世文芸比較文学論考 [M]. 東京 : 汲古書院 ,2002.

92. 松尾葦江 . 中世文学研究叢書　軍記物語論究 [M]. 東京 : 若草書房 ,1996.

93. 松尾葦江 . 平家物語論究 [M]. 東京 : 株式会社明治書院 ,1985.

94. 松尾美恵子 . 異形の平家物語　竜と天狗と清盛と

[M]. 大阪：和泉書院 ,1999.

95. 水原一 . 延慶本平家物語考証　一 [C]. 東京：株式会社新典社 ,1992.

96. 水原一 . 延慶本平家物語考証　二 [C]. 東京：株式会社新典社 ,1993.

97. 水原一 . 延慶本平家物語考証　三 [C]. 東京：株式会社新典社 ,1994.

98. 水原一 . 伝承と様式Ⅲ　伝承の古層—歴史·軍記·神話— [C]. 東京：株式会社桜楓社 ,1991.

99. 水原一 . 平家物語の世界　上 [M]. 東京：日本放送出版協会 ,1976.

100. 水原一 . 平家物語の世界　下 [M]. 東京：日本放送出版協会 ,1976.

日文论文

1. 阿部泰記 . 対比中日王昭君故事的演変 [J]. アジアの歴史と文化 ,2010(3):121-135.

2. 池田敬子 .『平家物語』と『太平記』のことば [J]. 国語と国文学 ,2008(11):35-45.

3. 伊藤一重 . 平家物語における人を示す表現について—覚一本·自称 [J]. 豊田工業高等専門学校研究紀要 ,2004(3):141-154.

4. 大津雄一 .『平家物語』とロマン主義 [J]. 軍記と語り物 ,2007(3):172-182.

5. 沖本幸子 . 遊女白拍子と今様——白拍子舞イメージの形成と『平家物語』[J]. 軍記と語り物 ,2011(3):30-38.

6. 尾ノ上尚恵 .『平家物語』における平頼盛の人物

像——ふた心の意味 [J]. 広島女学院大学 ,2010(12):13-32.

7. 日下力 .『平家物語』は叙事詩か——対比論的に [J]. 国文学研究 ,2008(3):48-59.

8. 佐伯真一 .『平家物語』のおごり [J]. 国語と国文学 ,2007(2):1-13.

9. 櫻井陽子 .『平家物語』と周辺諸作品との交響 [J]. 軍記と語り物 ,2010(3):92-103.

10. 高山善行 .『平家物語』の対人配慮表現——「断り」表現を中心に [J]. 国語と国文学 ,2009(3):63-70.

11. 武久堅 . 平家物語は何を語るか——「流人頼朝謀反への共鳴」と、その物語的構築 [J]. 軍記と語り物 ,2010(3):1-12.

12. 長谷川靖子 .『平家物語』における平惟盛 [J]. 学芸古典文学 ,2011(4):115-130.

13. 橋口晋作 .「平家物語」の中の日本と外国 [J]. 鹿児島県立短期大学紀要 ,1993(4):1-10.

14. 原田敦史 .『平家物語』語り本の形成——巻六の叙述を中心に [J]. 国語と国文学 ,2011(6):35-52.

15. 山下宏明 .『平家物語』の語りを読むということ [J]. 国文学 : 解釈と鑑賞 ,2011 (7):100-111.

16. 山本一 .『平家物語』等に見える「夢(を)見す」「議勢」の二語彙について [J]. 金沢大学教育学部紀要 ,2005(2):73-78.

17. 松尾葦江 . 平家物語と死——物語の救済 [J]. 国文学 : 解釈と鑑賞 ,2009(8):44-51.

18. 間々田美弥子 .『平家物語』の中の平宗盛像 : 諸本間の比較を通じて [J]. 日本文学 ,2010 (3):111-125.

中文专著(含译著)(按作者姓氏拼音排序)

1. 北京日本学研究中心文学研究室著 . 日本古典文学大辞典 [Z]. 北京 : 人民文学出版社 ,2005.

2. 北京市中日文化交流史研究会编 . 中日文化交流史论文集 [C]. 北京 : 人民出版社 ,1982.

3. 曹顺庆 . 比较文学学 [C]. 成都 : 四川大学出版社 ,2005.

4. 陈宁 . 通识中国古典小说 [M]. 西安 : 陕西人民出版社 ,2009.

5. 陈召荣 . 流浪母题与西方文学经典阐释 [M]. 北京 : 中国社会科学出版社 ,2006.

6. 丁敏 . 中国佛教文学的古典与现代 : 主题与叙事 [M]. 长沙 : 岳麓书社 ,2007.

7. 董上德 . 古代戏曲小说叙事研究 [M]. 广州 : 广东高等教育出版社 ,2007.

8. 渡边洋著 , 张青译 . 比较文学研究导论 [M]. 北京 : 中国社会科学出版社 ,2007.

9.[俄] 李福清 . 古典小说与传统(李福清汉学论集)[M]. 北京 : 中华书局 ,2003.

10. 高文汉 . 中日古代文学比较研究 [M]. 济南 : 山东大学出版社 ,1999.

11. 顾也力、陈多友主编 . 全球地域化语境下中国文学与日本文学研究前沿文存 :2005 年广州国际学术研讨会纪要 [C]. 广州 : 汕头大学出版社 ,2006.

12. 郭瑞林 .《三国演义》的文化解读 [M]. 上海 : 上海古籍出版社 ,2006.

13.[荷] 米克·巴尔著 , 谭君强译 . 叙述学 : 叙事理论导论(第二版)[M]. 北京 : 中国社会科学出版社 ,2005.

14. 胡兰成 . 中国文学史话 [M]. 上海 : 上海社会科学院出版社 ,2004.

15. 胡适 . 白话文学史 [M]. 北京 : 团结出版社 ,2006.

16. 黄永林 . 大众视野与民间立场 [M]. 北京 : 新华出版社 ,2005.

17. 季羡林 . 比较文学与民间文学 [M]. 北京 : 北京大学出版社 ,1997.

18. 金文峰 .《徒然草》受中日古典文学的影响 [M]. 上海 : 上海交通大学出版社 ,2009.

19. 李广仓 . 结构主义文学批评方法研究 [M]. 长沙 : 湖南大学出版社 ,2006.

20. 李庆信 . 红楼梦叙事论稿 [M]. 北京 : 社会科学文献出版社 ,2011.

21. 李少雍 . 司马迁纪传文学论稿 [M]. 重庆 : 重庆出版社 ,1987.

22. 李寅生 . 论宋元时期的中日文化交流及相互影响 [M]. 成都 : 巴蜀书社 ,2007.

23. 刘安武 . 印度文学和中国文学比较研究 [M]. 北京 : 中国国际广播出版社 ,2005.

24. 刘象愚 . 从比较文学到比较文化 [M]. 上海 : 复旦大学出版社 ,2011.

25. 罗叔华 . 中国叙事之学结构、历史与比较的维度 [M]. 北京 : 中国社会科学出版社 ,2008.

26.[美] 保罗·德曼著 , 李自修等译 . 解构之图 [M]. 北京 : 中国社会科学出版社 ,1998.

27.[美] 华莱士·马丁著 , 伍晓明译 . 当代叙事学 [M]. 北京 : 北京大学出版社 ,2005.

28.[美] J. 希利斯·米勒著，申丹译 . 解读叙事 [M]. 北京：北京大学出版社 ,2002.

29.[美] J. 希利斯·米勒著，郭英剑等译 . 重申解构主义 [M]. 北京：中国社会科学出版社 ,1998.

30.[美] 鲁恩·本尼迪克特著，吕万和，熊达云，王智新译 . 菊与刀——日本文化的类型 [M]. 北京：商务印书馆 ,2007.

31.[美] 迈克尔·莱恩著，赵彦秋译 . 文学作品的多重解读 [M]. 北京：北京大学出版社 ,2006.

32.[美] 苏珊·S. 兰瑟著，黄必康译 . 虚构的权威女性作家与叙述声言 [M]. 北京：北京大学出版社 ,2003.

33.[美] 詹姆斯·费伦著，马海良译 . 新叙事学 [M]. 北京：北京大学出版社 ,2002.

34. 牛景丽 .《太平广记》的传播与影响 [M]. 天津：南开大学出版社 ,2008.

35. 邱岭，吴芳龄著 .《三国演义》在日本 [M]. 银川：宁夏人民出版社 ,2006.

36.[日] 河合隼雄著，范作申译 . 日本人的传说与心灵 [M]. 北京：生活·读书·新知三联书店 ,2007.

37.[日] 和辻哲郎著，陈力卫译 . 风土 [M]. 北京：商务印书馆 ,2006.

38.[日] 加藤周一著，彭曦译 . 日本文化中的时间与空间 [M]. 南京：南京大学出版社 ,2010.

39.[日] 加藤周一著，杨铁婴译 . 日本文化的杂种性 [M]. 长春：吉林人民出版社 ,1991.

40.[日] 宫崎市定著，赵翻，杨晓钟译 . 宫崎市定说水浒：虚构的好汉与掩藏的历史 [M]. 西安：陕西人民出版社 ,2008.

41.[日] 中村熊二郎著，孙彬译 . 日本文化中的恶与罪 [M].

北京：北京大学出版社，2005.
42. 申丹．叙述学与小说文体学研究 [M]. 北京：北京大学出版社，1998.
43. 申丹韩加明王丽亚．英美小说叙事理论研究 [M]. 北京：北京大学出版社，2006.
44. 申丹，王丽亚．西方叙事学：经典与后经典 [M]. 北京：北京大学出版社，2010.
45. 宿久高．中世文学史 [M]. 长春：吉林大学出版社，1994.
46. 宿久高．中日新感觉派文学研究 [M]. 长春：吉林大学出版社，2010.
47. 孙绍先．英雄之死与美人迟暮 [M]. 北京：社会科学文献出版社，2000.
48. 孙逊．中国古代小说与宗教 [M]. 上海：复旦大学出版社，2003.
49. 索绍武．比较文学论要 [M]. 北京：民族出版社，2004.
50. 万晴川．中国古代小说与方术文化 [M]. 北京：中国社会科学出版社，2005.
51. 丸山清子著．申非译．白氏文集与源氏物语 [M]. 北京：国际文化出版公司，1985.
52. 王立．佛经文学与古代小说母题比较研究 [M]. 北京：昆仑出版社，2006.
53. 王立．中国古代文学主题学思想研究 [M]. 天津：天津教育出版社，2008.
54. 王凌．形式与细读：古代白话小说文体研究 [M]. 北京：人民出版社，2010.
55. 王庆华．话本小说文体研究 [M]. 上海：华东师范大学出版社，2006.

56. 王平 . 中国古代小说叙事研究 [M]. 石家庄 : 河北人民出版社 ,2003.

57. 王冉冉 . 史记讲读 [M]. 上海 : 华东师范大学出版社 ,2006.

58. 王向远 . 王向远著作集中国题材日本文学史 (第四卷) [M]. 银川 : 宁夏人民出版社 ,2007.

59. 王向远 . 源头活水——日本当代历史小说与中国历史文化 [M]. 银川 : 宁夏人民出版社 ,2006.

60. 王晓平 . 远传的衣钵——日本传衍的敦煌佛教文学 [M]. 银川 : 宁夏人民出版社 ,2005.

61. 王昕 . 话本小说的历史与叙事 [M]. 北京 : 中华书局 ,2002.

62. 王一川主编 . 西方文论史教程 [C]. 北京 : 北京大学出版社 ,2009.

63. 汪正龙 . 文学意义研究 [M]. 南京 : 南京大学出版社 ,2002.

64. 吴波 . 明清小说创作与接受研究 [M]. 长沙 : 湖南人民出版社 ,2006.

65. 无名氏著 , 王玉华译 . 平家物语 [M]. 昆明 : 云南人民出版社 ,2002.

66. 无名氏著 , 申非译 . 叶渭渠导读、图解 [M]. 上海 : 上海三联书店 ,2005.

67. 无名氏著 , 周作人译 . 平家物语 [M]. 北京 : 中国对外翻译出版公司 ,2001.

68. 徐岱 . 小说叙事学 [M]. 北京 : 商务印书馆 ,2010.

中文论文

1. 董岳州 . 论《平家物语》中的武士价值观念 [J]. 湖南工程学院学报 ,2006（3）:54-56.

2. 窦雪琴 .《平家物语》的中国镜像 [J]. 名作欣赏 ,2008

（7）:112-114.

3. 胡水清 . 日本文学中英雄崇拜的雏形——战记物语中的武士道精神 [J]. 榆林学院学报 ,2008（5）:79-81.

4. 焦欣波 . 暴力叙事与诗学批评——《平家物语》的暴力美学 [J]. 四川教育学院学报 ,2007（11）:40-43.

5. 金文京 . 军记物语和中国文学 [J]. 日语学习与研究 ,2009（2）:58-64.

6. 李芳 . 论《三国演义》与《平家物语》中武人群像的民族特征 [J]. 湖北民族学院学报（哲学社会科学版）,2006（5）:68-72.

7. 李树果 .《平家物语》和《三国演义》——战记物语和演义小说的比较 [J]. 日语学习与研究 ,1990（1）:25-30.

8. 李蔚 , 董滇红 . 从考古发现看唐宋时期博多地区与明州间的贸易往来 [J]. 宁波大学学报（人文科学版）,2007（5）:81-85.

9. 李英武 .《三国演义》与《平家物语》艺术特色之比较 [J]. 东北亚论坛 ,1996（1）:88-93.

10. 李志艳 . 中国古典小说叙事话语的诗性特征——以四大名著叙事话语中的诗歌为例 [J]. 世界文学评论 ,2009（2）:288-289.

11. 林岚 .《平家物语》的唯美情趣 [J]. 日本研究 ,2005（2）:69-72.

12. 林岚 . 物语的叙述与文化记忆——关于日本古典文学中琵琶“玄上”的故事 [J]. 日本学论坛 ,2007（3）:70-74.

13. 刘振瀛 . 试评日本中世纪文学的代表作《平家物语》[J]. 国外文学 ,1982（2）:14-34.

14. 邱鸣 . 论《史记》对日本军记文学之影响——以《太平

记》研究为中心 [J]. 日语学习与研究 ,2009（4）:41-44.

15. 邱鸣 . 中日古典小说虚构的异同——中日军记小说中应验描写比较 [J]. 日语学习与研究 ,2005（2）:55-58.

16. 邱岭 .《史记·项羽本纪》与《太平记》中的楚汉故事 [J]. 外国文学研究 ,1994（1）:29-35.

17. 日下力 .《平家物语》的历史意蕴 [J]. 日本研究 ,2005（2）:64-68.

18. 邵艳平 . 再论《平家物语》中的平清盛形象 [D]. 长春 : 吉林大学外国语学院 ,2006.

19. 沈乃文 . 新发现的日本珍贵文物——平清盛泥金写本《阿弥陀经》[J]. 文物 ,2004（8）:75-78.

20. 宿久高 . 日本古典诗歌的种类与形式 [J]. 日语学习与研究 ,2003（3）:41-45.

21. 田中尚子 .《太平记》与《三国演义》的比较——论张飞的艺术形象 [J]. 日本研究 ,2005（2）:79-82.

22. 王侃 . 论解构主义文学批评 [J]. 浙江师范大学学报(社会科学版),2011（2）:58-62.

23. 王凌 .《红楼梦》中“同梦”情节审美功能初探 [J]. 红楼梦学刊 ,2008（2）:268-276.

24. 王霞 . 浅析《敦盛之死》中的人物形象 [J]. 安徽文学 , 2009（3）:220.

25. 吴芳龄 . 绵绵长恨也哀也美——试论《平家物语》对《长恨歌》的借鉴 [J]. 福建师范大学学报(哲学社会科学版):2003（5）:101-106.

26. 朱安博 . 归化与异化 : 中国文学翻译研究的百年流变 [D]. 苏州 : 苏州大学 ,2007:3-4.

附录

附录1　平氏系图①

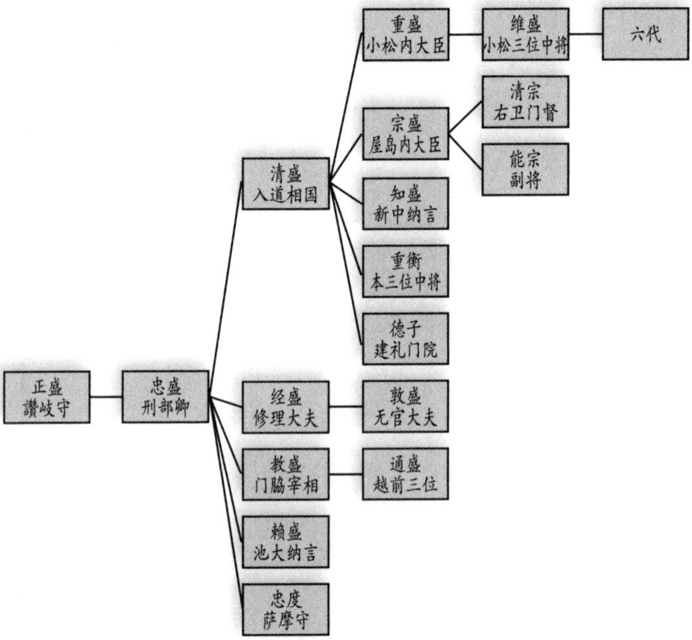

① 本图为笔者制作，参考了梶原正昭与山下宏明校注的《平家物语》（1999），大津雄一、日下力、佐伯真一、樱井阳子编写的《平家物語大事典》（2010）中的“平氏系图”。人名下方，是《平家物语》中的尊称。

附录 2　源氏系图①

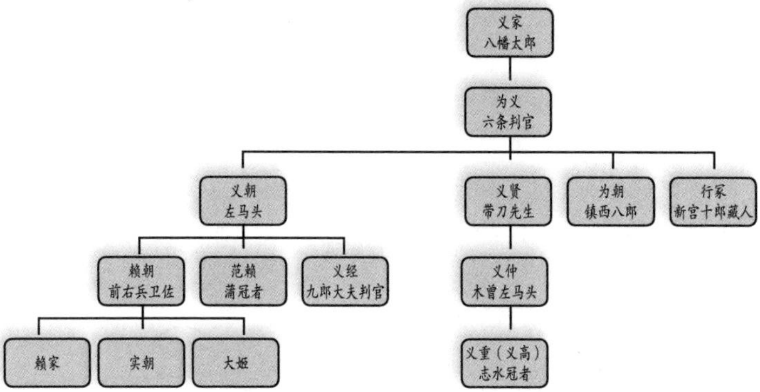

① 本图为笔者制作，参考了梶原正昭与山下宏明校注的《平家物语》（1999），大津雄一、日下力、佐伯真一、樱井阳子编写的《平家物語大事典》（2010）中的“源氏系图”。人名下方，是《平家物语》中的尊称。

附录3 天皇系图[1]

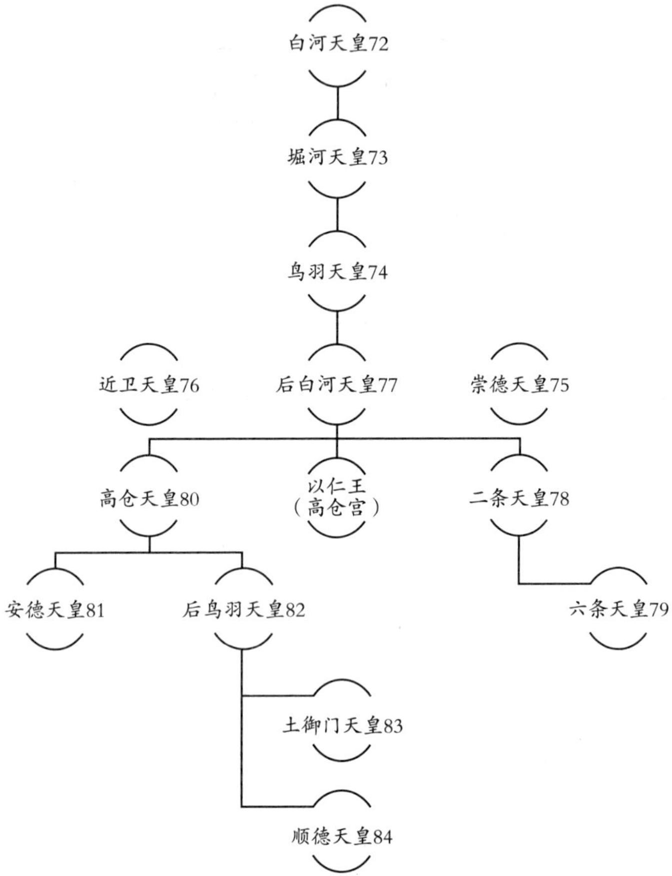

① 本图为笔者制作，参考了梶原正昭与山下宏明校注的《平家物语》（1999），大津雄一、日下力、佐伯真一、樱井阳子编写的《平家物語大事典》（2010）中的“天皇系图”。人名后面的数字，指第几代天皇。

附录4　藤原氏系图[①]

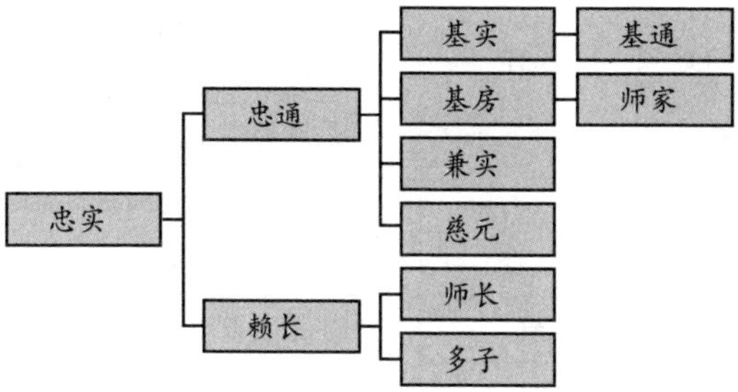

附录5　《平家物语》大事年表[②]

公历	年号	觉一本的时间	卷数	《平家物语》记载的主要事项
1131	天承元	三月十三日	一	得长寿院建成典礼。平忠盛被准许登殿。
		十二月二十三日	一	殿上人企图在五节会羞辱忠盛,失败。
1153	仁平三	正月十五日	一	忠盛过世。
1156	保元元	七月	一	保元之乱。平清盛升任播磨守。
1158	保元三	不详	一	清盛升任太宰府太宰大贰。
1159	平治元	十二月	一	平治之乱。

① 本图为笔者制作,参考了梶原正昭与山下宏明校注的《平家物语》(1999),大津雄一、日下力、佐伯真一、樱井阳子编写的《平家物語大事典》(2010)中的“藤原氏系图”。

② 本表为笔者制作,参考了梶原正昭与山下宏明校注的《平家物语》(1999),大津雄一、日下力、佐伯真一、樱井阳子编写的《平家物語大事典》(2010)中的“大事年表”。

续表

公历	年号	觉一本的时间	卷数	《平家物语》记载的主要事项
1160	永历元	不详	一	清盛先后升任参议正三位。卫府督查。检非违使长官。中纳言。大纳言。
				二条天皇强娶已故近卫天皇的皇太后藤原多子。
1161	永历二	二月上旬	六	清盛着手修建福原的经岛。
	应保元	八月		经岛工程被冲垮。
1165	长宽三 永万一 (六月五日改元)	春	一	二条天皇生病。
		夏		二条天皇病重。
		六月二十五日		二条天皇让位、六条天皇即位。
		七月二十七日		二条上皇病逝。
		不详		延历寺、兴福寺为争夺匾额大打出手。
		不详		比叡山僧众火烧清水寺。
		十二月二十四日		宪仁亲王(后来的高仓天皇)被封为亲王。
1166	永万二仁安一(八月二十七日改元)	二月二十日	二	明云就任天台座主。
		十月八日	一	宪仁亲王被立为太子。
		不详		清盛升任内大臣。
		不详		清盛升任太政大臣。
1168	仁安三	三月二十日	一	高仓天皇即位。
		十一月十一日		清盛因病出家。法名静海。
1169	嘉应元	七月十六日	一	后白河上皇出家。
1170	嘉应二	十月十六日	一	平资盛路遇藤原基房被羞辱。
		十月二十一日		平清盛为孙复仇、袭击基房仪仗队。
		十一月十四日		为安抚基房,朝廷提拔其为太政大臣。

续表

公历	年号	觉一本的时间	卷数	《平家物语》记载的主要事项
1172	承安二	十二月二十二日	六	慈心坊尊惠被阎王召见。
1176	安元二	夏	一	西光的儿子藤原师经,任加贺代理国守。
		不详		师经与鹈川寺的僧众发生冲突。
		七月十四日		六条上皇离世。
		八月十二日		白山僧众抬神舆上比叡山。
		不详		比叡山要求处罚师高、师经。
1177	安元三	不详	一	藤原师长辞任左大将。藤原成亲祈求升任。
		不详		重盛升任左大将,宗盛升任右大将。
		不详		成亲等在鹿谷密谋讨伐平家。
		三月五日		重盛任内大臣。
		四月十三日		比叡山僧众抬神舆闯皇宫,被武士阻拦。
		四月二十日		师高、师经被罚。
		四月二十八日		京都发生火灾。
		五月五日	二	明云辞任天台座主。
		五月十八日		明云被处流放。
		五月		比叡山僧众强行接回明云。
		五月二十九日		多田行纲向清盛告密鹿谷阴谋。
		六月一日		清盛逮捕西光、成亲等人。西光被斩。
		六月三日		成亲被流放。
		六月		成经、康赖、俊宽被流放至鬼界岛。
		八月十九日		成亲被杀害。
		不详		藤原实定参拜严岛,就任左大将。

续表

公历	年号	觉一本的时间	卷数	《平家物语》记载的主要事项
1178	治承二	六月一日	三	中宫平德子怀孕,举行着带仪式。
		七月下旬		赦免成经和康赖二人。
		十一月十二日		言仁亲王(后来的安德天皇)诞生。
		十二月八日		言仁亲王被立为太子。
1179	治承三	三月十六日	三	成经、康赖返京。
		不详	五	文觉前往后白河法皇寝宫化缘、被流放。
		四月	三	有王前往探望俊宽,俊宽死去。
		五月十二日		京都发生龙卷风。
		七月二十八日		重盛出家。
		八月一日		重盛死去。
		十一月十四日		清盛率兵回到京都。
		十一月		清盛发动政变,罢免多名官员,软禁后白河法皇。
1180	治承四	三月至四月	四	高仓上皇让位后参拜严岛神社、游览福原。
		四月二十二日		安德天皇即位。
		四月至五月		高仓宫以仁王在源赖政唆使下谋反。
		五月二十三日		高仓宫被射死,源赖政等人战死。
		五月二十七日		平家火烧三井寺。
		六月二日	五	福原迁都。
		七月十四日		文觉为赖朝讨得法皇谕旨。
		八月		赖朝谋反,石桥山合战。
		九月十八日		平维盛等奉命前往讨伐赖朝。
		十月二十四日		富士川合战,平家落荒而逃。
		十二月		平重衡奉命讨伐东大寺、兴福寺。两寺被烧。

续表

公历	年号	觉一本的时间	卷数	《平家物语》记载的主要事项
1181	治承五 养和元(七月十四日改元)	正月十四日	六	高仓上皇逝世。
		正月		源义仲举兵。
		二月		各地武士纷纷造反,平家四处派兵。
		闰二月		平清盛病逝。藤原邦纲离世。
		三月		洲俣合战。
		六月		助永征讨源义仲,结果自己意外死亡。
		七月		改元为养和。
		十二月二十四日		平德子被封为建礼门院。
1182	养和二	五月二十四日	六	改元为寿永。
		九月		城长茂奉命讨伐源仲,结果在横田河原被打败。
		十月		宗盛升任内大臣。
1183	寿永二	三月	七	义仲被赖朝猜忌,送长子去做人质。
		四月		平家派兵讨伐义仲,火打城合战平家取胜。
		五月		平家继续讨伐义仲,却兵败俱梨伽罗大峡谷。
		六月		义仲逼近京师。
		七月		比叡山支援义仲。
		七月二十四日		后白河法皇秘密临幸鞍马山。
		七月二十五日		平家一门奉戴安德天皇、建礼门院撤离京都。
		七月二十八日	八	后白河法皇在义仲护送下还京。
		八月		法皇决定另立四皇孙,命义仲追缴平家。
		九月		平家被绪方维义追赶,撤离太宰府。平清经自杀。
		十月	九	源赖朝就任征夷大将军。

续表

公历	年号	觉一本的时间	卷数	《平家物语》记载的主要事项
		闰十月	八	义仲前往追击平家,结果水岛合战中被打败。
		十一月		义仲和后白河法皇反目,法住寺合战。
		冬		平家逐渐收复失地,重新占领福原。
1184	寿永三	正月	九	范赖和义经率兵进军京都讨伐义仲。
		正月二十一日		义仲战死,今井兼平战死。
		二月四日		源氏大军出发讨伐平家。
		二月七日		一之谷大战,平家大败,多人战死。
		三月十日		被俘的平重衡被押解至镰仓。
		三月	十	平维盛离开屋岛,前往高野山,出家后自尽。
		四月十六日		改元为元历。
		五月四日		平赖盛前往镰仓面见赖朝。
		七月二十八日		后鸟羽天皇即位。
		八月六日		源范赖升任三河守,源义经被任命为检非违使。
		九月十二日		范赖率兵前往西国继续讨伐平家。
1185	元历二	正月十日	十一	义经寿命前往西国追缴平家。
		二月		屋岛合战。义经获胜。
		三月二十四日		坛浦会战。安德天皇投海自尽,平家大败。
		四月		义经携带神镜、神玺、平家俘虏入京。
		五月一日		建礼门院出家。
		六月		宗盛父子被押解至镰仓,后被斩首。重衡被斩。

续表

公历	年号	觉一本的时间	卷数	《平家物语》记载的主要事项
		七月九日	十二	大地震。
		八月十四日		改元为文治。
		九月二十三日		平时忠等被流放。
		九月末		建礼门院隐居大原。
		十月		范赖被赖朝斩首。
		十一月		北条时政领命前往京都追击义经。时政逮捕六代。
		十二月		六代被文觉所救。
1186	文治二	四月下旬	灌顶	后白河法皇前往大原。
1189	文治五	春天	十二	六代出家、参拜熊野。
		不详		平忠房、平宗实被斩首。
1190	建久一	十一月九日	十二	赖朝被提升为正二位大纳言。
		十一月十一日		赖朝被任命为右大将。
		不详		赖朝辞去上述两个职务。
		十二月四日		赖朝返回关东。
1191	建久二	二月中旬	灌顶	建礼门院离世。
1192	建久三	三月十三日	十二	后白河法皇离世。
1195	建久六	二月	十二	东大寺举行大佛再建仪式,赖朝入京。
		三月十二日		赖朝逮捕平家资、斩首。
1196	建久七	十月七日	十二	平知忠在一桥合战中自杀。
		不详		平盛嗣被抓、被杀。
1199	建久十	正月十三日	十二	源赖朝死去。
		不详		文觉被流放。
		不详		六代被斩首。
1221	承久三	不详	十二	承久之乱。后鸟羽院被流放。

附录6

後鳥羽院の御時、信濃前司行長、稽古の誉ありけるが、楽府の御論議の番に召されて、七徳の舞を二つ忘れたりければ、五徳の冠者と異名を附きにけるを、心憂き事にして、学問を捨てて遁世したりけるを、慈鎮和尚、一芸ある者をば、下部までも召し置きて、不便 にせさせ給ひければ、この信濃入道を扶持し給ひけり。

この行長入道、平家物語を作りて、生仏といひける盲目に教へて語らせけり。さて、山 門の事を殊にゆゝしく書けり。九郎判官の事は委しく知りて書き載せたり。蒲冠者の事は よく知らざりけるにや、多くの事どもを記し洩らせり。武士の事、弓馬の業は、生仏、東 国の者にて、武士に問ひ聞きて書かせけり。かの生仏が生まれつきの声を、今の琵琶法師は学びたるなり。

吉田兼好.徒然草 [M].東京:株式会社岩波書店,1998:118.

附录7

熊谷涙をおさへて申しけるは、「たすけまゐらせんとは存じ候へども、御方の軍兵雲霞のごとく候ふ。よものがれさせ給はじ。人手にかけまゐらせんより、同じくは直実が手にかけまゐらせて、後の御孝養をこそ仕り候はめ」と申しければ、「ただとくとく頸をとて」とぞのたまひける。熊谷あまりにいとほしくて、いづくに刀をたつべしともおぼえず、目もくれ心もきえはてて、前後不覚におぼえけれども、さてしもあるべき事ならねば、なくなく頸をぞかいてンげる。「あはれ、弓矢とる身ほど口惜しかりけるものはなし。武芸の家に生まれずは、何とてかかるうき目をばみるべき。なさけなうもうちたてまつるものかな」とかきくどき、袖をかほにおしあててさめざめとぞなきゐたる。

大津雄一、平藤幸 . 平家物語　覚一本　全 [M]. 東京 : 武蔵野書院 ,2014:331.

附录 8

小松のおとどは、その後遥かに程へて、嫡子権亮少将維盛を車のしりにのせつつ、衛府四五人、随身二三人めしぐして、兵一人もめしぐせられず、殊に大様げでおはしたり。入道をはじめ奉ッて、人々皆思はずげにぞ見給ひける。車よりおり給ふ処に、貞能つッと参ッて、「などこれ程の御大事に、軍兵どもをばめしぐせられ候はぬぞ」と申せば、「大事とは天下の大事をこそいへ。かやうの私事を大事と云ふ様やある」と宣へば、兵杖を帯したる者どもも、皆そぞろいてぞ見えける。

大津雄一、平藤幸 . 平家物語　覚一本　全 [M]. 東京 : 武

蔵野書院 ,2014:50 — 51.

附录 9

門前にて車よりおり､門の内へさし入りて見給へば､入道腹巻をき給ふ上は､一門の卿相雲客数十人､おのおの色々の直垂に､思ひ思ひの鎧きて､中門の廊に二行に着座せられたり。その外諸国の受領､衛府､諸司なンどは縁に居こぼれ､庭にもひしとなみ居たり。旗ざをどもひきそばめひきそばめ､馬の腹帯をかため､甲の緒をしめ､ただ今皆うッたたんずるけしきどもなるに､小松殿､烏帽子直衣に､大文の指貫そばとッて､ざやめき入り給へば､事の外にぞみえられける。入道､ふし目になッて､「あはれ､例の内府が世をへうする様にふるまふ。大きに諫めばや」とこそおもはれけめども､さすが子ながらも､内には五戒をたもッて慈悲を先とし､外には五常をみだらず､礼義をただしうし給ふ人なれば､あのすがたに腹巻をきて向はむ事､おもばゆう､はづかしうやおもはれけむ､障子をすこし引き立てて､素絹の衣を腹巻の上にあわてぎにき給ひたりけるが､むないたの金物のすこしはづれて見えけるを､かくさうど､しきりに衣のむねを引きちがへ引ちがへぞし給ひける。

大津雄一､平藤幸 . 平家物語　覚一本　全 [M]. 東京 : 武蔵野書院 ,2014:58.

附录 10

親父入道相国の体をみるに、悪逆無道にして、ややもすれば君をなやまし奉る。重盛長子として、しきりに諫をいたすといへども、身不肖の間、かれもッて服膺せず。そのふるまひをみるに、一期の栄花なほあやうし。枝葉連続して、親を顕し名を揚げん事かたし。

この時に当たつて、重盛いやしうも思へり。なまじひに列して、世に浮沈せん事、あへて良臣孝子の法にあらず。しかじ、名を逃れ身を退いて、今生の名望を抛て、来世の菩提を求めんには。ただし凡夫薄地、是非にまどへるが故に、なほ心ざしを恣にせず。南無権現金剛童子、願はくは子孫繁栄たえずして、仕へて朝廷にまじはるべくは、入道の悪心を和げて、天下の安全を得しめ給へ。栄耀また一期をかぎッて、後混恥に及ぶべくは、重盛が運命をつづめて、来世の苦輪を助け給へ。両ケの求願、ひとへに冥助を仰ぐ。

大津雄一、平藤幸 . 平家物語　覚一本　全 [M]. 東京 : 武蔵野書院 ,2014:103 — 104.

附录 11

同正月十一日、木曽左馬頭義仲院参して、平家追討のために西国へ発向すべきよし奏聞す。同十三日、既に門出ときこえし程に、東国より前兵衛佐頼朝、木曽が狼藉しづめんとて、数万騎の軍兵をさしのぼせられけるが、すでに美濃国、伊勢国につくときこえしかば、木曽大きにおどろき、宇治、勢田の橋をひいて、軍兵どもをわかちつかはす。

大津雄一、平藤幸．平家物語　覚一本　全 [M]. 東京：武蔵野書院 ,2014:295.

附录 12

さる程に山門の大衆、先座主をとりとどむるよし、法皇きこしめして、いとどやすからずぞおぼしめされける。西光法師申しけるは、「山門の大衆、みだりがはしきうッたへ仕る事、今にはじめずと申しながら、今度は以ての外に覚え候ふ。これ程の狼藉いまだ承り及び候はず。よくよく御いましめ候へ」とぞ申しける。身のただいまほろびんずるをもかへりみず、山王大師の神慮にもはばからず、かやうに申して宸襟をなやまし奉る。讒臣は国をみだるといへり。実なるかな、叢蘭茂からんとすれども、秋風これをやぶり、王者明らかならんとすれば、讒臣これをくらうすとも、かやうの事をや申すべき。

……

新大納言成親卿は、山門の騒動によッて、私の宿意をばしばらくおさへられけり。そも内義したくはさまざまなりしかども、義勢ばかりでは、この謀反かなふべうも見えざりしかば、さしもたのまれたりける多田蔵人行綱、この事無益なりとおもふ心つきにけり。弓袋の料におくられたりける布どもをば、直垂、かたびらに裁ちぬはせて、家子郎等どもにきせつつ、目うちしばだたいてゐたりけるが、つらつら平家の繁昌するありさまをみるに、当時たやすくかたぶけがたし。よしなき事にくみしてンげり。若しこの事もれぬるものならば、行綱まづうしなはれなんず。他人の口よりもれぬ先に、かへり忠して、命いかうどおもふ心ぞつきにける。

大津雄一、平藤幸 . 平家物語　覚一本　全 [M]. 東京：武蔵野書院 ,2014:44-45.

附录 13

北面は上古にはなかりけり。白河院の御時はじめおかれてより以降、衛府どもあまた候ひけり。為俊、盛重、童より千手丸、今犬丸とて、これらは左右なききり者にてぞありける。鳥羽院の御時も、季教、季頼父子ともに朝家にめしつかはれ、伝奏するをりもありなンどきこえしかども、皆身のほどをばふるまうてこそありしに、この御時の北面の輩は、以ての外に過分にて、公卿殿上人をも物ともせず、礼儀礼節もなし。下北面より上北面にあがり、上北面より殿上のまじはりをゆるさるる者もあり。かくのみおこなはるるあひだ、おごれる心どもも出で来て、よしなき謀叛にもくみしけるにこそ。

大津雄一、平藤幸．平家物語　覚一本　全[M]．東京：武蔵野書院，2014:28.

附录14

練貫に鶴ぬうたる直垂に、萌黄匂の鎧きて、鍬形うッたる甲の緒しめ、こがねづくりの太刀をはき、切斑の矢おひ、滋籐の弓もッて、連銭葦毛なる馬に黄覆輪の鞍おいてのッたる武者一騎、沖なる舟に目をかけて、海へざッとうちいれ、五六段ばかりおよがせたるを、熊谷、「あれは大将軍とこそ見まゐらせ候へ。まさなうも敵にうしろを見せさせたまふものかな。かへさせ給へ」と扇をあげてまねきれば、招かれてとッてかへす。汀にうちあがらんとするところに、おしならべてむずとくんでどうどおち、とッておさへて頸をかかんと甲をおしあふのけてみければ、年十六七ばかりなるが、薄化粧してかねぐろなり。我が子の小次郎がよはひ程にて容顔まことに美麗なりければ、いづくに刀を立つべしともおぼえず。「そもそもいかなる人にてましまし候ぶぞ。名のらせ給へ、たすけまゐらせん」と申せば、「汝はたそ」ととひ給ふ。「物そのもので候はねども、武蔵国住人、熊谷次郎直実」となのり申す。「さては、なんぢにあうてはなのるまじいぞ、なんぢがためにはよい敵ぞ。名のらずとも頸をとッて人にとへ。みしらうずるぞ」とぞのたまひける……

後に聞けば、修理大夫経盛の子息に大夫敦盛とて、生年十七にぞなられける。

大津雄一、平藤幸 . 平家物語　覚一本　全 [M]. 東京 : 武蔵野書院 ,2014:330-331.

附录 15

また手塚が郎等おくれ馳せに出できたるに頸とらせ、木曽殿の御まへに馳せまゐッて、「光盛こそ奇異のくせ者くんでうッて候へ。侍かと見候へば錦の直垂をきて候ふ。大将軍かと見候へばつづく勢も候はず。名のれ名のれとせめ候ひつれども、終になのり候はず。声は坂東声で候ひつる」と申せば、木曽殿、「あっぱれ、これは斎藤別当であるごさんめれ。それならば義仲が上野へこえたりし時、をさな目にみしかば、しらがのかすをなりしぞ。いまは定めて白髪にこそなりぬらんに、びんぴげのくろいこそあやしけれ。樋口次郎はなれあそンでみしッたるらん。樋口めせ」とてめされけり。樋口次郎ただ一目みて、「あなむざんや、斎藤別当で候ひけり。」木曽殿、「それならば今は七十にもあまり、白髪にこそなりぬらんに、びんぴげのくろいはいかに」と宣へば、樋口次郎、涙をはらはらとながいて、「さ候へば、そのやうを申しあげうど仕り候ふが、あまり哀れで不覚の涙のこぼれ候ふぞや。弓矢とりはいささかの所でも思ひでの詞をば、かねてつかひおくべきで候ひけるものかな。斎藤別当、兼光にあうて、つねは物語に仕り候ひし。『六十にあまッていくさの陣へむかはん時は、びんぴげをくろう染めて、わかやがうどおもふなり。その故は、わか殿ばらにあらそひて、さきをかけんもおとなげなし、また老武者とて人のあなどらんも口惜しかるべし』と申し候ひしが、まことに染めて候ひけるぞや。あらはせて御覧候へ」と申しければ、「さもあるらん」とて、あらはせて見給へば、白髪にこそなりにけれ。

大津雄一、平藤幸 . 平家物語　覚一本　全 [M]. 東京 : 武蔵野書院 ,2014:239.

附录 16

忠盛これを伝へ聞いて、「われ右筆の身にあらず、武勇の家に生れて、今不慮の恥にあはむ事、家のため身のため、こころうかるべし。せむずるところ、身を全うして君に仕ふといふ本文あり」とて、兼ねて用意をいたす。参内のはじめより、大きなる鞘巻を用意して、束帯のしたにしどけなげにさし、火のほのぐらき方にむかッて、やはらこの刀をぬき出だし、鬢にひきあてられけるが、氷なンどの様にぞみえける。諸人目をすましけり……

ひそかに罷り出でらるるとて、よこだへさされたりける刀をば、紫宸殿の御後にして、かたへの殿上人の見られけるところにて、主殿司をめして、あづけ置きてぞ出でられける……

「次に刀の事、主殿司にあづけおきをはンぬ。これをめし出だされ、刀の実否について咎の左右あるべきか」と申す。

「此儀もつともしかるべし」とて、その刀をめし出だして叡覧あれば、うへは鞘巻のくろくぬりたりけるが、中は木刀に銀薄をぞおしたりける。

大津雄一、平藤幸 . 平家物語　覚一本　全 [M]. 東京：武蔵野書院 ,2014:2-4.

附录 17

薩摩守忠度は、いづくよりやかへられたりけん、侍五騎、童一人、わが身ともに七騎取ッて返し、五条の三位俊成卿の宿所におはして見給へば、門戸をとぢて開かず。「忠度」と名のり給へば、「落人帰りきたり」とて、その内さわぎあへり。薩摩守馬よりおり、身づからたからかに宣ひけるは、「別の子細候はず。三位殿に申すべき事あッて、忠度がかへりまゐッて候ふ。門をひらかれずとも、このきはまで立ちよらせ給へ」と宣へば、俊成卿、……

薩摩守悦ンで、「今は西海の浪の底にしづまば沈め、山野にかばねをさらさばさらせ、浮世に思ひおく事候はず。さらばいとま申して」とて、馬にうちのり甲の緒をしめ、西をさいてぞあゆませ給ふ。三位うしろを遥かに見おくッてたたれたれば、忠度の声とおぼしくて、「前途程遠し、思ひを雁山の夕の雲に馳す」と、たからかに口ずさみ給へば、俊成卿いとど名残をしうおぼえて、涙をおさへてぞ入り給ふ。

大津雄一、平藤幸 . 平家物語　覚一本　全 [M]. 東京：武蔵野書院 ,2014:254-255.

附录 18

ある朝、いその方よりかげろふなンどのやうに、やせおとろへたる者、一人よろほひ出できたり。もとは法師にてありけりと覚えて、髪は空さまへおひあがり、よろづの藻くづとりついて、おどろをいただいたるがごとし。つぎ目あらはれて皮ゆたひ、身にきたる物は絹布のわきも見えず。片手にはあらめをもち、片手には魚をもち、歩むやうにはしけれども、はかもゆかず、よろよろとして出できたり。「都にて多くの乞丐人みしかども、かかる者をばいまだみず。」

大津雄一、平藤幸 . 平家物語　覚一本　全 [M]. 東京：武蔵野書院 ,2014:99.

附录 19

新大納言成親卿もひらに申されけり。院の御気色よかりければ、さまざまの祈りをぞはじめられける……新大納言是におそれをもいたされず、昼は人目のしげければ、夜な夜な歩行にて、中御門烏丸の宿所より賀茂の上の社へ、七夜つづけてまゐられけり。七夜に満ずる夜、宿所に下向して、くるしさにうちふし、ちッとまどろみ給へる夢に、賀茂の上の社へまゐりたるとおぼしくて、御宝殿の御戸おしひらき、ゆゆしくけたかげなる御声にて、

さくら花かもの河風うらむなよちるをばえこそとどめざりけれ

新大納言、なおそれをもいたされず……

大津雄一、平藤幸 . 平家物語　覚一本　全 [M]. 東京：武蔵野書院 ,2014:25.

附录 20

新大納言も、かやうに賢きはからひをばし給はで、よしなき謀反おこいて、我が身も亡び、子息所従に至るまで、かかるうき目をみせ給ふこそうたてけれ。

大津雄一、平藤幸 . 平家物語　覚一本　全 [M]. 東京：武蔵野書院 ,2014:73.

附录 21

その上この厳島をば、平家なのめならずあがめうやま

ひ給ふあひだ、うへには平家に御同心、したには法皇のいつとなう鳥羽殿におしこめられてわたらせ給ふ、入道相国の謀反の心をもやはらげ給へとの、御祈念のため……

まことに宗廟、八幡、賀茂なンどをさしおいて、はるばると安芸国までの御幸をば、神明もなどか御納受なかるべき。御願成就うたがひなしとぞみえたりける。

大津雄一、平藤幸．平家物語　覚一本　全[M]．東京：武蔵野書院，2014:122-124.

附录 22

さる程に法皇を、入道相国やうやう思ひなほッて、鳥羽殿をいだしたてまつり、都へいれまゐらせられたりしが、（後略）

大津雄一、平藤幸．平家物語　覚一本　全[M]．東京：武蔵野書院，2014:161.

附录 23

御栄華残る所なければ、おぼしめす事あるまじけれども、子々孫々までも繁昌こそあらまほしう候へ。父祖の善悪は必ず子孫に及ぶと見えて候ふ。『積善の家に余慶あり、積悪の門に余殃とどまる』とこそ承れ。

大津雄一、平藤幸 . 平家物語　覚一本　全 [M]. 東京：武蔵野書院 ,2014:52.

附录 24

親父入道相国の体をみるに、悪逆無道にして、ややもすれば君をなやまし奉る。重盛長子として、しきりに諫をいたすといへども、身不肖の間、かれもッて服膺せず。そのふるまひをみるに、一期の栄花なほあやうし。枝葉連続して、親を顕し名を揚げん事かたし。

大津雄一、平藤幸 . 平家物語　覚一本　全 [M]. 東京：武蔵野書院 ,2014:103.

附录 25

小松殿の御はかほらせ、御骨にむかひ奉ッて泣く泣く申しけるは、「あなあさまし、御一門を御覧候へ。『生あるものは必ず滅す。楽しみ尽きて悲しみ来たる』……とありがたうこそおぼえ候へ……」

大津雄一、平藤幸 . 平家物語　覚一本　全 [M]. 東京:武蔵野書院 ,2014:260-261.

附录 26

そもそも壇の浦にていきながらとられし人々は、大路をわたしてかうべをはねられ、妻子にはなれて遠流せらる。池の大納言の外は、一人も命をいけられず、都におかれず。されども四十余人の女房達の御事、沙汰にもおよばざりしかば、親類にしたがひ、所縁についてぞおはしける。上は玉の簾の内までも、風しづかなる家もなく、下は柴の枢のもとまでも、塵おさまれる宿もなし。枕をならべしいもせも、雲ゐのよそにぞなりはつる。やしなひたてしおや子も、ゆきがたしらず別れけり。しのぶおもひはつきせねども、嘆きながらさてこそすごされけれ。これはただ、入道相国、一天四海を掌ににぎッて、上は一人をもおそれず、下は万民をも顧みず、死罪流刑、おもふさまに行ひ、世をも人をも憚かられざりしがいたす所なり。父祖の罪業は、子孫にむくふといふ事、疑ひなしとぞ見えたりける。

大津雄一、平藤幸 . 平家物語　覚一本　全 [M]. 東京:武蔵野書院 ,2014:472-473.

附录 27

阿波民部重能は、この三が年があひだ、平家によくよく忠をつくし、度々の合戦に命ををしまずふせきたたかひけるが、子息田内左衛門をいけどりにせられて、いかにもかなはじとやおもひけん、たちまちに心がはりして、源氏に同心してんげり。平家の方にははかりことに、よき人をば兵船にのせ、雑人どもをば唐船にのせて、源氏心にくさに唐船をせめば、なかにとりこめてうたんとしたくせられたりけれども、阿波民部が返忠のうへは、唐船には目もかけず、大将軍のやつしのり給へる兵船をぞせめたりける。新中納言、「やすからぬ。重能めをきッて捨つべかりつるものを」と、千たび後悔せられけれどもかなはず。

大津雄一、平藤幸．平家物語　覚一本　全 [M]. 東京：武蔵野書院 ,2014:401.

附录 28

たとへば、大内の神祇官とおぼしきところに、束帯ただしき上臈たちあまたおはして、議定の様なる事のありしに、末座なる人の、平家の方人するとおぼしきを、その中よりおッたてらる。かの青侍夢の心に、「あれはいかなる上臈にてましますやらん」と、ある老翁にとひたてまつれば、「厳島の大明神」とこたへ給ふ。その後、座上にけだかげなる宿老のましましけるが、「この日来平家のあづかりたりつる節刀をば、今は伊豆国の流人頼朝にたばうずるなり」と仰せられければ、その御そばになほ宿老のましましけるが、「その後はわが孫にもたび候へ」と仰せらるるといふ夢を見て、これを次第にとひたてまつる。「節刀を頼朝にたばうとおほせられつるは、八幡大菩薩、その後はわが孫にもたび候へと仰せられつるは、春日大明神、かう申す老翁は武内の大明神」と仰らるるといふ夢を見て

大津雄一、平藤幸 . 平家物語　覚一本　全 [M]. 東京：武蔵野書院 ,2014:168.

附录 29

「すは平家の代は、やうやう末になりぬるは。厳島の大明神の平家の方人をし給ひけるといふは、そのいはれあり。ただしそれは、沙羯羅龍王の第三の姫宮なれば、女神とこそうけ承れ。八幡大菩薩の、節刀を頼朝にたばうど仰せられけるはことわりなり。春日大明神の、その後はわが孫にもたび候へと仰せられけるこそ心えね。それも平家ほろび、源氏の世つきなん後、大織冠の御末、執柄家の君達の天下の将軍になり給ふべきか」となンどぞ宣ひける。

大津雄一、平藤幸 . 平家物語　覚一本　全 [M]. 東京：武

蔵野書院,2014:169.

附录30

鎌倉殿、かやうの事人おほしといへども、吉田大納言経房卿をもッて奏聞せられけり。この大納言はうるはしい人と聞こえ給へり。平家にむすぼほれたりし人々も、源氏の世のつよりし後は、あるいはふみをくだし、あるいは使者をつかはし、さまざまにへつらひ給ひしかども、この人はさもし給はず……されば人の善悪は錐袋をとほすとてかくれなし。ありがたかりし人なり。

大津雄一、平藤幸.平家物語　覚一本　全[M].東京:武蔵野書院,2014:440.

附录31

入道殿こそ過分の事をば宣へ。他人の前はしらず、西光がきかんところに、さやうの事をば、えこそ宣ふまじけれ。院中にめしつかはるる身なれば、執事の別当成親卿の院宣とてもよほされし事に、くみせずとは申すべき様なし。それはくみしたり。ただし、耳にとどまる事をも宣ふものかな。御辺は故刑部卿忠盛の子でおはせしかども、十四五までは出仕もし給はず。故中御門藤中納言家成卿の辺に、たち入り給ひしをば、京童部は高平太とこそいひしか。保延のころ、大将軍承り、海賊の張本卅余人からめ進ぜられし勧賞に、四品して、四位の兵衛佐と申ししをだに、過分とこそ時の人々は申しあはれしか。殿上のまじはりをだにきらはれし人の子で、太政大臣までなりあがッたるや過分なるらむ。

大津雄一、平藤幸 . 平家物語　覚一本　全 [M]. 東京：武蔵野書院 ,2014:48.

附录 32

那智籠りの僧どもの中に、この三位中将をよくよくみしりたてまッたるとおぼしくて、同行にかたりけるは、「ここなる修行者をいかなる人やらむと思ひたれば、小松の大臣殿の御嫡子、三位中将殿にておはしけるぞや。あの殿の未だ四位少将と聞こえ給ひし安元の春のころ、法住寺殿にて五十の御賀のありしに……この三位中将、桜の花をかざして青海波をまうて出でられたりしかば、露に媚たる花の御姿、風に翻る舞の袖、地をてらし天もかかやくばかりなり。」

大津雄一、平藤幸 . 平家物語　覚一本　全 [M]. 東京：武蔵野書院 ,2014:367.

附录 33

あすうちいでんとての夜、あからさまなるところにてゆきあひたりしかば、いつよりも心ぼそげにうちなげきて、『明日のいくさには、一定うたれなんずとおぼゆるはとよ。我いかにもなりなんのち、人はいかがし給ふべき』なんど言ひしかども、……ただならずなりたる事をも、日ごろはかくしていはざりしかども、心づようおもはれじとて、いひいだしたりしかば、なのめならずうれしげにて、『通盛すでに三十になるまで、子といふもののなかりつるに、あれはなんしにてあれかし。うきよのわすれがたみにもおもひおくばかり。さていく月ほどになるやらん。心地はいかがあるやらん。いつとなき波の上、舟のうちのすまひなれば、しづかに身々とならん時もいかがはせん』なンどいひしは、はかなかりけるかねごとかな。

大津雄一、平藤幸.平家物語　覚一本　全[M].東京:武蔵野書院,2014:336.

附录 34

人々はかやうにし給へども、おほい殿おやこは海にいらんずるけしきもおはせず、ふなばたに立ちいでて、四方見めぐらし、あきれたるさまにておはしけるを、侍どもあまりの心うさに、とほるやうにて、大臣殿を海へつき入たてまつる。右衛門督これを見て、やがてとび入り給ひけり。みな人はおもき鎧のうへに、おもき物をおうたりいだいたりしていればこそしづめ、この人おや子はさもし給はぬうへ、なまじひにくッきやうの水練にておはしければ、しづみもやり給はず。大臣殿は、「右衛門督しづまば、われもしづまん。たすかり給はば、われもたすからむ」とおもひ給ふ。右衛門督も、「父しづみ給はば、われもしづまん。たすかり給はば、我もたすからん」とおもひて、たがひに目を見かはしておよぎありき給ふ程に、伊勢三郎義盛、小舟をつッとこぎよせ、まづ右衛門督を熊手にかけて、ひきあげたてまつる。大臣殿これを見て、いよいよしづみもやり給はねば、おなじうとりたてまッてンげり。

大津雄一、平藤幸 . 平家物語　覚一本　全 [M]. 東京：武蔵野書院 ,2014:404.

附录 35

主上御感のあまりに、師子王といふ御剣をくだされけり。宇治の左大臣殿これをたまはりついで、頼政にたばんとて、御前きざはしを、なからばかりおりさせ給へるところに、ころは卯月十日あまりの事なれば、雲井に郭公二声三声づれてぞとほりける。その時左大臣殿、

ほととぎす名をも雲井にあぐるかな

とおほせられかけたりければ、頼政右の膝をつき、左の袖をひろげ、月をすこしそばめにかけつつ、

弓はり月のいるにまかせて

と仕り、御剣を給はッて、まかりいづ。「弓矢をとッてならびなきのみならず、歌道もすぐれたりけり」とぞ、君も臣も御感ありける。

大津雄一、平藤幸 . 平家物語　覚一本　全 [M]. 東京：武蔵野書院 ,2014:157-158.

附录 36

さてかの女房、院の御子をはらみたてまつりしかば、「うめらん子、女子ならば朕が子にせん、男子ならば忠盛が子にして弓矢とる身にしたてよ」と仰せけるに、すなはち男をうめり。この事奏聞せんとうかがひけれども、しかるべき便宜もなかりけるに、ある時白河院、熊野へ御幸なりけるが、紀伊国いとが坂といふ所に御輿かきすゑさせ、しばらく御休息ありけり。やぶにぬか子のいくらもありけるを、忠盛袖にもりいれて、御前へまゐり、

いもが子ははう程にこそなりにけれ

と申したりければ、院やがて御心得あッて、

ただもりとりてやしなひにせよ

とぞつけさせましましける。それよりしてこそ我が子とはもてなしけれ。

大津雄一、平藤幸．平家物語　覚一本　全[M]．東京：武蔵野書院，2014:217-218.

附录 37

千手前、酌をさしおいて、「羅綺の重衣たる、情けない事を機婦に妬む」といふ朗詠を一両返したりければ、三位中将宣ひけるは、「この朗詠をせん人をば、北野の天神一日に三度かけッてまぼらんとちかはせ給ふなり。されども重衡は、この生にてはすてられ給ひぬ。助音しても何かせん。罪障かろみぬべき事ならばしたがふべし」と宣ひければ、千手前やがて、「十悪といへども引摂す」と云ふ朗詠をして、「極楽ねがはん人はみな、弥陀の名号唱ふべし」といふ今様を四五返うたひすましたりければ、その時さかづきをかたぶけらる。千手前給はッて、狩野介にさす。宗茂がのむ時、琴をぞひきすましたりける。三位中将宣ひけるは、「この楽をば普通には五常楽といへども、重衡がためには、後生楽とこそ観ずべけれ。やがて往生の急をひかん」とたはぶれて、琵琶をとり転手をねぢて、皇麞急をぞひかれける。夜やうやうふけて、よろづ心のすむままに、「あらおもはずや、あづまにもこれ程優なる人のありけるよ。何事にても今一こゑ」と宣ひけるは、千手前また、「一樹の蔭にやどりあひ、おなじながれをむすぶも、みなこれ先世のちぎり」と云ふ白拍子を、まことにおもしろくかぞへすましたりければ、中将も、「灯闇うしては、数行虞氏之涙」といふ朗詠をぞせられける。

大津雄一、平藤幸．平家物語　覚一本　全[M]. 東京：武蔵野書院，2014:358.

附录 38

祇園精舎の鐘の声、諸行無常の響きあり。沙羅双樹の花の色、盛者必衰の理をあらはす。おごれる人も久しからず、ただ春の夜の夢のごとし。たけき者も遂にはほろびぬ、ひとへに風の前の塵に同じ。遠く異朝をとぶらへば、秦の趙高、漢の王莽、梁の周伊、唐の禄山、これらは皆、旧主先皇の政にもしたがはず、楽しみをきはめ、諫めをも思ひいれず、天下の乱れむ事をさとらずして、民間の愁ふる所をしらざっしかば、久しからずして、亡じにし者どもなり。近く本朝をうかがふに、承平の将門、天慶の純友、康和の義親、平治の信頼、これらはおごれる心もたけき事も、皆とりどりにこそありしかども、まぢかくは六波羅の入道前太政大臣平朝臣清盛公と申しし人のありさま、伝へ承るこそ、心も詞も及ばれね。

大津雄一、平藤幸．平家物語　覚一本　全[M]. 東京：武蔵野書院，2014:1.

附录 39

悲しき哉、無常の春の風、たちまちに花の御すがたをちらし、なさけなきかな、分段のあらき浪、玉体をしづめたてまつる。殿をば長生と名づけてながきすみかとさだめ、門をば不老と号して、老いせぬとざしとかきたれども、いまだ十歳のうちにして、底のみくづとならせ給ふ。十善帝位の御果報、申すもなかなかおろかなり。雲上の龍くだッて海底の魚となり給ふ。大梵高台の閣のうへ、釈提喜見の宮の内、いにしへは槐門棘路のあひだに九族をなびかし、今は舟のうち、浪のしたに、御命を一時にほろぼし給ふこそ悲しけれ。

大津雄一、平藤幸．平家物語　覚一本　全 [M]. 東京：武蔵野書院 ,2014:403.

附录 40

かくて清盛公、仁安三年十一月十一日、年五十一にてやまひにをかされ、存命のためにたちまちに出家入道す。法名は浄海とこそなのられけれ。そのしるしにや、宿病たちどころにいえて、天命を全うす。人のしたがひつく事、吹く風の草木をなびかすがごとし。世のあまねく仰げる事、ふる雨の国土をうるほすに同じ。六波羅殿の御一家の君達といひてンしかば、花族も英雄も、面をむかへ、肩をならぶる人なし。

大津雄一、平藤幸．平家物語　覚一本 [M]. 東京：武蔵野書院 ,2014:5-6.

附录 41

木曽、法住寺殿の西門におしよせてみれば、鼓判官知康、軍の行事承ッて、赤地の錦の直垂に、鎧はわざときざりけり。甲ばかりぞきたりける。甲には四天をかいて、おしたりけり。御所の西の築墻の上にのぼッて立ッたりけるが、片手にはほこをもち、片手には金剛鈴をもッて、金剛鈴を打ち振り打ち振り、時々は舞ふをりもありけり。若き公卿殿上人、「風情なし。知康には天狗ついたり」とぞわらはれける。大音声をあげて、「むかしは宣旨をむかッてよみければ、枯れたる草木も花咲き実なり、悪鬼、悪神も随ひけり。末代ならむがらに、いかんが十善帝王にむかひまゐらせて弓をばひくべき。汝等がはなたん矢は、返ッて身にあたるべし、ぬかむ太刀は身をきるべし。」……いくさの行事知康は、人よりさきに落ちにけり。行事がおつるうへは、二万余人の官軍ども、我さきにとぞ落ちゆきける。

大津雄一、平藤幸．平家物語　覚一本 [M]. 東京：武蔵野書院 ,2014:224-228.

附录 42

法皇はうちつづき御歎きのみぞしげかりける。去んぬる永万には、第一の御子二条院崩御なりぬ。安元二年の七月には、御孫六条院かくれさせ給ひぬ。天にすまば比翼の鳥、地にすまば連理の枝とならんと、漢河の星をさして、御契りあさからざりし建春門院、秋の霧にをかされて、朝の露ときえさせ給ひぬ。年月はかさなれども、昨日今日の御別れのやうにおぼしめして、御涙もいまだつきせぬに、治承四年五月には第二の皇子高倉宮うたれさせ給ひぬ。現世後世たのみおぼしめされつる新院さへさきだたせ給ひぬれば、とにかくにかこつ方なき御涙のみぞすすみける。

大津雄一、平藤幸 . 平家物語　覚一本 [M]. 東京 : 武蔵野書院 ,2014:206.

附录 43

熊谷、「あれは大将軍とこそ見まゐらせ候へ。まさなうも敵にうしろをみせさせたまふものかな。かへさせ給へ」と……。「そもそもいかなる人にてましまし候ふぞ。名のらせ給へ、たすけまゐらせん」と申せば、「汝はたそ」ととひ給ふ。「物そのもので候はねども、武蔵国住人、熊谷次郎直実」となのり申す。

大津雄一、平藤幸 . 平家物語　覚一本 [M]. 東京：武蔵野書院 ,2014:330-331.

附录 44

小松殿には、盛国承ッて着到つけけり。馳せ参りたる勢ども、一万余騎とぞしるいたる。着到披見の後、おとど中門に出でて、侍どもに宣ひけるは、「日来の契約をたがへず、まゐりたるこそ神妙なれ。異国にさるためしあり。周の幽王、褒姒と云ふ最愛の后をもち給へり。天下第一の美人なり。されども幽王の心にかなはざりける事は、褒姒咲をふくまずとて、すべてこの后わらう事をし給はず。異国の習ひには、天下に兵革おこる時、所々に火をあげ、大鼓をうッて兵をめすはかり事あり。これを烽火と名づけたり。ある時天下に兵乱おこッて、烽火をあげたりければ、后これを見給ひて、「あなふしぎ、火もあれ程おほかりけるな」とて、その時初めてわらひ給へり。この后、一たびゑめば百の媚ありけり。幽王うれしき事にして、その事となうつねに烽火を揚げ給ふ。諸侯来たるにあたなし。あたなければ則ちさんぬ。かやうにする事度々に及べば、まゐる者もなかりけり。ある時隣国より凶賊おこッて、幽王の都をせめけるに、烽火をあぐれども、例の后の火にならッて兵もまゐらず。その時都かたむいて、幽王終に亡びにき。さてこの后は野干となッて、はしりうせけるぞおそろしき。かやうの事がある時は、自今以後もこれよりめさんには、かくのごとくまゐるべし。重盛、不思議の事を聞き出だしてめしつるなり。されどもその事聞きなほしつ。僻事にてありけり。とうとう帰れ」とて、皆帰されけり。実にはさせる事をも聞き出だされざりけれども、父をいさめ申されつる詞にしたがひ、我が身に勢のつくかつかぬかの程をもしり、また父子軍をせんとにはあらねども、かうして入道相国の謀反の心をもややはらげ給ふとの策なり。「君君たらずと云ふとも、臣もッて臣たらずンばあるべからず。父父たらずと云ふとも、子もッて子たらずンばあるべからず。君のためには忠あッて、父のためには孝あり」と、文宣王の宣ひけるにたがはず。君もこのよしきこしめして、「今にはじめぬ事なれども、内府が心のうちこそはづかしけれ。怨をば恩をもッて報ぜられたり」とぞ仰ける。「果報こそめでたうて、大臣の大将にいたらめ、容儀体はい人に勝れ、才智才学さへ世にこえたるべしやは」とぞ、時の人々感じあはれける。「国に諫むる臣あれば其国必ずやすく、家に諫る子あれば其家必ずただし」といへり。上古にも末代ありがたかりし大臣なり。

大津雄一、平藤幸 . 平家物語　覚一本 [M]. 東京 : 武蔵野書院 ,2014:62-63.

附录 45

いにしへ漢王、胡国を攻られけるに、はじめは李少卿を大将軍にて、三十万騎むけられたりけるが、漢王のいくさよはく、胡国のたたかひこはくして、官軍みなうちほろぼさる。あまツさへ大将軍李少卿、胡王のためにいけどらる。次に蘇武を大将軍にて、五十万騎をむけらる。なほ漢のいくさよはく、えびすのたたかひこはくして、官軍皆亡びにけり。兵六千余人いけどらる。そのなかに、大将軍蘇武をはじめとして、宗との兵六百三十余人すぐり出だして、一々にかた足をきッておッぱなつ。則ち死する者もあり、程へて死ぬる者もあり。そのなかに、されども蘇武はしなざりけり。かた足なき身となッて、山にのぼッては木の実をひろひ、春は沢の根芹を摘み、秋は田づらの落ち穂ひろひなンどしてぞ、露の命を過ごしける。田にいくらもありける雁ども、蘇武に見なれておそれざりければ、「これはみな我が古郷へかよふものぞかし」と、なつかしさに、おもふ事を一筆かいて、「相かまへてこれ漢王に奉れ」と云ひふくめ、雁の翅にむすび付けてぞはなちける。かひがひしくもたのむの雁、秋は必ずこし地より都へ来たるものなれば、漢昭帝、上林苑に御遊ありしに、夕ざれの空薄ぐもり、何となう物哀れなりけるをりふし、一行の雁とびわたる。その中に雁一つとびさがッて、おのが翅に結ぶ付けたる玉章をくひきッてぞおとしける。官人これをとッて、御門に奉る。披いて叡覧あれば、「昔は巌崛の洞にこめられて、三春の愁歎をおくり、今は曠田の畝に捨られて、胡敵の一足となれり。たとひかばねは胡の地にちらすと云ふとも、魂は二たび君辺につかへん」とぞかいたりける。それよりしてぞ、ふみをば雁書ともいひ、雁札とも名付けたる。「あなむざんや、蘇武がほまれの跡なりけり。いまだ胡国にあるにこそ」とて、今度は李広と云ふ将軍に仰せて、百万騎をさしつかはす。今度は漢の戦ひこはくして、胡国のいくさ破れにけり。御方たたかひかちぬと聞えしかば、蘇武は曠野のなかよりはい出でて、「これこそいにしへの蘇武よ」とぞなのる。十九年の星霜を送ッて、片足はきられながら、輿にかかれて、古郷へぞ帰りける。蘇武は十六の歳、胡国へむけられけるに、御門より給はりたりける旗を、何としてかかくしたりけん、身をはなたずもッたりけり。今取出だして御門のげむざんにいれたりければ、きみも臣も感嘆なのめならず。君のため大功ならびなかりしかば、大国あまた給はり、その上典属国と云ふ司を下されけるとぞ聞こえし。

李少卿は胡国にとどまッて終に帰らず。いかにもして、漢朝へ帰らんとのみなげけども、胡王ゆるさねばかなはず。漢王これを知り給はず。君のため不忠のものなりとて、はかなくなれる二親が死骸をほりおこいてうたせらる。その外六親をみなつみせらる。李少卿これを伝へきいて、恨みふかうぞなりにける。さりながらもなほ古郷を恋ひつつ、君に不忠なき様を一巻の書に作ッてまゐらせたりければ、「さては不便の事ごさんなれ」とて、父母がかばねを掘りいだいて、うたせられたる事をぞ、くやしみ給ひける。

漢家の蘇武は書を雁の翅につけて旧里へ送り、本朝の康頼は浪のたよりに歌を故郷に伝ふ。かれは一筆のすさみ、これは二首の歌、かれは上代、これは末代、胡国、鬼界が島、さかひをへだて、世々はかはれ共、風情はおなじふぜい、ありがたかりし事どもなり。

大津雄一、平藤幸 . 平家物語　覚一本 [M]. 東京 : 武蔵野書院 ,2014:80-82.

附录 46

また先蹤を異国に尋ぬるに、燕の太子丹といふもの、秦始皇にとらはれて、いましめをかうぶる事十二年、太子丹涙をながいて申しけるは、「われ本国に老母あり。いとまを給はッてかれを見ん」と申せば、始皇帝あざわらッて、「なんぢにいとまをたばん事は、馬に角おひ、烏の頭の白くならん時をまつべし」。燕丹、天にあふぎ地に臥して、「願はくは、馬に角おひ、烏の頭しろくなしたべ。故郷にかへッて、今一度母をみん」とぞ祈りける。かの妙音菩薩は霊山浄土に詣して、不孝の輩をいましめ、孔子、顔回は、支那震旦に出でて忠孝の道をはじめ給ふ。冥顕の三宝、孝行の心ざしをあはれみ給ふ事なれば、馬に角おひて宮中に来たり、烏の頭白くなッて庭前の木にすめりけり。始皇帝、烏頭馬角の変におどろき、綸言かへらざる事を信じて、太子丹をなだめつつ、本国へこそかへされけれ。始皇、なほくやしみて、秦の国と燕の国のさかひに楚国といふ国あり。大きなる河ながれたり。かの河にわたせる橋をば楚国の橋といへり。始皇官軍をつかはして、燕丹がわたらん時、河なかの橋をふまばおつる様にしたためて、燕丹をわたらせけるに、なじかはおちいらざるべき。河なかへおち入りぬ。されどもちッとも水にもおぼれず、平地を行ごとくして、むかへの岸へつきにけり。こはいかにとおもひてうしろをかへり見ければ、亀どもがいくらといふかずもしらず、水の上にうかれ来て、甲をならべてぞあゆませたりける。これも孝行のこころざしを、冥顕あはれみ給ふによッてなり。

太子丹うらみをふくんで、また始皇帝にしたがはず。始皇、官軍をつかはして燕丹をうたんとし給ふに、燕丹おそれをののき、荊軻といふ兵をかたらふて大臣になす。荊軻また田光先生といふ兵をかたらふ。かの先生申しけるは、「君はこの身がわかうさかんなッし事をしろしめされてたのみ仰せらるるか。麒麟は千里を飛べども、老いぬれば駑馬にもおとれり。いまはいかにもかなひ候ふまじ。兵をこそかたらふてまゐらせめ」とて、かへらんとするところに、荊軻、「この事あなかしこ、人にひろうすな」といふ。先生申けるは、「人にうたがはれぬるにすぎたる恥こそなけれ。この事もれぬるものならば、われうたがはれなんず」とて、門前なる李の木にかしらをつきあて、うちくだいてぞ死ににける。

また樊於期といふ兵あり。これは、秦の国のものなり。始皇のためにおや、をぢ、兄弟をほろぼされて、燕の国ににげこもれり。秦皇、四海に宣旨をくだいて、「樊於期がかうべはねてまゐらせたらん者には、五百斤の金をあたへん」とひろうせらる。荊軻これを聞き、樊於期がもとにゆいて、「われきく。なんぢがかうべ五百斤の金にほうぜらる。なんぢが首われにかせ。取ッて始皇帝にたてまつらん。よろこンで叡覧をへられん時、つるぎをぬき、胸をささんにやすかりなん」といひければ、樊於期、をどりあがり、大いきついて申しけるは、「われ、おや、をぢ、兄弟を始皇のためにほろぼされて、よるひるこれをおもふに、骨髄にとほッて忍びがたし。げにも始皇帝をほろぼすべくは、首をあたへんこと、塵あくたよりもなほやすし」とて、手づから首を切ッてぞ死ににける。

また秦舞陽といふ兵あり。これも秦の国の者なり。

十三の歳かたきをうッて、燕の国ににげこもれり。ならびなき兵なり。かれが嗔つてむかふ時は、大の男も絶入す。また笑んで向ふ時は、みどり子もいだかれけり。これを秦の都の案内者にかたらうて、ぐしてゆく程に、ある片山のほとりに宿したりける夜、その辺ちかき里に管絃をするをきいて、調子をもつて本意の事をうらなふに、かたきの方は水なり、我が方は火なり。さる程に天もあけぬ。白虹日をつらぬいてとほらず。「我等が本意とげん事ありがたし」とぞ申しける。

さりながら帰るべきにもあらねば、始皇の都咸陽宮にいたりぬ。燕の指図ならびに樊於期が首もッてまゐりたるよし奏しければ、臣下をもッてうけとらんとし給ふ。「まッたく人してはまゐらせじ。直にたてまつらん」と奏する間、さらばとて、節会の儀をととのへて、燕の使ひをめされけり。咸陽宮は、みやこのめぐり一万八千三百八十里につもれり。内裏をば地より三里たかく築きあげて、その上にたてたり。長生殿、不老門あり、金をもッて日をつくり、銀をもッて月をつくれり。真珠のいさご、瑠璃の沙、金の砂をしきみてり。四方にはたかさ四十丈の鉄の築地をつき、殿の上にも同じく鉄の網をぞ張つたりける。これは冥途の使ひをいれじとなり。秋の田のもの雁、春はこしぢへ帰るも、飛行自在のさはりあれば、築地には雁門となづけて、鉄の門をあけてぞとほしける。そのなかにも阿房殿とて、始皇のつねは行幸なッて、政道おこなはせ給ふ殿あり。たかさは卅六丈、東西へ九町、南北へ五町、大床のしたは五丈のはたほこをたてたるが、なほ及ばぬ程なり。上は瑠璃の瓦をもッてふき、したは金銀にてみがきけり。

荊軻は燕の指図をもち、秦舞陽は樊於期が首をもッて、珠の階をのぼりあがる。あまりに内裏のおびたたしきを見て、秦舞陽、わなわなとふるひければ、臣下あやしみて、「舞陽謀反の心あり。刑人をば君のかたはらにおかず、君子は刑人にちかづかず、刑人にちかづくは、すなはち死をかろんずる道なり」といへり。荊軻たち帰ッて、「舞陽、まッたく謀反の心なし。ただ田舎のいやしきにのみならッて、皇居になれざるが故に、心迷惑す」と申しければ、臣下みなしづまりぬ。よつ王にちかづきたてまつる。燕の指図ならびに樊於期が首げンんざんにいるるところに、指図の入ッたる櫃のそこに、氷の様なるつるぎの見えければ、始皇帝これを見て、やがてにげんとしたまふ。荊軻、王の御袖をむずとひかへて、つるぎをむねにさしあてたり。いまはかうとぞ見えたりける。数万の兵庭上に袖をつらぬといへども、すくはんとするに力なし。ただ君、逆臣にをかされ給はん事をのみかなしみあへり。始皇宣はく、「われに暫時のいとまをえさせよ。わが最愛の后の琴のねを、今一度きかん」と宣へば、荊軻しばしをかしたてまつらず。始皇は三千人のきさきをもち給へり。その中に花陽夫人とて、すぐれたる琴の上手おはしけり。およそこの后の琴のねをきいては、武きもののふのいかれるもやはらぎ、飛鳥もおち、草木もゆるぐ程なり。いはんやいまをかぎりの叡聞にそなへんと、なくなくひき給ひけん、さこそはおもしろかりけめ。荊軻も頭をうなたれ、耳をそばだて、ほとんど謀臣のおもひもたゆみにけり。きさき、はじめてさらに一曲を奏す。「七尺の屏風はたかくとも、をどらばなどかこえざらん。一条の羅縠はつよくとも、ひかばなどかはたえざらん」とぞひき給ふ。荊軻はこれをきき知らず、始皇はきき知ッて、御袖をひッきり、七尺の屏風を飛びこえて、あかがねの柱のかげににげかくれさせ給ひぬ。荊軻いかッて、つるぎをなげかけたてまつる。をりふし御前に番の医師の候ひけるが、薬の袋を、荊軻がつるぎになげあはせたり。つるぎ、薬の袋をかけられながら、口六尺の銅の柱をなかばまでこそきッたりけれ。荊軻また剣ももたねば、つづいてもなげず。王たちかへッて、わがつるぎをめしよせて、荊軻を八つざきにこそし給ひけれ。秦舞陽も討たれにけり。官軍をつかはして、燕丹をほろぼさる。蒼天ゆるし給はねば、白虹日をつらぬいてとほらず。

秦の始皇はのがれて、燕丹つゐにほろびにき。「されば今の頼朝もさこそはあらんずらめ」と、色代する人々もありけるとかや。

大津雄一、平藤幸 . 平家物語　覚一本 [M]. 東京 : 武蔵野書院 ,2014:171-175.

附录 47

延喜御門はさばかンの賢王にてましましけれども、異国の相人を都のうちへ入れさせ給ひたりけるをば、末代までも賢王の御誤り、本朝の恥とこそみえけれ。いはんや重盛ほどの凡人が、異国の医師を王城へいれん事、国の辱にあらずや……先言耳にあり。今もッて甘心す。重盛いやしくも九卿に列して三台にのぼる。其運命をはかるに、もッて天心にあり……もしかの医術によッて存命せば、本朝の医道なきに似たり。医術効験なくんば、面謁所詮なし。なかんづく本朝鼎臣の下相をもッて、異朝富有の来客にまみえん事、かつは国の恥、かつは道の凌遅なり。たとひ重盛、命は亡ずといふとも、いかでか国の恥をおもふ心を存ぜざらん。

大津雄一、平藤幸 . 平家物語　覚一本 [M]. 東京 : 武蔵野書院 ,2014:104-105.

附录 48

漢高祖は三尺の剣を提げて天下を治めしかども、淮南の黥布を討ちし時、流矢にあたッて疵を蒙る。后呂太后、良医をむかへて見せしむるに、医のいはく、「この疵、治しつべし。ただし五十斤の金をあたへば治せん」といふ。高祖宣はく、「われまもりのつよかッし程は、多くのたたかひにあひて疵を蒙りしかども、そのいたみなし。運すでに尽きぬ。命はすなはち天にあり。たとひ扁鵲といふとも、なんの益かあらん。しかればまたかねを惜むに似たり」とて、五十斤の金を医師にあたへながら、つひに治せざりき。

大津雄一、平藤幸 . 平家物語　覚一本 [M]. 東京 : 武蔵野書院 ,2014:105.

《东方文化集成》已出版丛书目录

季羡林主编

书　名	作　者
《文化交流的轨迹——中华蔗糖史》	季羡林
《东西文化议论集》(上、下册)	季羡林、张光璘
《新诗格律与语言的诗化》	林　庚
《古犹太文化史》	朱维之、韩可胜
《现代伊斯兰主义》	陈嘉厚　等
《阿拉伯史纲》	郭应德
《中阿关系史》	江淳、郭应德
《当代中国伦理与道德》	魏英敏
《阿拉伯伊斯兰文化史纲》	孙承熙
《中国评书艺术论》	汪景寿、曾惠杰　等
《当代中国经济学》	宋光华
《世界四大文化与东南亚文学》	梁立基、李谋
《战后东南亚华人社会变化研究》	梁英明
《日本文学思潮史》	叶渭渠
《伊朗通史》(上、下册)	叶奕良(译)

《印度古代史纲》	林承节
《蒙古国现代文学》	史习成
《佛法与宇宙》	池田大作〔日本〕
《诸神流窜——论日本古事记》	梅原猛〔日本〕
《日本文化论》	加藤周一〔日本〕 叶渭渠　等（译）
《汉代丝绸之路的咽喉——河西路》	王宗维
《中国—朝鲜·韩国关系史》（上、下册）	杨昭全、何彤梅
《东方文学交流史》	孟昭毅
《东方戏剧美学》	孟昭毅
《同根生的民族——壮泰各族渊源与文化》	范宏贵
《中缅关系史》	余定邦
《敦煌文化》	颜廷亮
《亚洲汉文学》	王晓平
《日本天皇制及其精神结构》	王金林
《古代波斯医学与中国》	宋　岘
《印度神话》	孙士海、王镛（译）
《布哈里圣训实录全集》①②③	康有玺（译）
《现代日本政治》	王新生
《中亚五国概论》	赵常庆　等
《简明伊斯兰史》	马明良
《新兴宗教与日本近现代社会》	张大柘
《印度苏非派及其历史作用》	唐孟生

《满汉全席源流考述》	赵荣光
《印度独立后的政治经济社会发展史》	林承节
《中印文学比较研究》	薛克翘
《唐代前期军事史略论稿》	王永兴
《儒释道背景下的唐代诗歌》	陈炎、李红春
《日本文学史》(近代卷、现代卷)	叶渭渠、唐月梅
《印度尼西亚文学史》(上、下册)	梁立基
《五四文学思想主流与基督教文化》	喻天舒
《波斯文学史》	张鸿年
《泰戈尔文学作品研究》	唐仁虎　等
《中国—朝鲜·韩国文化交流史》(1—4卷)	杨昭全
《日本文学史》(古代卷上、下)	叶渭渠、唐月梅
《日本文学史》(近古卷上、下)	叶渭渠、唐月梅
《道安评传》	方广锠
《朝鲜—韩国当代文学史》	金柄珉　等
《文史探真》	汪春泓
《日本起源考》	沈仁安
《阿拉伯现代文学史》	仲跻昆
《中亚五国与中国西部大开发》	赵常庆　等
《易学哲学史》(1—4卷)	朱伯崑
《近代中国与日本——互动与影响》	王晓秋
《吐火罗人起源研究》	徐文堪
《东南亚近现代史》(上、下册)	梁英明、梁志明　等

《印度的罗摩故事与东南亚文学》	张玉安、裴晓睿
《斯里兰卡的民族宗教与文化》	王　兰
《早期道教史》	汤一介
《蒙元驿站交通研究》	党宝海
《佛教与中国文化》	薛克翘
《印象：东方戏剧叙事》	孟昭毅　等
《从唐音到宋调——以北宋前期诗歌为中心》	曾祥波
《唐五代北宋前期词之研究——以诗词互动为中心》	董希平
《汉魏两晋南北朝佛教史》(增订本)	汤用彤
《佛经文学与古代小说母题比较研究》	王　立
《日本近现代经济简史》	周启乾
《赫梯条约研究》	李　政
《"升起来吧！像太阳一样"——解析苏美尔史诗〈恩美卡与阿拉塔之王〉》	拱玉书
《希伯来语圣经——来自考古和文本资料的信息(至公元前586年)》	陈贻绎
《尼泊尔——人民和文化》	王宏纬
《中国印度诗学比较》	郁龙余　等
《阿富汗文化和社会》	张　敏
《波斯拉施特〈史集·中国史〉研究与文本翻译》	王一丹
《新时代的日本经济》	张舒英
《古代东南亚历史与文化研究》	梁志明、李谋　等

《中国知识分子的形与神》	乐黛云
《东方民间文学概论》(1—4卷)	张玉安、陈岗龙　等
《中国楹联学概论》	谷向阳
《中国印度文化交流史》	薛克翘
《陶渊明集译注及研究》	孟二冬
《日本戏剧史》	唐月梅
《梵语诗学论著汇编》(上、下册)	黄宝生
《现代汉语话语情态研究》	徐晶凝
《缅甸语与汉藏语系比较研究》	汪大年
《厨川白村文艺思想研究》	李　强
《中国建筑与城市文化》	吴良镛
《隋唐审计史略》	李锦绣
《中国新诗格律问题》	丁　鲁
《战后日本出版文化研究》	诸葛蔚东
《中国哲学大纲》(上、下卷)	张岱年
《〈聊斋志异〉——中印文学溯源比较研究》	王立、刘卫英
《中世纪印度宗教文学》(上、下卷)	薛克翘、唐孟生　等
《日本近现代佛教史》	杨曾文　等
《马来古典文学史》(上、下卷)	廖裕芳〔新加坡〕 张玉安　等(译)
《中国文学与阿拉伯文学比较研究》	林丰民　等
《海洋文化影响下的中国神话与小说》	王　青
《阿拉伯电影史》	陆孝修、陈冬云

《〈西游补〉校注》	李前程（校著）
《波斯古典诗学研究》	穆宏燕
《中国古代绘画理论要旨》	杨　铸
《东方文学史论》	黎跃进
《大帆船贸易与跨太平洋文化交流》	吴杰伟
《日本古代史》	王海燕
《日本中世史》（上、下卷）	王金林
《中日经济关系史》（上、下卷）	郭蕴静、周启乾
《东方现代民族主义思潮研究》（上、下卷）	黎跃进　等
《波斯帝国史》	张鸿年
《“同文”的现代转换——日语借词中的思想与文学》	董炳月
《中亚五国新论》	赵常庆
《中国东方文学翻译史》（上、下卷）	孟昭毅　等
《日本古代诗学汇译》（上、下卷）	王向远（译）
《华夷译语》研究	黄宗鑑
《中庸与调和——儒家和阿拉伯伊斯兰思想的比较研究》	吴旻燕
《阿拉伯古代文学史》（上、下卷）	仲跻昆
《近代中日文化交流史人物研究》	王晓秋
《世界文明起源研究——历史与现状》	拱玉书　等
《古代近东教谕文学》（上、下卷）	李　政　等
《东方文艺思潮研究》	孟昭毅

《蒙汉目连救母故事比较研究》	陈岗龙
《日本近世史》	李　卓　等
《日本近现代文论》(上、下卷)	李　强　等
《赫梯文明研究》	李　政
《占婆文化史》	刘志强
《喀尔喀历史地理研究》	那顺达来
《蒙古文〈索勒哈尔奈故事〉的文化背景研究》	宝　花
《〈山海经〉在日本的传播和研究》	张西艳
《叙事学视域中的〈平家物语〉研究》	邵艳平
《宫崎市定史学方法论》	王广生
《俄国地理学会的中国边疆史地考察与研究(迄于1917年)》	张艳璐
《印度古典诗学》	黄宝生

《东方文化集成》拟出版丛书目录

《东南亚古代史史料汇编》 李谋

《东南亚古代文化:整体、多样与发展》 贺圣达

《菲律宾阿拉安芒扬人的神话、巫术和仪式研究》 史阳

《中国典籍中南亚史料汇编》 北京大学南亚研究所

《印度政治发展新格局——从国大党长期执政到联合政府》 林承节

《印度作家阿格叶耶小说创作研究》 郭童

《凤凰再生——伊朗现代新诗研究》 穆宏燕

《理想与现实之间——论纳吉布·马哈福兹的〈我们街区的孩子们〉》 蒋和平

《撒哈拉以南非洲文学》 魏丽明

《诺贝尔文学奖东方获奖作家研究》 孟昭毅

《中华饮食文化》 赵荣光

《佛学概论》 姚卫群

《南海寄归内法传校注》 王邦维

第三届
《东方文化集成》编辑委员会

作者简介

邵艳平　1980年8月生，山东临沭人。曲阜师范大学翻译学院副教授，吉林大学文学博士，北京外国语大学比较文学与跨文化研究博士后，日本早稻田大学访问学者。十多年来一直从事日本文学、中日比较文学的教学与研究工作，已在国内外期刊杂志、学术会议发表论文二十余篇，出版合著、译著各一部。独立主持教育部人文社会科学研究青年项目、中国博士后科学基金特别资助、中国博士后科学基金面上资助项目，参与国家社科基金、山东省社科基金项目、山东省文化艺术科学重点课题。获得中国日语教学研究会（九外杯）优秀学术论文奖、日照市社会科学优秀成果奖等共5项。